CASAS ESTRANHAS 2

UKETSU

CASAS ESTRANHAS 2: O MISTÉRIO DAS ONZE PLANTAS BAIXAS

Tradução de Jefferson José Teixeira

intrínseca

Copyright © Uketsu 2023

Esta edição foi publicada mediante acordo com ASUKA SHINSHA, INC., por intermédio de Japan UNI Agency, Inc. e Patricia Natalia Seibel.
Todos os direitos reservados. Nenhuma parte deste livro pode ser utilizada ou reproduzida sob quaisquer meios existentes sem autorização por escrito dos editores.

TÍTULO ORIGINAL
変な家 2 - 11の間取り図 (Henna Ie 2 - 11 no Madorizu)

COPIDESQUE
Lídia Ivasa

REVISÃO
Ana Gabriela Mano
Rachel Rimas

DIAGRAMAÇÃO
Ilustrarte Design e Produção Editorial

DESIGN DE CAPA
Kouichi Tsujinaka (œuf inc.)

ADAPTAÇÃO DE CAPA
Antonio Rhoden

CIP-BRASIL. CATALOGAÇÃO NA PUBLICAÇÃO
SINDICATO NACIONAL DOS EDITORES DE LIVROS, RJ

U32c

   Uketsu
     Casas estranhas 2 : o mistério das onze plantas baixas / Uketsu ; tradução Jefferson José Teixeira. - 1. ed. - Rio de Janeiro : Intrínseca, 2025.
     336 p. ; 21 cm.

     Tradução de: 変な家 2 - 11の間取り図
     Sequência de: Casas estranhas
     ISBN 978-85-510-1193-5

25-98884.0   CDD: 895.63
                                                       CDU: 82-3(52)

   1. Ficção japonesa. I. Teixeira, Jefferson José. II. Título.

Gabriela Faray Ferreira Lopes - Bibliotecária - CRB-7/6643

[2025]
Todos os direitos desta edição reservados à
EDITORA INTRÍNSECA LTDA.
Av. das Américas, 500, bloco 12, sala 303
22640-904 – Barra da Tijuca
Rio de Janeiro – RJ
Tel./Fax: (21) 3206-7400
www.intrinseca.com.br

Certo dia, eu estava a caminho do apartamento de um projetista conhecido meu, levando comigo onze documentos.

Dois anos atrás, escrevi um livro chamado *Casas estranhas*.

Nesse romance documental, descrevi a investigação que eu e um projetista que conheço realizamos a partir de uma estranha planta baixa, analisando os motivos por trás da construção daquela casa e os terríveis acontecimentos nela ocorridos.

Para a minha felicidade, o livro teve uma ótima recepção e atraiu uma legião de leitores. Ao mesmo tempo, comecei a receber inúmeros relatos sobre outras "casas".

> *"Li seu livro. Inclusive, a planta baixa da minha casa também é estranha."*
> *"Antigamente, quando eu ia visitar minha avó, ouvia ruídos esquisitos vindos de um cômodo vazio."*
> *"Encontrei uma pilastra assustadora em uma pousada onde passei a noite."*

Descobri que existem incontáveis "casas estranhas" no Japão, mais do que eu imaginava.

Agora, neste livro, reuni documentos investigativos de onze desses numerosos relatos de "casas estranhas".

À primeira vista, os materiais parecem não ter relação entre si. No entanto, lendo-os com atenção, surge um *vínculo*.

Gostaria muito que você os lesse e fizesse suas deduções.

SUMÁRIO

DOCUMENTO 1	O corredor que não leva a lugar nenhum	11
DOCUMENTO 2	A casa que alimenta a escuridão	35
DOCUMENTO 3	O moinho de água na floresta	57
DOCUMENTO 4	A casa-ratoeira	70
DOCUMENTO 5	O local do incidente estava bem ali	86
DOCUMENTO 6	A Casa do Renascimento	113
DOCUMENTO 7	A casa do tio	130
DOCUMENTO 8	Quartos conectados por telefone feito de copos de papel	139
DOCUMENTO 9	Som de passos em direção ao local do assassinato	157
DOCUMENTO 10	Apartamento impossível de escapar	172
DOCUMENTO 11	O quarto que apareceu só uma vez	186

DEDUÇÕES DE KURIHARA 212

DOCUMENTO 1

O CORREDOR QUE NÃO LEVA A LUGAR NENHUM

10 E 17 DE JUNHO DE 2022
ENTREVISTA COM YAYOI NEGISHI E REGISTRO DA INVESTIGAÇÃO

Naquele dia, eu estava em um café na província de Toyama. Do outro lado da mesa, havia uma mulher.

Seu nome é Yayoi Negishi. Ela mora nessa mesma província, está na casa dos trinta e trabalha meio período. Estávamos nos encontrando por causa do filho dela.

Kazuki, seu filho, em breve completará sete anos. Certo dia, ele pegou emprestado o livro *Casas estranhas* na biblioteca da escola em que estuda. Pareceu ter sido atraído pela ilustração da planta baixa na capa.

No entanto, para o menino, que mal começou a aprender as letras, ler aquele livro de adultos era difícil, por isso Kazuki pediu à mãe que lesse para ele. Ela prometeu ler um pouco toda noite na cama, mas impôs uma condição: seria apenas uma vez por dia, dez minutos antes de dormir.

Negishi me contou que, conforme avançava na leitura do livro, memórias da infância lhe voltaram à mente. Eram lembranças desagradáveis e um pouco assustadoras que estiveram confinadas no fundo de seu coração.

Negishi: Na casa dos meus pais, existia um local muito estranho. Só que, como ela foi demolida há tempos e minha vida é agitada, nunca tinha parado para pensar nisso... Na realidade, tentava esquecer. Mas, quando li seu livro, coisas relacionadas àquela casa e *à minha mãe* me vieram aos poucos à mente...

Ao dizer que se lembrou de coisas relacionadas à mãe, o rosto de Negishi se anuviou.

Negishi: Desde então, isso não sai da minha cabeça, enquanto estou fazendo as tarefas domésticas ou durante o trabalho... Então imaginei que, se conversasse com o autor do livro, alguma coisa talvez mudasse, por isso contatei sua editora. Mas minha intenção não é que você descubra a verdade, não tenho essa expectativa... Enfim, só achei que conversar com alguém me permitiria escapar da maldição do meu passado. Peço desculpas pelo inconveniente que estou lhe causando.

Autor: Longe disso. Desde que publiquei o livro, várias pessoas me contaram histórias sobre "plantas baixas", e se tornou uma missão de vida reunir plantas baixas estranhas. Seu relato faz parte desse processo, então não é nem um pouco inconveniente. Pelo contrário, caso o seu coração se alivie por se envolver com meu hobby, fico feliz de matar dois coelhos com uma cajadada só.

Negishi: Obrigada por dizer isso.

Negishi retirou da bolsa um caderno e o abriu na mesa. Nele, havia uma planta baixa desenhada a lápis. Pude perceber muitas marcas de borracha. Ela explicou que foi apagando e corrigindo inúmeras vezes, à medida que ia revolvendo suas vagas memórias.

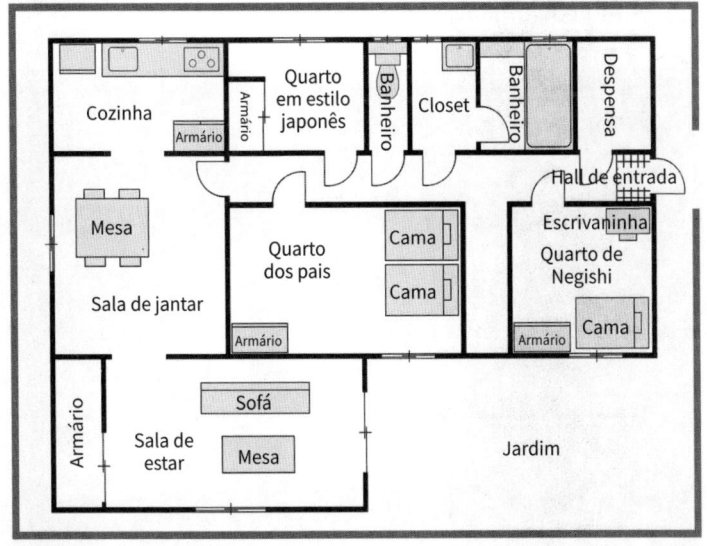

Cópia passada a limpo pelo autor tendo como base a planta baixa de Negishi.

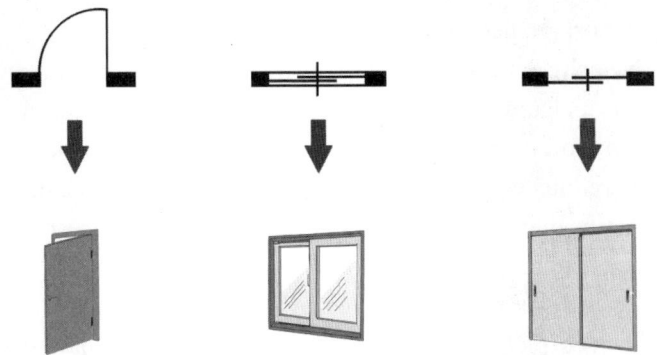

Negishi: A casa da minha família estava localizada na área residencial da cidade de Takaoka, na província de Toyama. Era um imóvel térreo. Nunca considerei que lá fosse um lugar ruim para se viver, mas existia *um ponto específico* naquela casa que me causava estranheza… Eu me questiono sobre isso desde a infância.

Ela indicou um local na planta baixa.

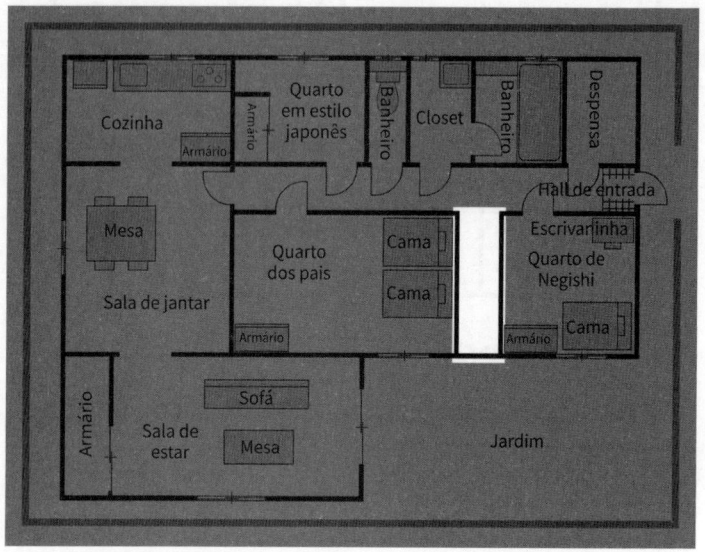

Negishi: Este corredor. *Você não o acha desnecessário?*
Autor: Desnecessário?
Negishi: Sim. Afinal, ele não leva a lugar nenhum! É impossível ir a algum lugar passando por ele. Sem o corredor, meu quarto e o dos meus pais poderiam ser mais amplos. Sempre me perguntei o propósito de terem criado um espaço tão inútil.

Assim que ela falou, me toquei de que realmente era um espaço insólito, sem portas ou janelas e pequeno demais para servir de depósito.

"Um corredor que não leva a lugar nenhum"… Só dava para defini-lo dessa forma.

Negishi: Uma vez, perguntei pro meu pai: "Para que serve esse corredor?" Ele logo desconversou, aparentando certo nervosismo. Fiquei frustrada por ele ter me ignorado, resmunguei de leve e insisti: "O que é esse corredor, afinal?" Meu pai normalmente era tolerante e acabava cedendo, mas naquela ocasião ele se negou a responder até o fim.

Autor: Será que existia alguma circunstância que impedia seu pai de falar sobre esse corredor?

Negishi: Tenho essa impressão. Como a planta baixa dessa casa foi criada pelos meus pais com a consultoria de uma construtora, é impossível que ele não soubesse. Mas o fato de ele não me contar... Desconfio que estivesse escondendo alguma coisa.

Autor: A propósito, o que sua mãe disse?

Negishi: Não perguntei a ela. Talvez seja mais correto afirmar que fui incapaz de perguntar... Eu não tinha uma relação tão boa com minha mãe a ponto de casualmente questioná-la sobre isso.

Logo que Negishi começou a falar sobre a mãe, seu rosto voltou a se anuviar.

Pela minha experiência, não basta olhar a planta baixa para entender uma casa. É preciso conhecer a fundo seus residentes. A mãe era um ponto-chave para solucionar o mistério dessa casa. Assim pressenti.

Autor: Gostaria que você me contasse o máximo possível sobre sua mãe.

Negishi: Ok... Minha mãe era uma pessoa comum. Era alegre com a vizinhança e com meu pai, mas comigo agia de forma ríspida. Raramente me elogiava e gritava por qualquer coisinha. Se fosse só isso, talvez pudesse ser considerada apenas uma "mãe exigente", mas às vezes ela me olhava como se estivesse vendo algo assustador... Era como se tivesse medo de alguma coisa... Às vezes, eu sentia que ela me evitava. Enfim, a atitude dela em relação a mim não era normal.

Autor: Existe algum motivo para a relação de vocês duas ter se deteriorado?

Negishi: Não sei. Foi sempre assim, desde que me entendo por gente, por isso eu sentia que minha mãe me odiava. Contudo, quando relembro agora o passado, sinto que as coisas não eram tão simples. Se por um lado ela era exigente, por outro era também superprotetora. Acho que, em parte, por eu ter nascido prematura e ter sido uma criança frágil, ela me indagava diariamente, "Você está se sentindo bem?" ou "Está com dor em alguma parte do corpo?". E também perguntava: "Você não foi à avenida, né?"

Autor: Avenida?

Negishi: Sim. Preciso explicar isso também.

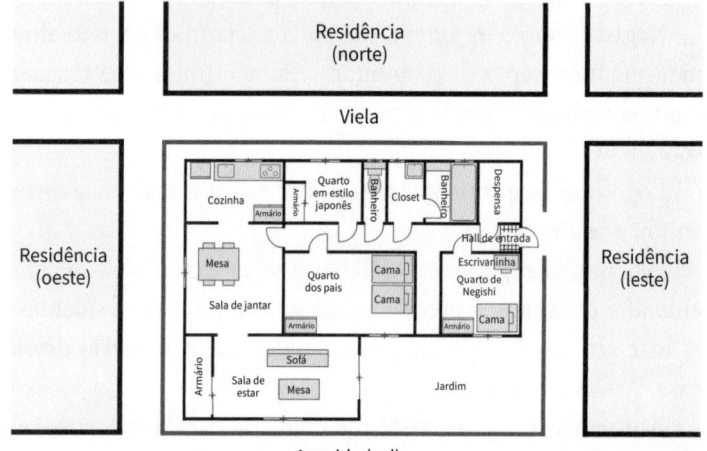

Negishi: O lado sul da casa era voltado para uma avenida. Nos lados norte, leste e oeste, havia outras residências, cada uma separada da nossa por vielas. "Haja o que houver, não vá à avenida", minha mãe costumava me advertir. "Quando sair de casa, siga pelas vielas." De fato, a avenida tinha uma calçada estreita e perigosa, mas, por ser uma área rural, passavam poucos carros, e sempre considerei esse receio dela algo exacerbado. Mas, enfim, se eu a contrariasse, ela sem dúvida gritaria comigo, então eu obedecia à risca às suas ordens.

Trato ríspido e superproteção... eu conhecia bem aquela atitude. A mãe de Negishi *talvez não soubesse como amar a filha*.

Existe por aí um bom número de "pais que não sabem como amar seus filhos". Eles são sérios. Tanto que levam a outro nível a determinação de "cumprir suas responsabilidades como pais" e procuram, por todos os meios, proteger os filhos.

Entretanto, as crianças sentem essa tensão e não conseguem se comunicar direito. Os pais, impacientes, se irritam e evitam os filhos.

A pressão decorrente da função de "pais" se manifesta de formas muito diversas, como a superproteção ou a rejeição, impondo sofrimento às crianças. Pensando nisso... eu cogitei uma possibilidade.

Autor: Sabe, pelo que você me contou, será que esse corredor não teria sido construído por sugestão da sua mãe?

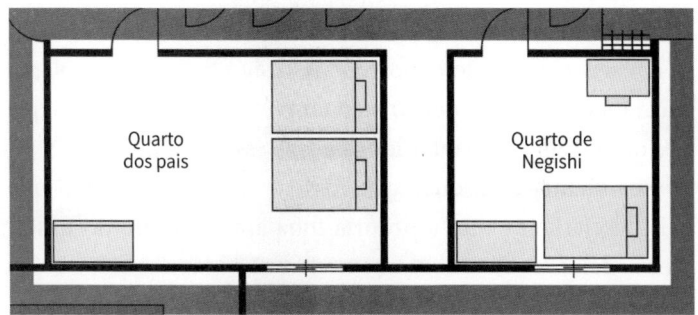

O corredor ficava entre o quarto dos pais e o dela. Sob outra perspectiva, dá para afirmar que é justamente *o corredor que separa os dois quartos*. Não seria essa a sua função?

Superprotetora, a mãe quer a filha por perto, mas ao mesmo tempo deseja manter distância. Não poderia, então, ter sido criado com base nessa psicologia contraditória?

Expliquei isso a Negishi, escolhendo bem as palavras, na medida do possível, para que não a magoasse. Após ouvir tudo, porém, ela balançou a cabeça lentamente, negando minha suposição.

Negishi: Para ser sincera, eu também já havia pensado que minha mãe queria me manter afastada. Mas é uma ideia estranha. A construção da casa foi concluída em setembro de 1990... seis meses depois de eu ter nascido.

> Março de 1990:
> Nascimento de Negishi
>
> 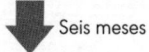 Seis meses
>
> Setembro de 1990:
> Construção da casa concluída

Negishi: Por mais rápida que fosse a construtora, seria impossível fazer o projeto de uma casa e construí-la por completo em seis meses, não concorda? Isso significa que esta planta baixa foi elaborada *antes do meu nascimento*. É improvável que eles quisessem me manter longe desde essa época...

Realmente, quaisquer que fossem as circunstâncias, que pais desejariam evitar a própria filha antes mesmo do nascimento dela?

Negishi: Me desculpe. Devia ter lhe dito antes.

Autor: Que nada. Mas a casa ter sido concluída seis meses depois do seu nascimento é um indício importante.

Negishi: Você acha?

Autor: Considerando o intervalo de tempo, seus pais devem ter decidido construir essa casa quando souberam que teriam uma filha, não? Portanto, em certo sentido, *essa casa também foi construída pensando em você*. Sendo assim, o corredor pode estar relacionado ao seu nascimento. Nas circunstâncias atuais, é tudo o que sei...

Negishi: Se for esse o caso... eu devia ter perguntado aos meus pais.

Autor: Perdoe minha indiscrição, mas eles...

Negishi: Ambos faleceram há um bom tempo. No inverno do meu terceiro ano do fundamental, eu estava jantando com os dois quando de repente minha mãe se queixou de dor de cabeça e desmaiou ali mesmo. Chamamos uma ambulância na hora, mas, por ser final do ano, não havia nenhuma disponível e demorou muito até que ela recebesse socorro.

Os exames indicaram um AVC.

A demora no atendimento resultou em sequelas por todo o corpo, fazendo com que a mãe permanecesse acamada a partir de então. O pai largou o emprego e começou a fazer trabalhos mais curtos, para ter tempo de cuidar da esposa. Negishi se empenhava nas tarefas domésticas, mas ainda era criança, então não havia muito o que pudesse fazer para ajudar. Em meio a dias difíceis e sem conseguir dormir direito, o pai vivia abatido.

Essa rotina se estendeu por dois anos. Quando Negishi estava com onze anos, a mãe morreu de pneumonia. Logo depois, o pai ficou doente e também faleceu. Segundo Negishi, ele provavelmente não aguentou a perda da esposa e todas as agruras daquele período cuidando dela.

Negishi: Depois disso, fui acolhida por parentes distantes. Ouvi dizer que a casa da minha família foi posta à venda, mas não encontraram um comprador, então acabou demolida alguns anos depois para dar lugar a um edifício residencial.

Negishi tomou um gole do café e devolveu a xícara ao pires.

Negishi: Após a morte dos meus pais, encontrei dois itens inesperados enquanto organizava seus pertences. Um deles foi dinheiro. Havia um envelope na gaveta da minha mãe contendo sessenta e oito notas de dez mil ienes. Talvez fosse um dinheiro que ela economizava escondido.

Autor: Seiscentos e oitenta mil ienes? Ela conseguiu poupar uma quantia considerável.

Negishi: Quando era saudável, minha mãe trabalhava meio expediente em um restaurante de marmitas, por isso não era um valor impossível de juntar, mas foi um pouco inesperado para mim, porque ela não me parecia uma pessoa ambiciosa. Agora, se fosse só isso...

Autor: Qual foi o outro item que você encontrou?

Negishi: Uma boneca... No armário do quarto em estilo japonês, havia uma boneca esculpida em madeira e envolta em folhas de jornal. Não sei se ela pertencia ao meu pai ou à minha mãe... mas o estranho é que essa boneca... *tinha um braço e uma perna quebrados.*

Autor: Hã?

Negishi: Tive uma sensação desagradável e a joguei fora, mas ainda me pergunto quem a teria quebrado e o porquê. Até hoje não sei.

O corredor misterioso, a atitude da mãe, os seiscentos e oitenta mil ienes, a boneca com um braço e uma perna quebrados... Aqueles fragmentos de informação totalmente desconexos não paravam de girar em minha mente.

Nesse momento, ouvi de repente um *claque, claque, claque* que me fez voltar a mim. Vi que a mão de Negishi tremia ligeiramente e a xícara de café que ela segurava batia no pires.

Autor: Você está bem?

Negishi: Sim... desculpe. Fiquei tensa de repente.

Autor: Tensa?

Negishi: A bem da verdade... *o que eu queria realmente conversar com você era o seguinte...*

Observando a ponta dos dedos ainda um pouco trêmulos, Negishi prosseguiu em voz baixa.

Negishi: Venho pensando nisso desde a morte dos meus pais. Que segredos aquela casa escondia, afinal? Sem conseguir conter minha curiosidade, não tive alternativa a não ser ler livros de arquitetura e anotar as descobertas em um caderno, me dedicando ao assunto por um bom tempo. E, em determinado momento, obtive uma resposta.

Autor: Resposta... Isso significa que você solucionou o mistério?

Negishi: Sim... Mas falta embasamento e, acima de tudo... se essa "resposta" estiver correta, será algo muito assustador e triste para mim. Então, no final das contas, decidi abandoná-la. Pensei em esquecer tudo isso. No entanto, não consegui. Mesmo após vários anos, mesmo depois de adulta, casada e com um filho, eu ficava aterrorizada ao me lembrar da "resposta". Isso perdura até hoje. O simples fato de falar sobre isso me deixa nervosa desse jeito… Só quero fugir de tudo.

No início, Negishi havia dito que achava que conversar com alguém lhe permitiria escapar da maldição de seu passado. Logo, essa "maldição do passado" devia ser a tal "resposta".

Ela queria me contar a história para se sentir mais leve.

Autor: Você sofreu por todo esse tempo, não é? Para ser sincero, não sei se posso julgar perfeitamente se sua "resposta" é a correta, mas falar sobre isso talvez a deixe mais aliviada. Pode me contar sem pressa.

Negishi: Obrigada.

Ela pigarreou antes de começar a falar.

Negishi: Por que criaram um "corredor que não leva a lugar nenhum"? No início eu buscava o tempo todo uma razão. Até que, em determinado momento, me veio uma luz. Eu percebi que minha maneira de pensar talvez estivesse errada. Em vez de ser um "corredor que não leva a lugar nenhum", talvez fosse um "corredor cuja finalidade acabou se perdendo".

Negishi pegou a caneta e desenhou um símbolo na planta baixa.

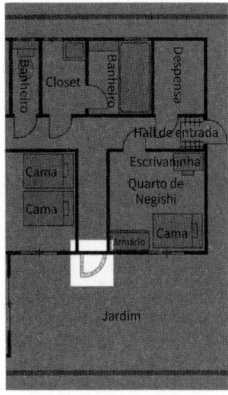

Autor: Uma porta que dá no jardim?

Negishi: Foi o que pensei no início. Originalmente, deviam ter planejado colocar uma porta aqui. Mas é possível ir ao jardim pela sala de estar e pelo hall de entrada. Não haveria necessidade de instalar uma porta aqui. Além disso, achei estranho que tivessem construído o corredor e eliminado apenas a porta. Foi então que me ocorreu o seguinte.

Ela pegou de novo a caneta.

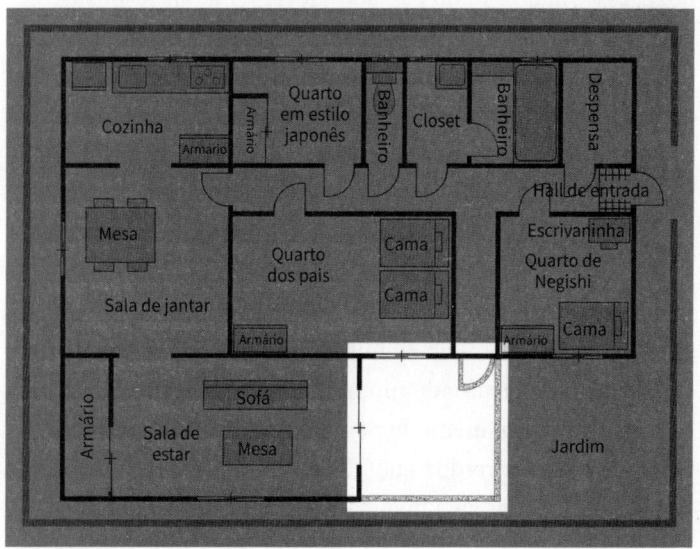

Autor: Um cômodo?

Negishi: Na etapa de planejamento, *estava prevista a construção de mais um quarto*. O corredor era uma passagem para esse cômodo. Só que houve uma mudança súbita nos planos pouco antes do início das obras e o quarto foi eliminado da planta baixa. Em consequência, apenas a passagem deve ter sido preservada.

Autor: Mas é um problema enorme eliminar um quarto desse jeito, não?

Negishi: Sim... Algo importante deve ter acontecido para provocar essa decisão. Por exemplo, se o plano inicial fosse que mais um membro da família morasse com a gente, ou algo assim...

Autor: Hã?

"Alguém" ia morar nesse quarto.

Um avô, uma avó, um tio, uma tia, um parente... não sei quem seria, mas, pelo visto, pouco antes de as obras terem início, essa pessoa saiu de cena.

Autor: Mesmo assim, isso seria motivo para eliminar deliberadamente um quarto?

Negishi: Geralmente não, né? Seria algo impensável. Para meus pais, "essa pessoa" não seria qualquer um, e sim alguém especial. Enquanto eu tentava imaginar quem poderia ser, percebi algo estranho.

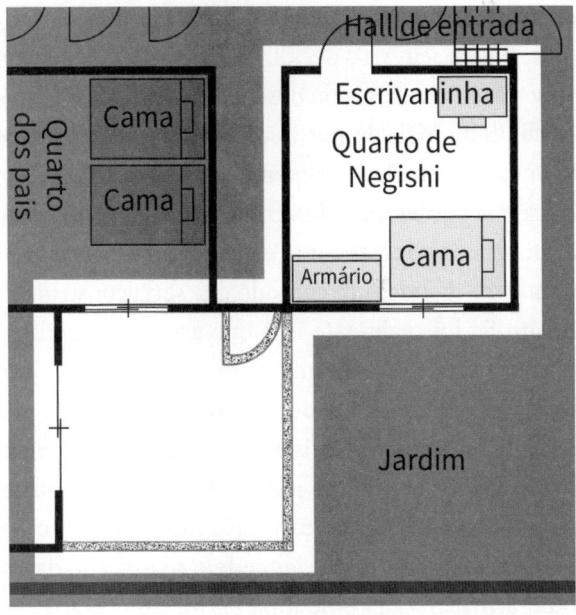

Negishi: Esse quarto tem certa semelhança com o meu. O tamanho é praticamente o mesmo e ambos dão para o jardim. É como se... *fossem gêmeos...*

Por um instante, essas palavras mexeram comigo.

Negishi: Como mencionei há pouco, eu nasci prematura, dois meses antes da data prevista. Além disso, nasci de cesariana. Deve ter sido um parto de risco, tanto para a minha mãe quanto para mim. Embora meus pais não falassem em detalhes sobre aquela época, talvez... eu tenha tido um irmão ou irmã. *Éramos gêmeos*. Durante a gestação, deve ter ocorrido algum problema que obrigou a minha mãe a passar por uma cirurgia de emergência. Um dos bebês... Quer dizer, *eu* consegui ser retirada, mas a *outra criança* não resistiu.

Autor: Então esse quarto seria da outra criança?

Negishi: Essa é a minha "resposta". Meus pais decidiram não me contar sobre a existência desse irmão ou irmã... Como mãe, compreendo o sentimento deles. Deve ser assustador ter que contar à própria filha que ela "tinha um irmão gêmeo, mas ele morreu antes de nascer". E também traumatizante.

Autor: Então, seus pais decidiram eliminar esse quarto para evitar que você percebesse ou desconfiasse do fato algum dia?

Negishi: Sim. Mais do que isso, porém, talvez eles próprios quisessem esquecer. Provavelmente seria doloroso se lembrar da criança que perderam toda vez que olhassem para o quarto.

De fato, circunstâncias como essa levariam à decisão de eliminar em cima da hora um cômodo que seria construído.

Negishi: Se foi realmente isso que aconteceu, consigo entender, de certo modo, a atitude da minha mãe. Ela era superprotetora por não querer perder de novo um filho. Ao mesmo tempo, devia temer minha existência. Eu era *um fragmento da criança que ela havia deixado morrer*. O simples fato de eu estar viva possivelmente provocava nela um sentimento de culpa. Pensando assim, acho que entendo o significado da boneca dentro do armário. O fato de uma perna e um braço estarem quebrados refletia a dor de ter perdido um filho.

Negishi pegou uma foto na bolsa.

Negishi: Quando estava organizando os pertences deles, encontrei um maço de fotos na gaveta do meu pai. Todas eram da casa ainda em construção, tiradas de longe. Ele talvez quisesse registrar esse processo. Aqui uma delas.

A foto exibia a casa ainda no seu esqueleto. Numa faixa presa na estrutura, lia-se: "Em obras. Construtora Misaki." Devia ser o nome da empresa contratada para a obra.

O que mais chamou a atenção, porém, foi um *pequeno objeto vermelho* no canto da foto.

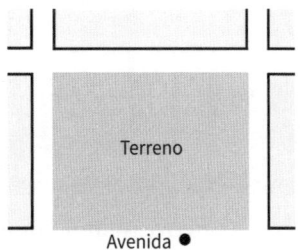

Ele estava na parte inferior direita da foto, em um canto da avenida.

Apurando o olhar, percebi que era uma única flor, colocada em um copo de vidro.

Negishi: Acredito que seja uma oferenda dos meus pais ao outro filho.

Senti que algo não estava fazendo sentido.

Claro que entendo o ato de oferecer uma flor ao filho falecido, mas será que eles fariam isso na casa nova, ainda em construção? Por mais que eu pensasse naquilo, seguia sem achar que o local era apropriado. Mais do que uma oferenda ao próprio filho, parecia...

* * *

Negishi: Então, o que você acha? Seja objetivo e diga o que achou de toda a minha dedução.

Autor: Bem... seu raciocínio é bastante lógico e convincente. Mas devo afirmar que alguns pontos nele me incomodam.

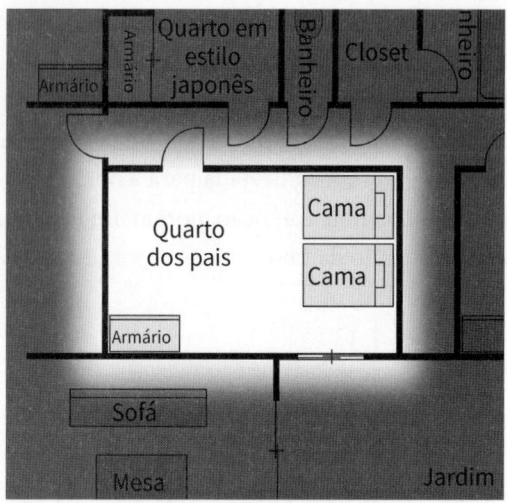

Autor: Por exemplo, se houvesse um cômodo nessa posição, o quarto dos seus pais não teria janela, pois não haveria nenhuma parede voltada para o exterior. Esta planta baixa foi feita pelos seus pais com a consultoria da construtora, correto? É difícil acreditar que profissionais permitiriam um cômodo nessa posição.

Negishi: Realmente, agora que você falou...

Autor: Além disso, também me pergunto se seria possível fazer uma alteração como essa de última hora. Seria necessário mudar o formato do telhado, o que demandaria muito tempo e dinheiro para resolver a questão da compra dos materiais, na minha opinião. Por isso tenho minhas dúvidas se a construtora aceitaria uma mudança do tipo...

Negishi: É... tem razão.

Autor: Levando tudo isso em conta, *não sei se seu raciocínio é realista.*

Para ser sincero, devo confessar que eu não tinha total certeza de que a teoria dela estava errada. No entanto, se minha resposta fosse vaga, Negishi continuaria sofrendo. Ela seria atormentada pelo fantasma de um irmão que não necessariamente tinha existido.

Sendo assim, era melhor negar de uma vez aquela ideia e Negishi escapar da maldição do seu passado. Talvez ela quisesse exatamente isso...

No entanto, contrariando minha expectativa, Negishi parecia tristonha.

Negishi: Obrigada. Fico aliviada de saber que minha ideia não é realista, mas, por outro lado, isso me entristeceu um pouco. Agora estou me dando conta de que minha "resposta" na verdade representava o que eu queria acreditar.

Autor: Como assim?

Negishi: Até hoje eu ainda odeio minha mãe. Embora ela tenha morrido há um bom tempo, não consigo de forma alguma considerá-la uma boa mãe. E isso me chateia muito. Acho que queria ter a ilusão, mesmo que ínfima, de que ela não tinha como evitar aquelas atitudes, ou que havia circunstâncias que a obrigavam a me tratar de um jeito ríspido.

O sol a oeste brilhava forte quando deixamos o café. Despedi-me de Negishi e caminhei rumo à estação.

Negishi não queria continuar odiando a mãe. Todo aquele raciocínio havia nascido desse desejo. E talvez fosse apenas isso.

De qualquer forma, achei que Negishi deveria esquecê-la. Não havia motivos para sofrer por uma mãe que já não estava mais neste mundo. Acredito que não agi errado ao refutar a "resposta" dela.

Contudo, um fato me incomodava.

A flor vermelha na fotografia. O que significava aquilo, afinal? Quem a colocara ali e por que motivo?

Negishi achava que era uma oferenda de seus pais ao filho falecido. Mas não podia ser isso.

O local para a oferenda era estranho — a flor tinha sido colocada na avenida.

Uma flor colocada na rua... Pensando bem...

Nesse momento, me veio uma faísca. De súbito, uma hipótese foi formada.

Não podia ser isso... No entanto, explicaria o "corredor que não leva a lugar nenhum".

Então, procurei por uma biblioteca em um aplicativo de mapas do celular.

Saindo do café, andei por trinta minutos até chegar à biblioteca municipal, que conta com edições antigas de jornais da província. Lá, comecei a folhear as edições de 1990, o ano em que a casa da família Negishi havia sido construída.

Por fim, encontrei uma matéria.

30/01/1990 - Edição da manhã

Ontem, dia 29, por volta das 16 horas, ocorreu um incidente fatal na cidade de Takaoka, na província de Toyama. A vítima foi Yunosuke Kasuga (oito anos), estudante primário e residente da cidade. Aparentemente, ao se deslocar por uma avenida, Yunosuke foi atingido por um caminhão que saía de ré de um canteiro de obras. O veículo transportava materiais de construção, e o motorista alegou que "tinha pouca visibilidade e não percebeu o menino". O homem é funcionário da Construtora Misaki...

A matéria trazia uma imagem da avenida onde o incidente ocorrera. Era o mesmo local da foto que Negishi me mostrara pouco antes.

Era como eu havia pensado. O "corredor que não leva a lugar nenhum" *surgiu* em função desse acidente. Saí às pressas da biblioteca e telefonei para Negishi.

Negishi: Alô?
Autor: Oi, Negishi. Tenho um pedido a fazer. Poderia contatar a Construtora Misaki, a empresa que construiu a casa da sua família? Vamos ouvir a história diretamente dos funcionários.

Negishi: Diretamente? Mas meus pais construíram a casa há mais de trinta anos, e desde então não mantive nenhum contato com a empresa. Duvido que eles deem a devida atenção a um cliente tão antigo, e, além disso, talvez não haja mais ninguém que saiba qualquer coisa daquela época...

Autor: Eu também pensava assim, mas estava lendo jornais antigos na biblioteca e acabei de descobrir um fato gravíssimo. Acredito que você seja alguém muito importante para a Construtora Misaki.

Negishi: Como assim?

Autor: Na realidade...

Quando Negishi contatou a empresa, *eles se lembravam dela*, como eu previra. Além disso, quando ela disse que "desejava conversar com alguém que soubesse dos fatos ocorridos em 1990", eles lhe apresentaram um funcionário. Essa pessoa, de sobrenome "Ikeda", parecia ser o gerente-geral do Departamento de Recursos Humanos.

Na sexta-feira da semana seguinte, fomos convidados a nos encontrar com ele na sede da empresa.

Era sexta à tarde, e estávamos eu e Negishi na recepção da sede da Construtora Misaki.

Sentado à nossa frente se encontrava Ikeda, um senhor baixinho e simpático. Olhando para Negishi, ele falou, sério:

Ikeda: Olha só... Aquela menininha cresceu bastante, não?

Autor: O senhor a conhece?

Ikeda: Conheço. Desde que ela ainda estava na barriga da mãe. Na época, eu atendia clientes em nosso escritório e dei suporte aos pais dela sobre diversas dúvidas quanto à construção da casa. Eu me lembro do pai dela acariciar a barriga da esposa e anunciar, todo feliz: "É uma menina." Porém, é uma vergonha indelével para nós que, apesar de nossa empresa ter sido escolhida para prestar o serviço, *um acidente daquele* tenha ocorrido.

Autor: Viemos aqui hoje justamente para perguntar sobre o caso. Poderia nos contar em detalhes sobre o acidente?

Ikeda: Sim. Aquilo… aconteceu quando a investigação geotécnica já havia sido concluída e estávamos prestes a começar o trabalho de construção da estrutura. Nosso funcionário atropelou um menino na rua em frente ao terreno.

Autor: A criança morreu no acidente?

Ikeda: Sim. Algo que jamais deveria ter ocorrido.

Negishi mostrou a tal fotografia.

Negishi: Foi o senhor que deixou a flor?

Ikeda: Não só eu. Até a casa ser concluída, nossos funcionários se revezaram diariamente para colocar flores no local do ocorrido. Obviamente, esse gesto não compra nosso perdão, nem perto disso, mas pretendíamos levá-lo adiante, de todo o coração, em respeito ao menino que morreu e à família dele. No entanto, lamento igualmente pela srta. Negishi e seus pais. Afinal, o acidente em frente à sua casa ocorreu por culpa nossa.

Autor: Foi por isso que vocês mudaram a planta e *trocaram a posição do hall de entrada*, correto?

Ikeda: Ah, então o senhor sabe disso?

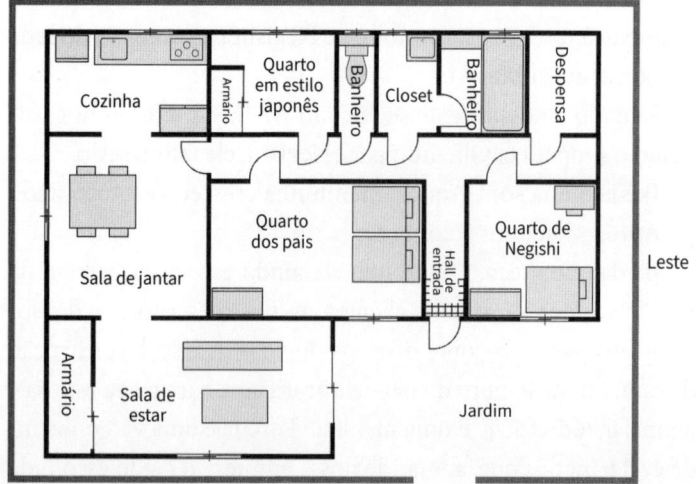

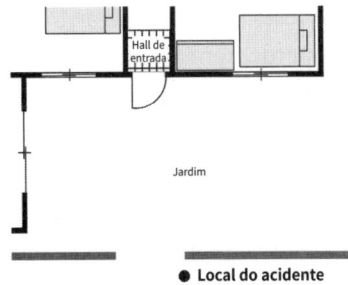

● Local do acidente

De acordo com Ikeda, na planta inicial, o hall de entrada se situava no lado sul.

Mas o acidente ocorreu bem na frente de onde seria a entrada. E mesmo quem não acredita em fantasmas não se sentiria confortável sabendo que em frente à entrada da própria casa havia ocorrido algo assim. O pai de Negishi se enfureceu com a construtora.

A mãe de Negishi o acalmou. E resolveu exigir algo.

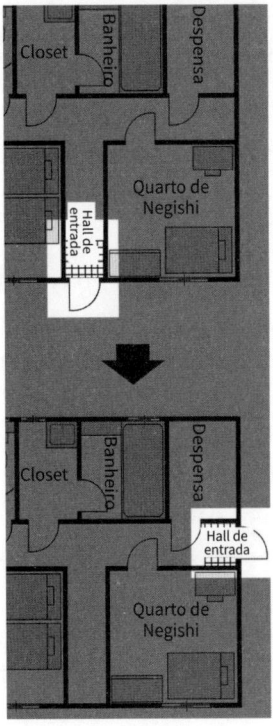

"Gostaria que trocassem o local da entrada", foi a condição que ela impôs para perdoarem a empresa.

Como a nova entrada ficaria onde originalmente era um corredor sem saída, não foi uma tarefa complicada. A empresa aceitou fazer a mudança sem ônus.

Dessa forma, o local que deveria ser o "hall de entrada" perdeu sua função e se tornou um "corredor que não leva a lugar nenhum".

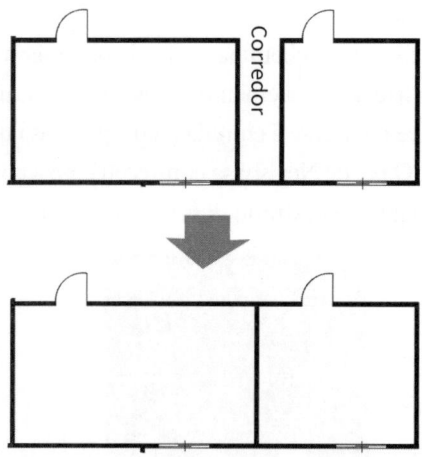

Sugeriu-se, inclusive, "eliminar o corredor para ampliar os quartos", mas chegou-se à conclusão de que tirar uma parede seria complicado, em virtude da resistência da estrutura a terremotos.

Ikeda não poupou elogios, "admirado com a proposta maravilhosa da sra. Negishi". Sem dúvida, a alternativa traria um alívio psicológico, por não ser possível avistar o local do acidente de dentro da casa. No entanto, senti que o objetivo da mãe talvez fosse outro.

Provavelmente ela desejava evitar uma nova tragédia, caso a filha um dia saísse para a avenida e sofresse um acidente semelhante.

"Haja o que houver, não vá à avenida", minha mãe costumava me advertir. "Quando sair de casa, siga pelas vielas."

Aquelas palavras eram uma resposta ao acidente fatal ocorrido na avenida.

É triste que algo assim tenha acontecido. Entretanto, não era para ter sido positivo para Negishi saber que a mãe se preocupava de verdade com ela? Embora ela não soubesse bem como interagir com a filha e às vezes gritasse com ela ou a rejeitasse, no fundo a mãe a amava. Foi o que imaginei... mas logo tomamos conhecimento de um fato incompreensível.

Após a conversa se encerrar, Ikeda disse mais uma coisa, como se de repente tivesse se lembrado de algo.

Ikeda: Por falar nisso, tem algo que eu gostaria de lhe perguntar, srta. Negishi.

Negishi: O quê?

Ikeda: Por que sua mãe quis fazer aquela reforma na casa?

Negishi: Reforma? Como assim?

Ikeda: Ah, pelo visto a senhorita não sabia. Então, cinco anos após a casa ter sido construída, sua mãe veio sozinha à nossa empresa. Na época, ela me perguntou algo estranho: *"Seria possível demolir apenas o quarto no canto sudeste da casa?"*

Negishi: Demolir um quarto?

Ikeda: Nós costumamos aceitar obras de redução de prédios, para eliminar parte de uma residência, mas é incomum solicitarem a demolição de apenas um quarto. Mesmo depois que perguntei o motivo, sua mãe não me revelou nada. Entretanto, a expressão dela me dizia que era uma circunstância extraordinária, então elaboramos um orçamento. Como não era uma quantia tão baixa, ela acabou desistindo, e eu fiquei sem saber o motivo...

Eu logo me lembrei dos seiscentos e oitenta mil ienes encontrados na gaveta da mãe.

Teria ela poupado o dinheiro às escondidas, pensando em usá-lo para as despesas da obra?

Autor: A propósito, qual seria o "quarto no canto sudeste"?

Ikeda: Bem... o quarto vizinho à entrada...

Negishi: O meu quarto.

Autor: Hein?

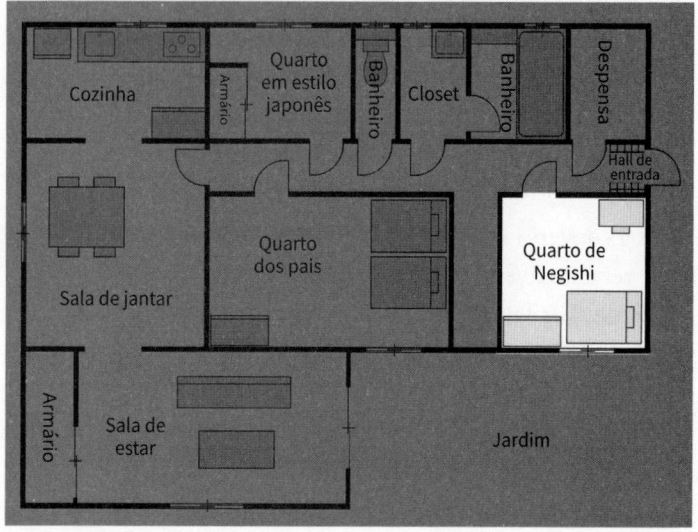

O quarto no canto sudeste... era o quarto de Negishi. Porém...

Negishi: Eu sabia... Minha mãe devia me odiar...

Autor: Não, não pode ser isso! Afinal, ela se preocupava que você não se acidentasse na avenida...

Negishi: Então, por que tudo isso?

Por que a mãe *havia cogitado demolir o quarto da filha*?

Não encontrei palavras para responder.

Fim do Documento 1 – O corredor que não leva a lugar nenhum

DOCUMENTO 2

A CASA QUE ALIMENTA A ESCURIDÃO

**6 DE NOVEMBRO DE 2020
REGISTRO DA ENTREVISTA
COM TATSUYUKI IIMURA**

Existe um termo chamado "limpeza pós-morte".
    Designa a faxina de um cômodo onde ocorreu a morte de alguém que estava sozinho ou sofreu um acidente.
    Normalmente, quando alguém morre, a família ou os conhecidos organizam o funeral e, alguns dias depois, o corpo é cremado. Entretanto, se uma pessoa sem parentes vem a falecer em casa, esse acontecimento pode passar despercebido por semanas ou meses, com o corpo se decompondo e manchas se espalhando pelo chão.
    Esse trabalho de limpeza, então, consiste na remoção dos "vestígios de vida" impregnados no cômodo. Tatsuyuki Iimura, meu entrevistado da vez, trabalha há cerca de dez anos como faxineiro em "limpezas pós-morte".
    Originalmente empregado na construção civil, ele mudou para a profissão atual depois dos quarenta e cinco anos.
    Iimura: Bem, foi uma questão de limite físico, acho. Até os trinta anos, por mais pesado que seja o trabalho, basta beber uns tragos à noite e dormir que você se recupera, mas depois

dos quarenta o cansaço do dia anterior perdura... Esses leves cansaços foram se acumulando e, quando menos percebi, eu tinha chegado ao meu limite. Acordei certo dia e não conseguia me mexer. Fui internado, e depois disso já era: minha força muscular se deteriorou, e basicamente eu não tinha mais como retornar ao trabalho. Mas a essa altura da vida não conseguiria ficar trabalhando em escritório. Foi quando um colega mais velho me apresentou o trabalho de limpeza pós-morte.

Iimura jogou um pouco de edamame na boca e tomou um gole de cerveja.

Iimura: A limpeza pós-morte é, em última análise, *um trabalho que liberta a pessoa da casa*. Mas a maioria pensa justamente o oposto: "É limpar a casa que foi suja pelo cadáver." Como se a casa fosse mais valiosa do que a pessoa, sabe? Ledo engano! As casas existem para as pessoas usarem. As pessoas serão sempre a prioridade. Aprendi essa filosofia com meu mestre quando eu era carpinteiro, e ela continua orientando meu trabalho mesmo depois de mudar de profissão. Independentemente de ir para o paraíso ou para o inferno, parte do espírito da pessoa falecida continua apegada à casa, relutante em se desprender dela. Portanto, para que o espírito possa deixar o local, nós a limpamos com esmero. É esse o trabalho. Garanto que é muito interessante. Desculpe, posso pedir mais uma cerveja?

Fui apresentado a Iimura por intermédio de um conhecido. Ele tinha *determinadas informações* que eu desejava. Por isso, decidimos realizar essa entrevista em um bar *izakaya* na província de Shizuoka, terra natal de Iimura.

A conversa sobre limpezas pós-morte era interessante, mas meu foco ali era outro. Então, depois de ele pedir a segunda cerveja, decidi ir direto ao ponto.

Autor: A propósito, ouvi dizer que o senhor foi encarregado de limpar a casa da **família Tsuhara**. Posso perguntar sobre isso?

Iimura: Ah, tem razão. Desculpe por ter desviado do assunto.

* * *

Em 2020, no norte do distrito de Aoi, na província de Shizuoka, um adolescente de dezesseis anos assassinou a família.

Todos os membros foram mortos, com exceção do pai, que estava fora a trabalho... Foram três vítimas: **a mãe, a avó e o irmão mais novo do jovem Tsuhara**. A polícia foi acionada por vizinhos que ouviram os gritos da mãe, mas, ao chegar, os três já estavam mortos, e o jovem Tsuhara foi detido sem oferecer resistência.

A arma do crime foi uma faca de cozinha. Encontraram legumes prestes a serem cortados, e presume-se que o rapaz tenha pegado o instrumento das mãos da mãe, que preparava a refeição na cozinha, e o usado para cometer o crime.

Os três corpos estavam nas seguintes condições:

Mãe: Encontrada caída na cozinha. Fora esfaqueada no peito e apresentava sinais de luta nas roupas.

Avó: Encontrada deitada na cama em seu quarto, de olhos fechados. Fora esfaqueada em diversas partes do corpo por cima da coberta. Acredita-se que tenha morrido sem apresentar resistência, por ter dificuldade de andar devido a problemas nas pernas.

Irmão mais novo: Foi encontrado caído na entrada da cozinha, com a faca enterrada no ventre.

O jovem Tsuhara exibia ferimentos em vários locais do tronco e recebeu tratamento no hospital antes de ser preso.

À polícia, ele alegou "estar irritado", "não ter esperanças em relação ao futuro" e "sentir dificuldade em viver na casa por não ter uma boa relação com a mãe e a avó". Em meio às discussões relativas a todo tipo de problema social, como o sentimento de desesperança da Geração Z e a falta de comunicação entre a família, um estranho rumor começou a circular.

Sugeria-se "haver um problema na *planta baixa* da casa da família Tsuhara". Não era um tema relevante, e logo caiu no esquecimento, mas, como na época eu estava escrevendo *Casas estranhas* e tinha um forte interesse por plantas baixas, esse boato atiçou minha curiosidade.

Investiguei por conta própria, mas, por mais que pesquisasse, não obtive informações importantes; pelo contrário, não consegui sequer arranjar a planta baixa da casa.

Quando estava prestes a desistir, me ocorreu uma ideia.

Após o término da perícia da cena do crime pela polícia, a casa onde ocorreu o assassinato passou por uma limpeza pós-morte, feita por uma empresa especializada. Ou seja, *quem havia realizado a faxina na casa dos Tsuhara com certeza conhecia a disposição dos cômodos.*

Assim, decidi entrevistar Iimura.

Iimura: Naquela ocasião, dez pessoas foram enviadas, incluindo eu. Normalmente, o limite máximo nesses trabalhos é de oito faxineiros, mas aquele caso foi algo extraordinário... em virtude do acontecimento em si.

Autor: Foi um trabalho extenuante?

Iimura: E como! Ainda mais porque havia um mar de sangue que ia do quarto da avó até a cozinha, e foi dureza trocar cada tábua do assoalho. Bem, é sempre fisicamente desgastante... mas naquele caso também foi psicologicamente difícil. Você sabe que havia uma criança entre as vítimas, né?

Autor: Sim. O irmãozinho do jovem Tsuhara.

Iimura: Havia uma pequena poça de sangue na entrada da cozinha... Era sangue da criança. Fiquei angustiado quando vi. Afinal, eu também tive um filho com minha ex-esposa.

Autor: É mesmo?

Iimura: Desculpe, a conversa ficou sombria... Enfim, você queria uma planta baixa da casa dos Tsuhara, certo? Eu trouxe para você! É meu presente em agradecimento pelo edamame.

Iimura tirou do bolso uma folha dobrada. A planta baixa estava impressa nela.

TÉRREO

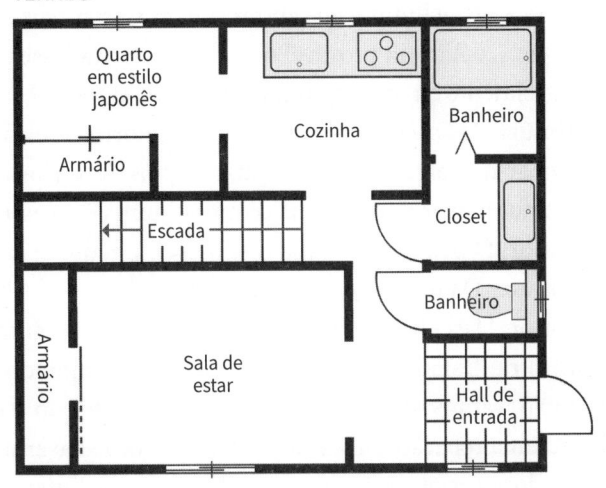

- Quarto em estilo japonês
- Armário
- Cozinha
- Banheiro
- Closet
- Escada
- Banheiro
- Armário
- Sala de estar
- Hall de entrada

SEGUNDO ANDAR

- Quarto em estilo ocidental
- Quarto em estilo ocidental
- Armário
- Escada
- Quarto em estilo ocidental
- Quarto em estilo ocidental
- Quarto em estilo ocidental
- Varanda

Iimura: Esta é a residência dos Tsuhara.

Autor: Hein? Como você conseguiu a planta baixa?

Iimura: Coisas assim existem aos montes na internet! Peguei aleatoriamente e imprimi.

Estranho.

Eu havia pesquisado em todos os sites aos quais tive acesso, mas não tinha conseguido encontrar a planta baixa da casa dos Tsuhara. Mas se Iimura, que entrara na casa, estava dizendo que era aquela, então era provável que a planta baixa fosse genuína. Provavelmente eu que não tinha procurado direito.

Iimura: De qualquer forma, que casa horrível! Não é de se estranhar que alguém perca o juízo depois de vários anos vivendo num lugar desses. É difícil morar numa casa assim.

Autor: Difícil morar numa casa assim? Em que sentido?

Iimura: Dá uma olhada aqui. Não percebe?

Autor: Desculpa. Para mim parece uma casa comum...

Iimura: Então imagine que você é um dos moradores. Por exemplo, vamos dizer que esteja na sala de estar do térreo fazendo uma refeição. Nessas horas, sempre deve haver um odor pairando no ar que vai te fazer perder o apetite. Entende?

Iimura: As chamadas "áreas molhadas", como a cozinha e o cômodo com a banheira, estão concentradas no lado norte. Nessa direção não há incidência de luz solar. Portanto, o vapor da água nunca seca no inverno e no verão o cômodo fica abafado. Misturado ao cheiro do banheiro, o odor flui pelo corredor até a sala de estar, que não tem porta, sendo impossível evitar o fedor.

Autor: Por que a sala de estar não tem porta?

Iimura: Com certeza foi mesquinharia. Para dar uma abaixada no custo da obra.

Autor: Entendo.

Iimura: Há outras desvantagens em não ter uma porta na sala de estar. Digamos que, durante alguma refeição, apareça um cobrador de assinatura de jornal ou algum religioso querendo converter a família. O que aconteceria? Eles veriam as pessoas da família e o que estavam comendo. Uma completa falta de privacidade. Seria bom se pelo menos houvesse uma porta virada para a cozinha, mas a escada comprimiu o espaço, inviabilizando a instalação. Essas disfunções acontecem quando se constrói uma casa em um terreno muito pequeno. Em outras palavras, *essas imperfeições tendem a ocorrer facilmente nas moradias japonesas*. Mas, bem, ainda assim, um projetista competente encontraria uma solução, mas o sujeito que desenhou esta casa era péssimo. Por exemplo, este espaço concentra as entradas da cozinha, do closet e do banheiro. Os membros da família poderiam se esbarrar, gerando brigas.

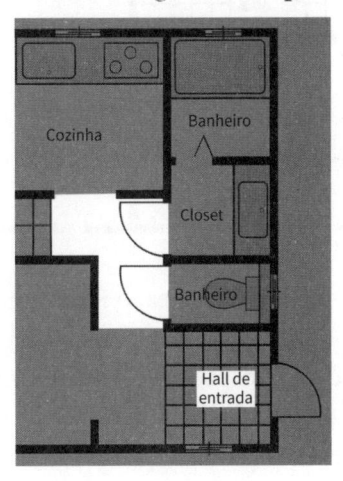

Autor: Realmente. Agora que você falou, parece mesmo uma casa difícil de se morar.

Iimura: Não é? E o andar de cima é ainda pior.

SEGUNDO ANDAR

Iimura: Pelo tamanho da área, o ideal seria ter uns três ou quatro quartos. Em vez disso, atulharam cinco. Dessa forma, acabaram com o espaço para o corredor. Sem um corredor, para chegar até o cômodo dos fundos é preciso atravessar os quartos da frente. Ou seja, esses quartos servem também como passagem. E, de novo, não existem portas. Não existem espaços privados nessa casa.

Autor: Realmente... é impossível relaxar.

Iimura: Também me desagrada a varanda não estar voltada para o sul. O vento sul é o melhor para secar bem as roupas estendidas no varal.

Senti meu interesse arrefecer aos poucos. A história de Iimura era inegavelmente convincente. Como antigo operário da construção civil que erguera inúmeras casas, lhe bastava olhar a planta baixa para identificar os pontos positivos e negativos de cada residência. E, como ele tinha dito, aquela casa talvez fosse difícil de se morar.

No entanto, não era exagero pensar que residir em uma casa desconfortável seria o bastante para transformar alguém em assassino? Como se lesse meu pensamento, Iimura pigarreou, mudando o tom de voz.

Iimura: Bem, realmente não seria nenhum problema se alguém morasse por um ou dois dias nessa casa. No entanto, morar por cinco ou dez anos geraria pequenos estresses diários que se acumulariam e desestabilizariam a pessoa. Talvez você ache exagero da minha parte, mas casas têm esse poder.

Autor: Você acha?

Iimura: É, mas...

De súbito, a voz dele diminuiu.

Iimura: Tudo o que lhe falei até agora não passa de suposição. O importante é entender *como morar nessa casa afetou a família Tsuhara*. Você tem filhos?

Autor: Não, não tenho.

Iimura: Sendo assim, use sua imaginação para me responder: qual é a coisa mais importante quando uma criança de dois ou três anos está brincando em casa?

Autor: Hum... não haver por perto nada perigoso, talvez?

Iimura: Não está de todo errado, mas existe algo ainda mais importante. A resposta certa é "ela estar a todo momento no campo de visão dos pais". Quando as crianças chegam a certa idade, elas desenvolvem um senso de autonomia e começam a querer brincar sozinhas. Mesmo assim, ainda se sentem ansiosas se ficam completamente sem ninguém. Dessa forma, a maioria das crianças de dois ou três anos brinca na sala. Justamente por isso, a maior parte das residências do Japão tem cozinha contígua à sala de estar. Para uma criança, é agradável combinar a sensação de segurança por ter os pais por perto e a liberdade para brincar sozinha à vontade. Mas nessa casa não é possível ver a cozinha da sala de estar. Na verdade, não há nenhum cômodo que tenha visão para a cozinha e que seja adequado para as crianças brincarem. Será que o jovem Tsuhara não vivia ansioso quando era pequeno?

Autor: Hã? Calma aí. Ao lado da cozinha tem um quarto em estilo japonês, não é? Esse quarto não seria perfeito para uma criança brincar?

Iimura: Não, esse é o quarto da avó.

"O quarto da avó"... Senti um calafrio ao ouvir essas palavras.

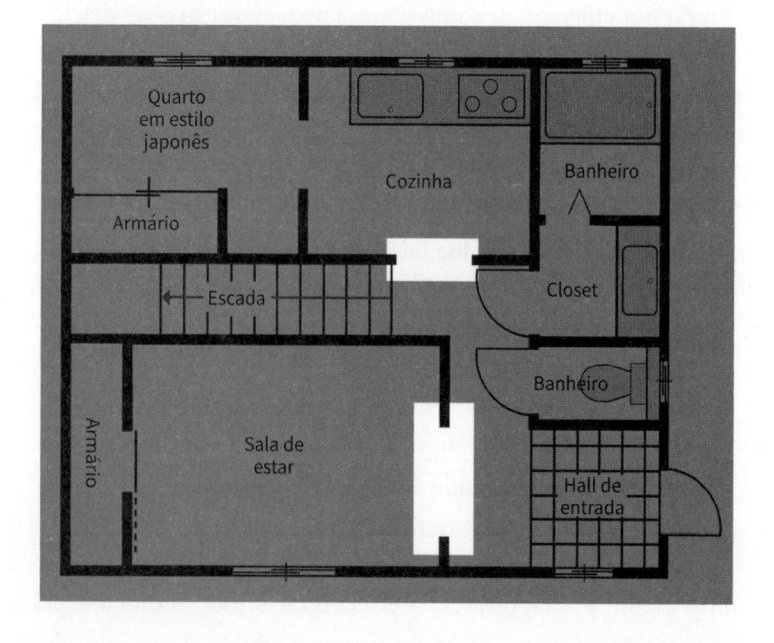

> **Mãe**: Encontrada caída na cozinha. Fora esfaqueada no peito e apresentava sinais de luta nas roupas.
> **Avó**: Encontrada *deitada na cama em seu quarto*, de olhos fechados. Fora esfaqueada em diversas partes do corpo por cima da coberta. Acredita-se que tenha morrido sem apresentar resistência, por ter dificuldade de andar devido a problemas nas pernas.
> **Irmão mais novo**: Foi encontrado caído na entrada da cozinha, com a faca enterrada no ventre.

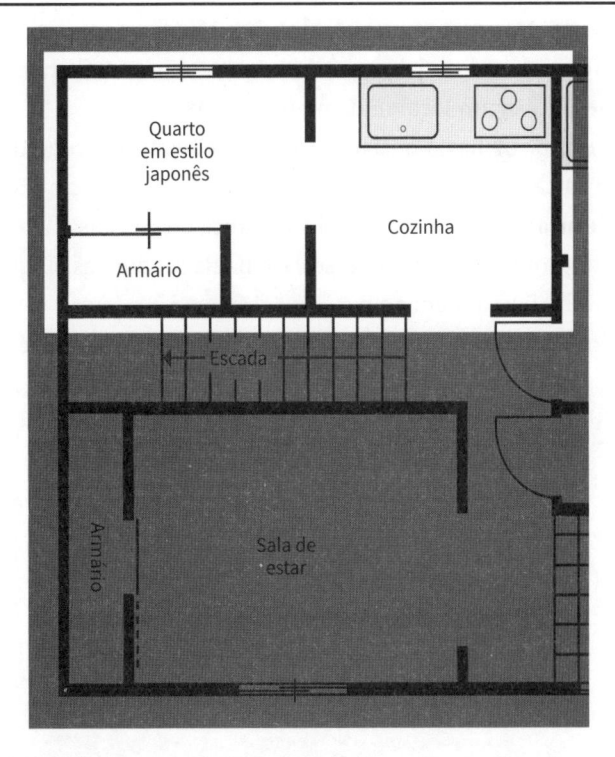

A avó foi morta em seu quarto. E a mãe e o irmão menor, na cozinha.

O incidente ocorreu nesses dois cômodos adjacentes. Mesmo contra a minha vontade, acabo imaginando a cena.

Iimura: Ao que parece, a senhora era a avó paterna do jovem Tsuhara. Vendo pelo lado da mãe do menino, quer dizer que a sogra sempre ficava no quarto ao lado, enquanto a nora fazia as tarefas na cozinha. Mesmo pais e filhos se sentem pouco à vontade nessa situação. Com a sogra, devia ser ainda pior. Além disso, a avó tinha problemas nas pernas e vivia praticamente acamada. Muitas vezes, a mãe do jovem Tsuhara tinha que interromper seus afazeres para levar a sogra ao banheiro. No fundo, a mãe devia viver irritada, não acha? Crianças são sensíveis às emoções dos pais. É difícil acreditar que elas brincassem todas felizes em um lugar onde a mãe se mostrasse sempre tensa. No entanto, na sala de estar, elas ficariam sozinhas e inquietas. Acredito que, quando criança, o jovem Tsuhara não via nesta casa um local onde pudesse relaxar.

De fato, ele havia declarado à polícia "sentir dificuldade em viver na casa por não ter uma boa relação com a mãe e a avó".

Iimura: Além disso, quando a criança cresce, passa a ter um quarto próprio. Também nesse caso havia problemas. O quarto do jovem Tsuhara era aqui.

Iimura apontou para o espaço do armário no segundo andar.

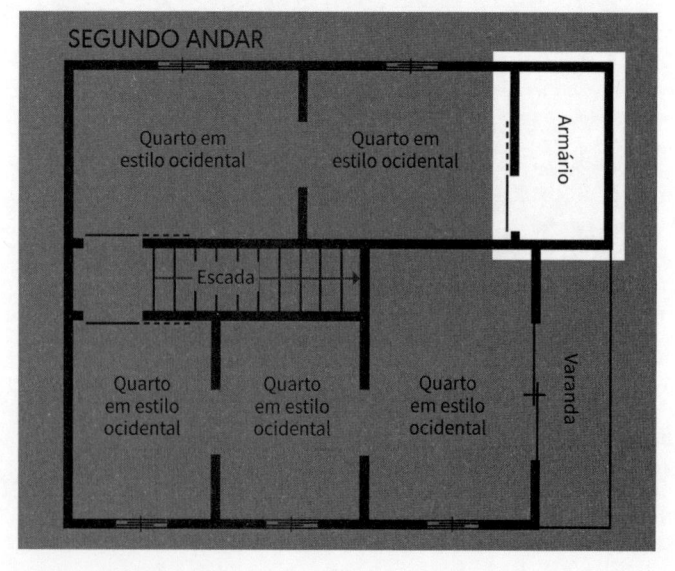

Iimura: Quando entrei para fazer a faxina, dei só uma olhadela. Havia uma mesa, um abajur e um futon ali. Ele devia gostar de futebol. Tinha um pôster do Campeonato Japonês de Futebol na parede.

Autor: Mas por que ele ficava no espaço do armário?

Iimura: Por eliminação. Como disse há pouco, no segundo andar não havia espaços privados. Isso é um inferno para um adolescente. Esse espaço do armário era o único local com porta onde ele podia relaxar. O jovem Tsuhara não usava o armário como quarto porque gostava. *Ele foi forçado a escolher esse local.* Um quarto sem janelas, estreito e escuro. Vivendo por tanto tempo em um lugar assim, qualquer pessoa acabaria deprimida!

A inquietude e a solidão da infância. A adolescência em um local exíguo e escuro. O desconforto de toda a casa. Tudo isso deve ter se acumulado e distorcido a personalidade do jovem Tsuhara aos poucos...

Iimura: Bem, logicamente não é porque morou em uma casa como essa que alguém se tornaria necessariamente um assassino. O jovem Tsuhara devia ter essa natureza. A casa apenas a aflorou... Ela alimentou a escuridão da sua mente.

Autor: Se ele tivesse crescido em uma casa diferente, será que a tragédia não teria ocorrido?

Iimura: É o que eu acho... mas talvez tivesse acontecido de qualquer jeito. Não é só o jovem Tsuhara que é envolvido pela escuridão da própria mente. E essa casa também não é a única desse tipo.

Autor: O que você quer dizer com "não é a única desse tipo"?

Iimura: Literalmente isso. *No Japão, existem mais de cem casas como essa.*

Autor: O quê?

Iimura: Você... já ouviu falar da Hikura House? É uma construtora que atua principalmente na região de Chubu. É muito conhecida entre os carpinteiros como uma empresa inescrupulosa. Esse pessoal faz o seguinte tipo de negócio:

① Elabora uma planta baixa

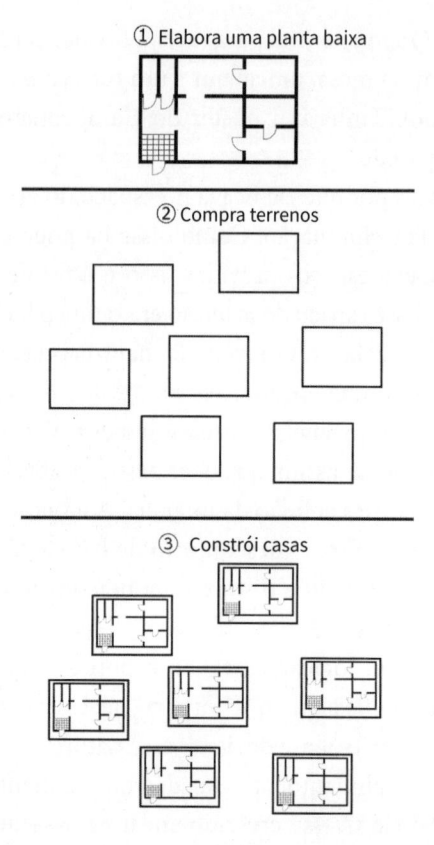

② Compra terrenos

③ Constrói casas

Iimura: Antes de tudo, eles elaboram uma planta baixa. Suponhamos que seja um projeto feito para uma área de cem metros quadrados. Nesse caso, a construtora compra o máximo possível de terrenos desse tamanho em várias localidades de Chubu e constrói casas idênticas, como numa produção em série. Já que a planta baixa é a mesma, eles podem encomendar os materiais em grande quantidade, reduzindo os custos. Assim, vendem aos clientes por um preço módico essas casas produzidas em massa. É o que chamam de "imóvel com planta pronta". Esse tipo de propriedade é vendido por todas as construtoras, e isso em si não é algo negativo. O problema é que, *se a planta baixa for mal planejada, uma enorme quantidade de casas ruins acaba sendo construída*. Como esta em questão.

TÉRREO

Planta baixa do térreo: Quarto em estilo japonês, Armário, Cozinha, Banheiro, Closet, Escada, Banheiro, Armário, Sala de estar, Hall de entrada.

SEGUNDO ANDAR

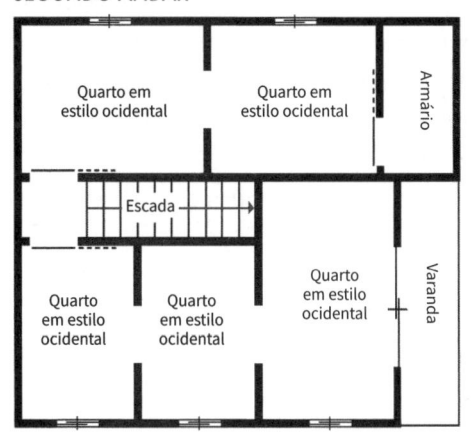

Planta baixa do segundo andar: Quarto em estilo ocidental, Quarto em estilo ocidental, Armário, Escada, Quarto em estilo ocidental, Quarto em estilo ocidental, Quarto em estilo ocidental, Varanda.

Autor: Então, a casa do jovem Tsuhara é uma dessas propriedades produzidas em massa pela Hikura House?

Iimura: Isso mesmo. Eu moro nesta região há muito tempo e já vi folhetos deles sendo distribuídos inúmeras vezes. Nesses materiais, além da planta baixa, consta o seguinte: "Imóvel novo de dois andares, seis quartos, sala de estar, sala de jantar e cozinha integradas, por quinze milhões de ienes." No papel, é um baita negócio. O preço de mercado de uma casa está por volta de trinta milhões de ienes. Comparativamente, sai pela metade do preço. Como se não bastasse, o lugar ainda tem seis quartos além da sala de estar. Um leigo consideraria uma pechincha. No entanto, a realidade é *outra*. Para tornar os números do anúncio atrativos, os quartos são apertadíssimos, as portas são sacrificadas em prol da redução de custos... Eles não dão a mínima para o conforto. Fazem anúncios chamativos e adotam uma abordagem de vendas agressiva, sem qualquer atendimento pós-venda. São esse tipo de empresa. A família Tsuhara decerto foi enganada.

No início, Iimura tinha comentado que "coisas assim existem aos montes na internet!", falando sobre a planta baixa da casa dos Tsuhara. Agora entendo o que ele quis dizer.

Provavelmente ele a havia encontrado em algum site de informações imobiliárias na internet. Ou seja, *esta casa ainda hoje continua sendo vendida em diversos locais*.

Se alguém como o jovem Tsuhara for morar numa dessas casas um dia... Só de pensar senti um leve arrepio.

Depois de terminar sua segunda cerveja, Iimura pediu um sorvete de baunilha.

Iimura: Desculpe. Só eu estou comendo à beça.

Autor: Imagina. Você me contou informações valiosas. Mas fico chocado de saber que essa tal Hikura House não foi à falência, apesar de atuar de forma tão desonesta.

Iimura: Tudo porque os sujeitos têm uma boa estratégia de mídia. Gastam uma grana violenta em publicidade. Basta passar uma imagem boa para a empresa ludibriar a maioria dos clientes.

Autor: Entendi...

Iimura: Mas nem sempre foi assim. A Hikura começou a dar mais ênfase à mídia depois de um incidente.

Autor: Incidente?

Iimura: Deixa eu pensar... Como eu ainda era aprendiz de carpinteiro, deve ter sido na segunda metade da década de 1980. Surgiu um rumor estranho sobre o presidente da Hikura, de que ele abusava de meninas quando era jovem. No final das contas, parece ter sido uma notícia inventada, mas como a TV e as revistas veicularam a informação em tom de chacota, acabou se tornando tópico de conversa também entre o público geral. Meio que "viralizou", como dizem hoje em dia. E reputação é um negócio sério. O preço das ações da Hikura despencou. "Que pena" e tal. Fazer o quê? Logo depois, se aproveitando dessa situação, a Construtora Misaki, empresa rival na região de Chubu, ampliou sua participação no mercado. Nos mais de dez anos seguintes, a Hikura não conseguiu se recuperar. Com uma experiência amarga dessas, eles devem ter aprendido que fatos não são nada diante da força da mídia.

Após voltar para casa, pesquisei sobre a Hikura House na internet.

Entre as sugestões de busca, apareceram "Hikura House horrível", "Hikura House golpe" e "Hikura House religião". Uma pesquisa rápida revelou o que Iimura afirmara: a empresa vendia casas de péssima qualidade e tinha a pior reputação possível entre os consumidores.

Em seguida, acessei o site da construtora.

Ali, anunciavam-se "casas lindas por um preço acessível" com fotos de influenciadores famosos se divertindo em uma festa numa sala de estar chique.

Encontrei um vídeo na mesma página. Nele, enquanto uma composição de um músico famoso tocava ao fundo, uma atriz popular sussurrava em uma voz maravilhosa: "A Hikura House realiza o seu sonho."

Eu me lembrei do que Iimura havia falado: "Fatos não são nada diante da força da mídia."

Depois de sofrer com a pressão da mídia, a Hikura House talvez tenha aprendido a lição e passado a usar o poder midiático para encobrir a má fama.

Em um canto da página, percebi um link de "Conheça a administração". Ao clicar nele, surgiram duas fotos. Uma era do presidente do conselho administrativo da empresa, um idoso de nariz aquilino e óculos. Constava seu nome: Masahiko Hikura. A outra mostrava um homem de meia-idade e cabelo curto, o presidente da empresa. Chamava-se Akinaga Hikura.

Seu rosto era muito parecido com o do presidente do conselho — em especial o nariz aquilino, idêntico. Talvez fossem pai e filho.

Depois de desligar o computador, dei mais uma olhada na planta baixa que recebi de Iimura.

Em 2020, ocorreu uma tragédia naquela casa, que resultou na morte **da mãe, da avó e do irmão mais novo do jovem Tsuhara**.

A polícia foi acionada por vizinhos que ouviram os gritos da mãe, mas, ao chegar ao local, os três já estavam mortos. A arma do crime foi uma faca de cozinha. O jovem Tsuhara havia pegado o instrumento das mãos da mãe, que preparava a refeição na cozinha, e o usado para cometer o crime.

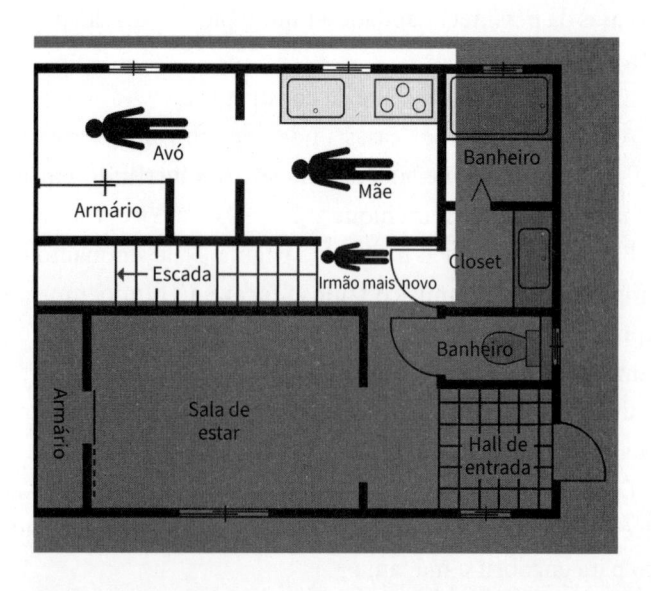

Mãe: Encontrada caída na cozinha. Fora esfaqueada no peito e apresentava sinais de luta nas roupas.

Avó: Encontrada deitada na cama em seu quarto, de olhos fechados. Fora esfaqueada em diversas partes do corpo por cima da coberta. Acredita-se que tenha morrido sem apresentar resistência, por ter dificuldade de andar devido a problemas nas pernas.

Irmão mais novo: Foi encontrado caído na entrada da cozinha, com a faca enterrada no ventre.

O jovem Tsuhara exibia ferimentos em vários locais do tronco e recebeu tratamento no hospital antes de ser preso.

Nesse momento, surgiu uma dúvida: *em que ordem os três teriam sido mortos?*

A informação de que "o irmão mais novo foi encontrado com a faca enterrada no ventre" levava a crer que ele tinha sido o último a morrer. E como foi com as outras duas vítimas? Tentei imaginar, observando a planta baixa.

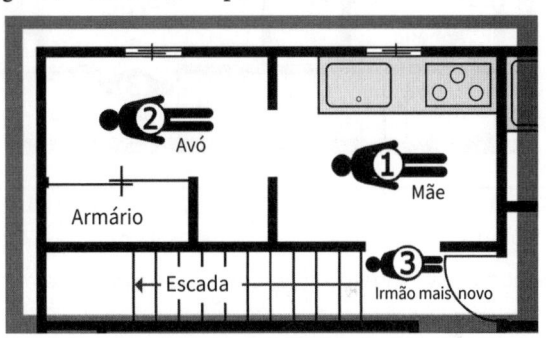

O jovem Tsuhara pega a faca das mãos da mãe, que estava cozinhando, e, após uma luta corporal, a mata a facadas.

↓

Ele se dirige para o quarto em estilo japonês e mata a facadas a avó adormecida.

↓

O irmão mais novo ouve aquele tumulto, aparece e é morto a facadas.

Essa parece ser a ordem dos acontecimentos. Só que, pensando bem, há um ponto estranho: *Como a avó não acordou?*

A mãe do jovem Tsuhara gritou a plenos pulmões, a ponto de os vizinhos escutarem.

Era impossível que a avó, no quarto ao lado, não tivesse acordado. Sendo assim...

Essa ordem contradiz a informação de que a avó foi encontrada deitada na cama em seu quarto, *de olhos fechados*.

Então, foi a avó quem morreu primeiro?

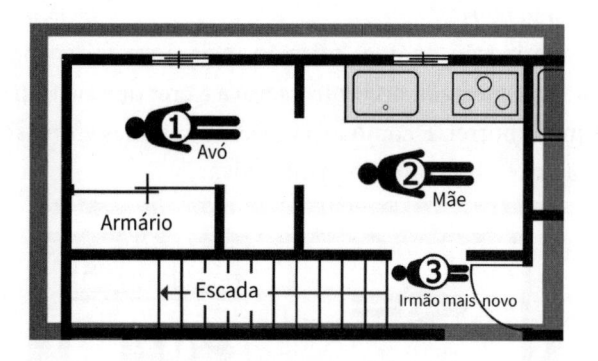

O jovem Tsuhara pega a faca das mãos da mãe, que estava cozinhando, se dirige ao quarto em estilo japonês e mata a avó a facadas.

↓

A mãe logo entra no quarto para impedi-lo. Procurando afastar o filho da avó, os dois lutam e vão até a cozinha, onde ele a mata com facadas no peito.

↓

O irmão mais novo ouve aquele tumulto, aparece e é morto a facadas.

Isso explicaria por que a avó estava de olhos fechados quando foi encontrada. No entanto, ao mesmo tempo, uma outra dúvida surge.

Como o jovem Tsuhara se feriu?

Se o jovem Tsuhara matou a avó no quarto e então lutou com a mãe, a faca devia estar nas mãos dele desde o início. Além disso, ele era um rapaz de dezesseis anos, logo, supõe-se que tivesse vantagem física em relação à mãe.

Apesar disso, a mãe não sofreu outros ferimentos além da facada no peito, enquanto o jovem Tsuhara teve várias lacerações no torso.

Seria natural pensar que, *no momento da luta, era a mãe quem segurava a faca.*

Sendo assim… surge uma possibilidade aterradora. A cena que eu tinha em mente até o momento desmorona.

Teria sido a mãe, e não o jovem Tsuhara, quem esfaqueou a avó?

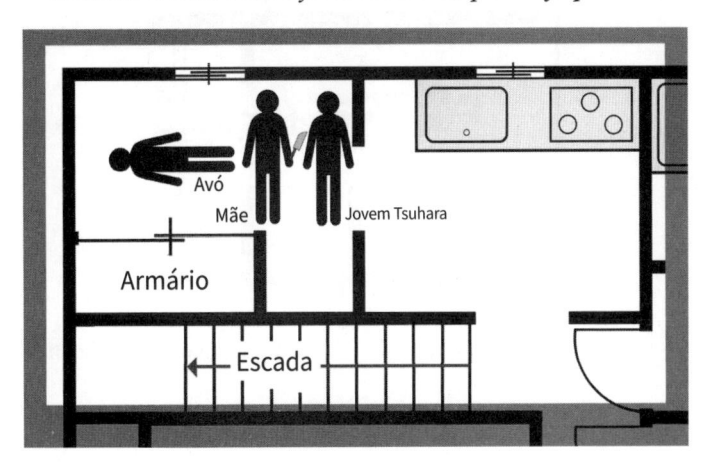

As desavenças com a sogra. A exaustão como cuidadora. A casa desconfortável de se morar.

Todos esses estresses foram se acumulando, até que, em certo momento, atingiram um limite. Enquanto a sogra dormia, ela entrou no quarto ao lado com a faca que por acaso tinha em mãos e a assassinou.

Por coincidência, o jovem Tsuhara presenciou o fato. Tentando impedi-la, ele correu até o quarto em estilo japonês.

O jovem tentou afastar a mãe da avó e, lutando com ela, os dois foram em direção à cozinha.

No meio do caminho, a faca que a mãe segurava atingiu repetidas vezes o torso do jovem.

"Havia um mar de sangue que ia do quarto da avó até a cozinha"... Esse sangue não poderia ser do jovem Tsuhara?

Após uma luta violenta, o rapaz golpeou acidentalmente o peito da mãe.

Ouvindo os gritos, o irmão mais novo apareceu. E, em pânico por ter sido visto no momento em que esfaqueava a mãe, o jovem Tsuhara enterrou a faca no ventre do irmão...

Isso é apenas minha imaginação, mas...

Talvez a casa alimentasse a "escuridão" de mais de uma pessoa.

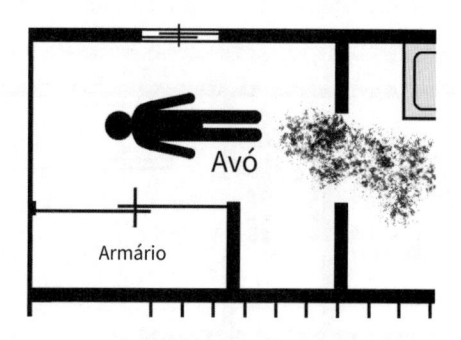

Fim do Documento 2 – A casa que alimenta a escuridão

DOCUMENTO 3

O MOINHO DE ÁGUA NA FLORESTA

TRECHO DE UM LIVRO ANTIGO

Existe um livro antigo intitulado *Diário de estadia em Meibo*.

É uma coletânea de relatos de viagem reunindo as lembranças de pessoas que viajaram pelo interior do Japão no início da era Showa. Publicada em 1940, a edição logo esgotou, mas, por sorte e devido a *certa circunstância*, pude obter um exemplar.

Gostaria de apresentar o capítulo denominado "Lembranças da região de Han'i", escrito por uma mulher chamada Uki Mizunashi, que tinha vinte e um anos na época e era a filha única da família à frente do *zaibatsu* Mizunashi, outrora um conglomerado industrial siderúrgico.

As "Lembranças da região de Han'i" narram os acontecimentos ocorridos durante as férias de verão de Uki na casa do tio. E certa passagem do capítulo contém uma descrição bastante assustadora.

No episódio em questão, ela encontra um moinho de água enquanto perambula por uma floresta dos arredores. Decidi transcrever aqui esse trecho.

Como o texto original emprega muitas palavras antigas, substituí por expressões contemporâneas e elaborei as ilustrações com base nas descrições de Uki.

TRECHO DO CAPÍTULO 14, "LEMBRANÇAS DA REGIÃO DE HAN'I", EXTRAÍDO DE *DIÁRIO DE ESTADIA EM MEIBO*.
AUTORA: UKI MIZUNASHI
23 DE AGOSTO DE 1938

Como a chuva que havia perdurado por cerca de três dias enfim cessara, avisei minha tia que sairia para passear um pouco e entrei na floresta. Enquanto caminhava pelo chão lamacento, tomando cuidado para não escorregar e cair, diante de meus olhos surgiu de repente uma cabana de madeira.

Numa de suas paredes havia uma grande roda. Eu vira algo parecido durante a infância, quando visitei a casa de parentes em Tohoku, e percebi que era um moinho de água (vide nota).

NOTA: O QUE É UM MOINHO DE ÁGUA?

*Exemplo de um moinho de água comum.

Refere-se a uma construção em cuja parede externa foi instalada uma roda-d'água. A roda gira com a correnteza do rio, e a força obtida é utilizada na debulha de grãos ou para tecelagem.
Até por volta de 1960, havia muitas estruturas do tipo em todas as regiões do país.

*Interior do moinho de água.

Observei a construção por um tempo, com um sentimento nostálgico, até que, de súbito, notei algo estranho. Não havia água no entorno da construção. Um moinho de água, como o próprio nome sugere, se movimenta por meio da força hidráulica, por isso deveria haver uma fonte de água nas imediações, como um rio ou um lago.

Entretanto, como não havia nada parecido ao redor, comecei a duvidar de que fosse de fato um moinho de água. Aquele grande mecanismo seria apenas decorativo? Curiosa, me aproximei da cabana e, à esquerda da roda, encontrei uma pequena janela gradeada.

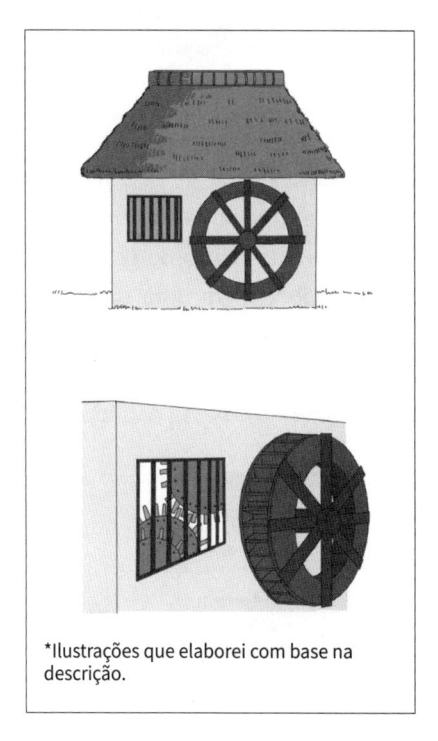

*Ilustrações que elaborei com base na descrição.

Ao espiar, consegui ver um cômodo no interior, longo e estreito. Ali, havia uma incontável quantidade de engrenagens, encaixadas com a complexidade de uma obra de arte.

Eu vira uma cena semelhante, embora não tão elaborada, em um moinho de água na região de Tohoku. Então, era provável que aquela grande roda-d'água não fosse apenas ornamental.

Ao olhar ao redor, avistei do lado esquerdo da cabana algo parecido com um pequeno santuário e resolvi ir até lá.

Era um santuário bonitinho, de telhado triangular, feito de uma madeira branca linda, e parecia relativamente novo. Em seu interior, havia uma estátua de pedra de uma divindade feminina portando uma fruta redonda em uma das mãos. A divindade estava de pé, voltada na direção da cabana.

Depois de juntar as mãos em prece, dei a volta até o outro lado da construção, onde havia uma entrada.

A porta deslizante, simples, feita de tábuas de madeira, estava aberta. Sem conseguir conter minha curiosidade, espiei o interior, animada, mesmo sabendo que seria uma indelicadeza. Ali, encontrei um cômodo com assoalho de madeira e de cerca de cinco metros quadrados.

Como não vi as engrenagens todas encaixadas que avistara pouco antes pela janela gradeada, aquilo me fez acreditar que eram cômodos separados por uma parede.

Além da entrada, não havia janela, móveis, lâmpadas ou objetos decorativos no cômodo, dando a sensação de se estar em uma caixa quadrada. Sua única característica marcante era um grande buraco na parede do lado direito.

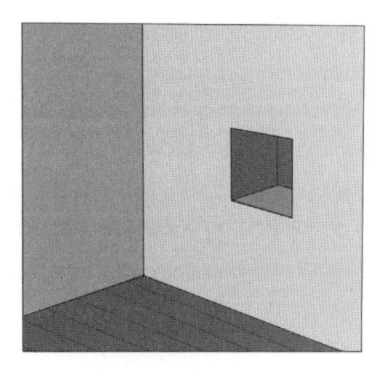

Contudo, era impossível ver o lado de fora através desse buraco, então talvez fosse mais adequado chamar aquilo de "concavidade".

Essa "concavidade" quadrada ficava no centro da parede e era grande o suficiente para que eu conseguisse entrar de forma confortável, caso encurvasse o corpo. Refleti por um tempo sobre qual seria sua finalidade. Mesmo que, por exemplo, fosse usada para colocar um vaso decorativo ou flores, achei incomum a ideia de algumas flores em um cômodo completamente vazio.

Após um tempo observando o cômodo, no entanto, aos poucos fui tomada por uma estranha sensação. A aparência externa da cabana e o aspecto interno eram desproporcionais. Foi aí que percebi: o cômodo era demasiado pequeno em relação ao exterior da cabana.

```
        ┌─ Roda-d'água ─┐
        │  Engrenagens  │
        │               │
        │ Concavidade → │
        │  na parede    │ Santuário
        │               │
```

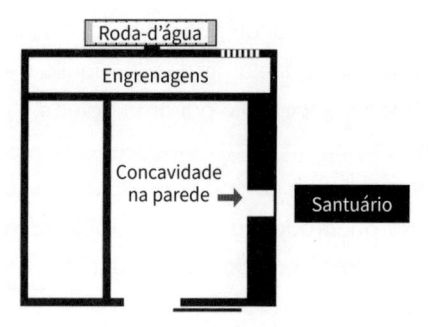

Devia haver outro cômodo à esquerda daquele onde eu estava. No entanto, não vi nenhuma passagem que permitisse acesso a ele. Então, imaginando que a porta estaria no lado de fora da cabana, decidi verificar as paredes externas.

Contudo, mesmo caminhando em sentido anti-horário e tateando ao longo da parede, não consegui encontrar uma entrada e acabei retornando ao local de origem, onde se encontrava a roda-d'água. Depois de uma volta completa ao redor da cabana, só descobri que ela era a coisa mais misteriosa do mundo.

Um moinho de água sem água, uma concavidade na parede, um cômodo sem porta. Era como se eu estivesse em um sonho.

Sentindo que enlouqueceria se permanecesse naquele local, contive minha curiosidade e decidi voltar para a casa do meu tio.

Todavia, por mais que tentasse começar a caminhar, minhas pernas por algum motivo não se moviam. Ao olhar para baixo, vi que minhas sandálias de palha haviam afundado e estavam grudadas no lamaçal formado pela chuva da noite anterior.

Assim, coloquei força no pé direito para tentar levantar o outro pé do chão. A sandália se soltou da lama com um *ploc*, mas o excesso de força que coloquei no movimento me fez desequilibrar e quase cair, mas rapidamente apoiei as mãos na roda-d'água diante de mim, conseguindo de alguma forma evitar sujar meu quimono.

Meu alívio durou pouco, porém. De súbito, um barulho de estourar os tímpanos se fez ouvir, e meu corpo foi se inclinando aos poucos para a frente. Provavelmente por eu ter me apoiado ali, a roda-d'água começou a girar sob meu peso.

As engrenagens que eu avistara pela janela gradeada passaram a se mover, à semelhança de insetos gigantes. Afastei as mãos depressa e me reclinei na parede da cabana.

Meu coração batia acelerado. Respirei fundo algumas vezes, decidida a descansar. Quanto tempo teria se passado? À medida que meu coração se acalmava, surgiu uma dúvida.

A roda girara, as engrenagens rotacionaram, mas *o que elas estariam colocando em movimento?*

O moinho de água que eu vira na casa dos meus parentes em Tohoku debulhava grãos por meio da rotação das engrenagens. Segundo me disseram, além dele, havia outro que movimentava teares.

Em contrapartida, nesse moinho de água, as engrenagens apenas rotacionavam, e eu não via nada sendo movimentado por meio delas. Um moinho de água sem utilidade prática. Haveria algum sentido em tê-lo?

Pensando bem, quando a roda-d'água se moveu, houve um barulho de estourar os tímpanos, um som que não vinha nem da roda-d'água, nem das engrenagens. Parecia vir de um local bem mais distante. E, quando me dei conta disso, uma imagem logo surgiu em minha mente. *Ah, será?*

Lentamente, tomando cuidado para não cair, comecei a caminhar ao longo da parede. Passei em frente ao santuário que vira pouco antes e fui novamente até o lado oposto da cabana.

Vendo a cena, percebi que não estava enganada.

No lado esquerdo da entrada, havia um pequeno vão, antes inexistente. Mas não tinha sido a entrada que se alargara – fora a parede que se movera.

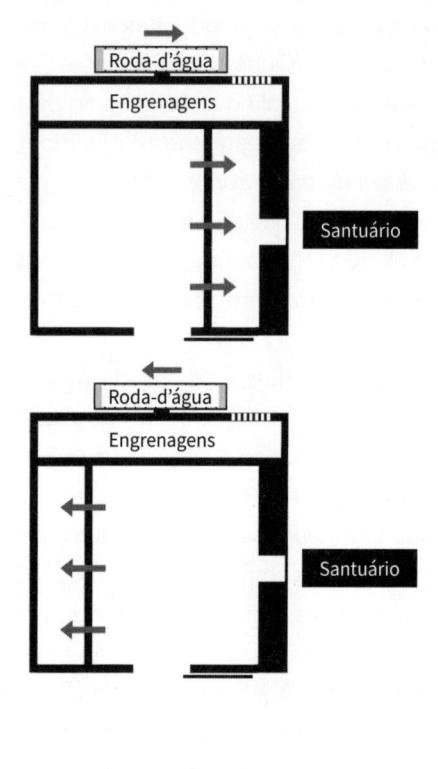

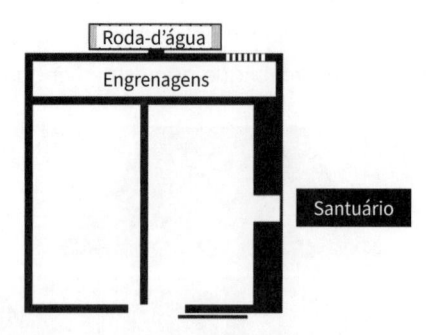

O *mecanismo* devia fazer a parede interna se mover na mesma direção que o giro da roda.

Quando girei involuntariamente a roda, o cômodo da esquerda, que eu julgava ser um espaço fechado, acabou se alargando, revelando a entrada. Mas, afinal, qual seria a finalidade daquele mecanismo?

"Uma parede móvel." Isso me fez lembrar um livro que tinha lido, *O demônio de cabelo branco*, um romance adaptado. É a história de um homem que enlouquece de ciúmes quando seu melhor amigo lhe rouba a esposa. Para se vingar do amigo, o homem o engana e o encarcera em um quarto estreito, feito especialmente para ele. Nesse quarto, foi instalado um teto suspenso que se movia para cima e para baixo.

O teto abaixa lentamente por meio de um controle do lado de fora. Assim, o quarto diminui de tamanho aos poucos, e o amigo, sem ter para onde fugir, grita em pânico, aterrorizado, até que finalmente é esmagado... Ah, sinto arrepios só de me lembrar dessa história assustadora.

Bem, este moinho de água possuía uma estrutura semelhante à da *câmara de execução* descrita em *O demônio de cabelo branco*. Se uma pessoa fosse trancada em um dos cômodos e alguém fizesse a roda-d'água girar... Não, algo assim seria irreal. Decerto o moinho devia ter outra finalidade.

Afastei esse pensamento horrível e fui até a entrada da cabana. Como era o cômodo do lado esquerdo, onde não havia podido entrar pouco antes? Espiei pelo vão. Nesse instante, um fedor intenso atingiu minhas narinas.

O cheiro, semelhante ao de comida apodrecida misturada com ferro, me deu ânsia de vômito. Quando meus olhos se acostumaram à escuridão, vi algo estirado no assoalho.

Era uma garça fêmea branca.

E ela estava morta. Alguém devia tê-la trancado ali por travessura. Sem poder sair, o animal morreu de fome. E aparentemente havia ficado um longo tempo naquelas condições. Suas plumas tinham caído e ela perdera a ponta de uma das asas. O corpo putrificara, e um líquido vermelho-escuro manchava o chão.

Apavorada, saí correndo dali.

Na mesma noite, depois de jantar, decidi perguntar aos meus tios sobre o moinho de água. Mesmo que não fosse propriedade deles, imaginei que soubessem de algo, devido à proximidade com a casa.

No entanto, quando estava prestes a falar, a bebê começou a choramingar no quarto dos fundos, e meus tios se levantaram às pressas. A evolução no pós-operatório não parecia boa, e a base do braço esquerdo da criança tinha infeccionado.

Durante os dias seguintes, os dois ficaram ocupados cuidando da internação hospitalar da bebê, e acabei retornando para Tóquio sem perguntar a eles sobre o moinho de água.

(...)

Eu me casei no ano seguinte e dei à luz uma menina. Na correria da vida diária, as lembranças de minha estadia em Han'i se dissiparam de forma considerável, mas ainda me recordo vividamente daquele dia após a chuva.

E, toda vez que penso no assunto, me questiono:

Quem aprisionou a garça branca?
Por que cometeu essa crueldade?
E, afinal, o que era aquele moinho de água?

Até hoje, não obtive as respostas para as duas primeiras perguntas. Todavia, tenho uma explicação quanto à verdadeira função daquele moinho de água.

A história do livro *O demônio de cabelo branco,* que me ocorreu naquele dia ao ver a "parede móvel", pareceu absurda, mas talvez eu não estivesse necessariamente errada.

É claro que não acredito que aquela cabana servia como uma câmara de execução. Mas não seria algo muito próximo a isso? Essa é a minha impressão.

O que me vem à mente é a "concavidade" quadrada na parede do cômodo do lado direito. Com que finalidade ela fora construída?

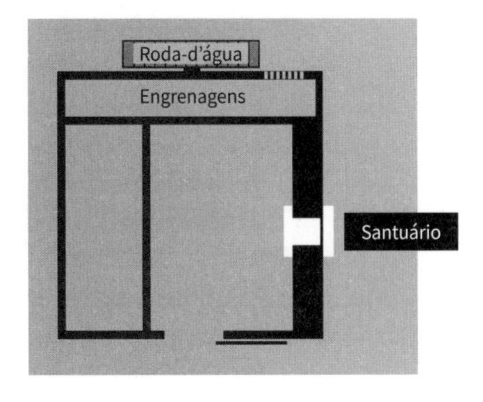

Suponhamos, por exemplo, que se tranque uma pessoa no cômodo da direita e se gire a roda-d'água. Com isso, a parede reduziria o tamanho do cômodo e a pessoa aprisionada temeria ser esmagada. Nesse momento, o que ela faria?

Para escapar da parede que se aproxima, ela se curvaria e procuraria se salvar entrando na "concavidade": pernas dobradas, sentada sobre o joelho, o rosto enterrado entre as pernas. Justamente *a posição de um criminoso pedindo perdão por seu crime.*

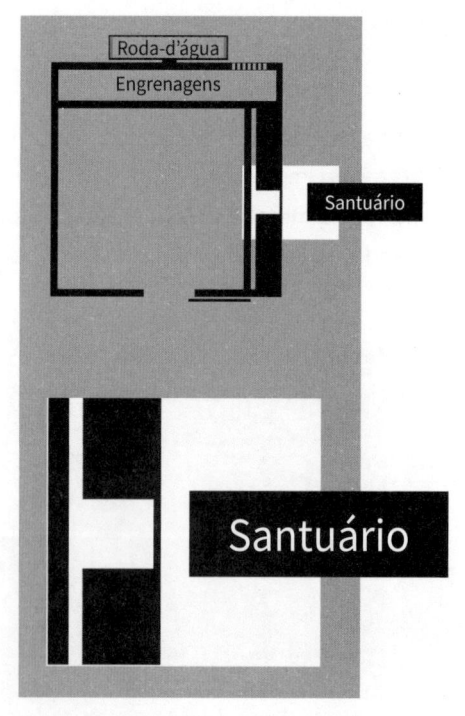

E à frente de onde a pessoa estaria prostrada se situa o santuário, com a estátua de pedra da divindade. Por que haveria um santuário naquele local? Não teria sido colocado ali intencionalmente?

Eu penso da seguinte forma:

Aquele moinho de água não teria como objetivo *fazer pessoas se arrependerem de seus desvios*?

O propósito daquela instalação não poderia ser obrigar alguém combativo e que não reconhece seu erro a pedir perdão à divindade por seu crime?

Devotos não poderiam ter construído a cabana secretamente no meio da floresta para funcionar como uma espécie de confessionário de igreja?

Não consigo deixar de ter essa impressão.

Mas, enfim, essa é uma história do passado. Imagino que tudo seja mera fantasia.

Fim do Documento 3 – O moinho de água na floresta

DOCUMENTO 4

A CASA-RATOEIRA

13 DE MARÇO DE 2022
REGISTRO DA ENTREVISTA
COM SHIORI HAYASAKA

Shiori Hayasaka: Em algum lugar dentro de mim, eu devia estar esperando pelo dia em que contaria esta história.

A empresária olhava para o centro da cidade lá embaixo, pela grande janela. Aos trinta e três anos, ela trabalha com dez funcionários no desenvolvimento de aplicativos. Seu escritório, cuja receita anual está na casa de algumas centenas de milhões de ienes, fica situado em um arranha-céu em Roppongi. Com cabelo castanho-claro longo e maquiagem acentuada, vestia um terninho de grife de caimento bem natural. Tinha a aparência de uma presidente competente.

Como era domingo, nesse dia não havia funcionários no escritório, e pudemos conversar a sós. Decidi entrevistá-la por causa de *determinada casa* e o acidente fatal que acontecera no local.

Hayasaka: Quando estava no ginásio, estudei em uma escola particular para meninas no norte da província de Gunma. Aquilo que costumam chamar de escolas para moças de famílias ricas. Minhas colegas de turma eram filhas de presidentes de empresas locais, parlamentares e donos de terras, e eu sempre me senti inferior em relação a elas.

Na época, o pai de Hayasaka era gerente-geral de departamento em uma montadora de automóveis. Apesar do cargo muito respeitável, Hayasaka contou que sofreu discriminação velada na escola, devido à sua "linhagem familiar".

Hayasaka: A discriminação existia, embora ninguém falasse abertamente. Existiam espécies de "castas escolares". Mesmo entre milionários, há uma hierarquia, e acabam se formando grupos de alunos. Eu estava no nível mais inferior. Bastava dizer que eu era "filha de um assalariado" para ser menosprezada. Por exemplo, zombavam sutilmente de mim por não usar sapatos de grife. Certa vez, quando convidei uma menina que sentava ao meu lado para participar do meu grupo em uma viagem escolar, ela recusou, alegando que "eu não poderia ir a boas lojas com ela".

Autor: Realmente, as outras meninas eram muito impiedosas.

Hayasaka: Com certeza. Meus pais se esforçaram muito para me mandar para uma boa escola, e embora estivesse agradecida, isso se tornou um incômodo para mim. Para conviver confortavelmente em uma escola para ricaços, você precisa de muito mais dinheiro além das mensalidades escolares. Se não puder comprovar seu status vestindo roupas de luxo, vai se sentir o tempo todo um ser humano miserável.

Hayasaka retirou um maço de cigarros da bolsa de grife ao seu lado.

Depois de perguntar se eu me importaria se ela fumasse, Hayasaka acendeu um cigarro com um isqueiro dourado que aparentava ser de ouro puro.

Hayasaka: Apenas uma menina se tornou minha amiga. Ela se chamava Mitsuko, e fizemos a primeira série do ginasial juntas. Mitsuko pertencia à mais alta casta da nossa turma e era filha do presidente da Hikura House, uma das construtoras mais proeminentes da região de Chubu. Mitsuko era uma menina fofa, de cabelo preto meio longo que usava em duas tranças, pele alva e olhos grandes e claros. Um dia, durante o recreio, ela começou a conversar comigo e, embora eu tenha esquecido o que ela disse, me lembro de termos ficado muito animadas. Depois disso, fomos aos poucos nos tornando amigas, conversávamos e trocávamos anotações nos nossos diários.

Hayasaka: Em certa ocasião, comentei que gostava de *Takurami Pepper Girl*, um mangá voltado ao público infantojuvenil feminino e, por coincidência, ela me contou que também era uma grande fã. Estava muito feliz por ter descoberto um passatempo em comum, e a partir de então vivíamos conversando sobre mangás. Quando penso agora, sinto que eu dominava a conversa, mas Mitsuko sempre sorria e se mostrava uma boa ouvinte. Isso continuou por cerca de dois meses, até que, próximo das férias de verão, ela me fez uma proposta: "Quando as férias começarem, o que acha de dormirmos uma na casa da outra?" Fiquei feliz, mas ao mesmo tempo preocupada. Minha casa era pequena. Além disso, meu quarto em estilo japonês tinha uns dez metros quadrados e, apesar de não ser tão pequeno para os padrões, não era o tipo de lugar em que uma milionária que nem Mitsuko passaria a noite. Hesitei por um instante, mas por fim decidi aceitar a proposta. O fator decisivo foi *Takurami Pepper Girl*. Eu tinha todos os volumes do mangá no meu quarto, além de muitos produtos relacionados a ele. Podia não ter um quarto luxuoso, mas os mangás bastariam para deixar Mitsuko feliz. Imaginei que viraríamos a noite conversando, felizes. Achava que amigas com o mesmo interesse poderiam superar as diferenças de status… Que ingenuidade a minha…

Hayasaka soltou a fumaça do cigarro e, por um breve momento, olhou pela janela.

Hayasaka: Decidimos a ordem jogando pedra, papel e tesoura. Como Mitsuko venceu, eu passaria a primeira noite na casa dela. Ainda hoje me lembro da emoção quando, no primeiro sábado das férias, saí de casa carregando minha mochila. Era a primeira vez que eu dormiria na casa de uma amiga. Estava realmente animada com a ideia. No entanto, no momento em que cheguei ao portão da casa, esse sentimento desapareceu por completo. Eu imaginava que seria uma casa enorme, mas a realidade superou em muito as minhas expectativas. Acho que aquilo era o que costumam chamar de "mansão": de tão grande, umas cem pessoas poderiam morar nela, e o jardim em estilo inglês parecia os que a gente vê nos filmes… A casa me fez perceber a diferença desesperadora que existia entre mim e Mitsuko.

Hayasaka: Ao apertar a campainha, apareceu um homem elegante de camisa social e gravata. Eu me apresentei, e ele anunciou com uma voz gentil: "Estávamos à sua espera. A srta. Mitsuko está em seu quarto no andar de cima. Eu a conduzirei até lá." Eu o acompanhei enquanto ele me guiava. "Ele deve ser o mordomo", pensei vagamente. O simples fato de terem um funcionário em casa era algo que deveria me surpreender, mas, em vez disso, aquilo fez sentido para mim na época. Estranho seria se aquela família não tivesse empregados… Afinal, tratava-se de uma mansão espetacular.

Hayasaka fez um rápido esboço da planta baixa da casa em um bloco de notas.

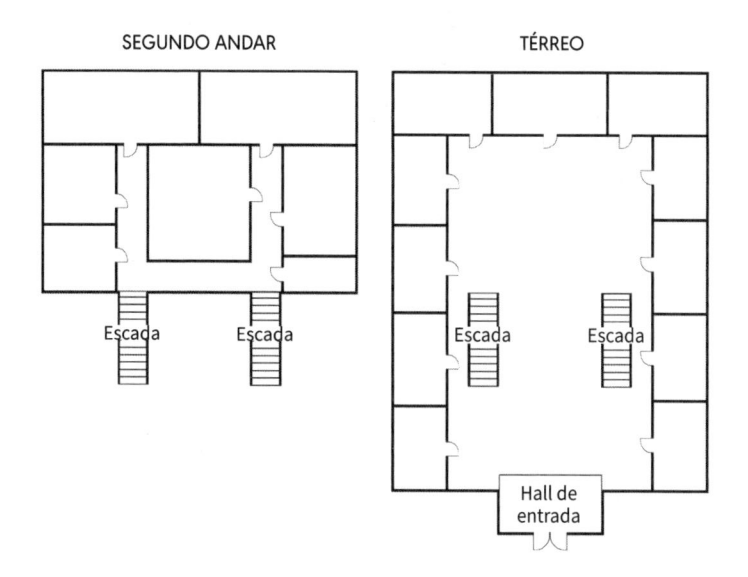

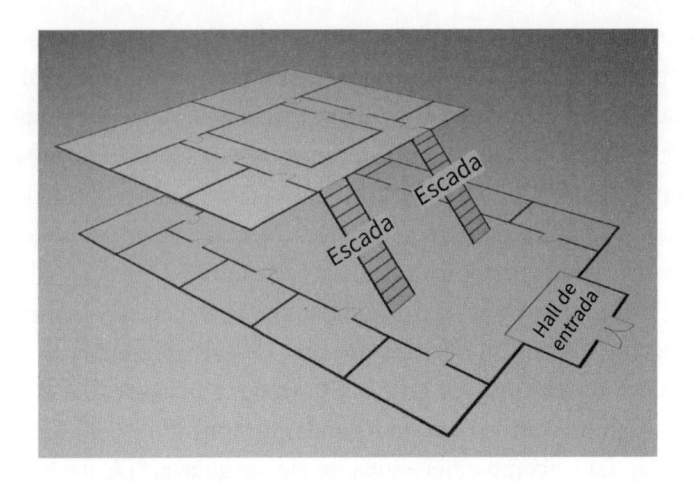

Hayasaka: De frente para o hall de entrada, havia duas escadas simétricas, uma à esquerda, outra à direita. O mordomo me explicou que no térreo ficavam os quartos de hóspedes e os dos empregados, além da cozinha e alguns outros cômodos. A família basicamente vivia no andar de cima.

Autor: A "família" era composta por Mitsuko e os pais?

Hayasaka: Não. Em função do trabalho, os pais moravam em um lugar distante dali. Na época, só Mitsuko e a avó moravam na casa. Ouvi dizer que tinha sido construída para as duas.

Autor: Uma mansão para duas pessoas? Incrível!

Hayasaka: Aparentemente, o pai de Mitsuko projetou a casa. Como falei há pouco, Mitsuko era filha do presidente de uma construtora, mas me lembro de ter ficado impressionada ao saber que o pai, sendo presidente, tinha construído uma casa para elas... Quando penso agora, talvez esse luxo tenha sido possível por ser uma empresa familiar do interior. Ao subir as escadas, Mitsuko já me esperava no corredor. Como minha mãe me orientara a "cumprimentar direitinho os membros da família", decidi antes de mais nada pedir a ela que me levasse até o quarto da avó. Era o quarto que ficava no centro do andar.

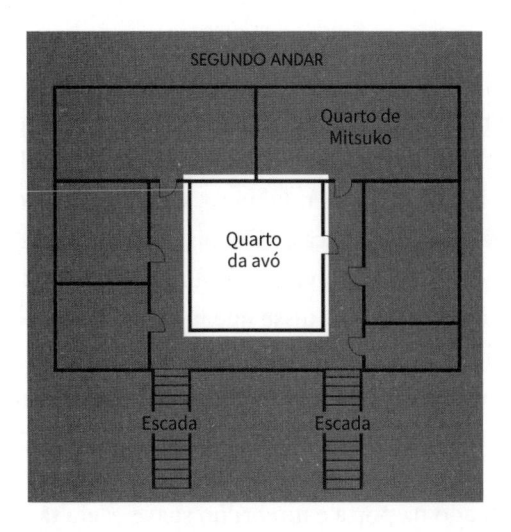

Hayasaka: Ao abrir a porta, senti um aroma suave e doce. Provavelmente de incenso. A avó estava sentada lendo um livro. O quarto era decorado com móveis e quadros, e a mulher que encontrei ali era tão jovial e bonita que a palavra "avó" não combinava em nada com sua aparência. Ela vestia uma saia longa, que cobria completamente seus pés, além de um cardigã florido e luvas brancas. Enquanto eu olhava absorta aquela cena pitoresca, ela me saudou sorrindo: "Seja bem-vinda."

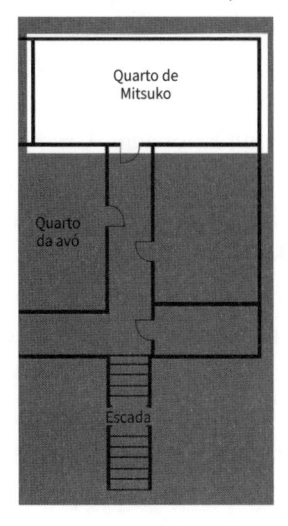

Hayasaka: Depois de cumprimentá-la, fui para o quarto de Mitsuko. Embora não fosse tão espaçoso quanto o da avó, o cômodo era completamente fora do alcance de uma pessoa comum. O que mais me chamou a atenção foi o grande armário no fundo. Enorme e com ar luxuoso, seria até rude compará-lo com o que eu tinha em casa. Depois, ficamos umas duas horas comendo doces e conversando. Em determinado momento, Mitsuko se levantou e disse que ia ao banheiro. Sozinha no quarto, olhei inquieta ao redor e percebi como eu era pobre. Havia brinquedos raros e cosméticos estrangeiros, mas o que realmente me impressionou foi o armário. Eu me aproximei e olhei com atenção. Ao contrário do nosso, o dela tinha um padrão entalhado na porta e um brilho suave... era tão lindo que me arrancou um suspiro. Havia um buraco de fechadura, e eu disse para mim mesma: "Nossa, dá pra trancar!" Eu me lembro de ter me admirado com algo que, venhamos e convenhamos, não era nem um pouco incomum. Depois de observar por um tempo, aos poucos fui tomada pela curiosidade de saber o que havia dentro. Mesmo ciente de que era algo inapropriado, coloquei a mão no puxador. Que atitude infame! Era só pedir a Mitsuko que me mostrasse.

Hayasaka: Com um leve puxão, a porta se abriu sem ruído. Dentro, havia muitos livros. Não era um armário, mas uma estante. Livros de literatura, enciclopédias, dicionários de línguas estrangeiras. Fiquei impressionada. "Crianças ricas devem ser mesmo muito inteligentes para conseguirem ler livros tão complexos", pensei. Todavia, conforme olhava as lombadas, percebi algo estranho. Não havia nenhum exemplar de *Takurami Pepper Girl*, nosso interesse em comum. Na verdade, não havia nenhum mangá ali. Eu observava com uma sensação de estranheza, quando ouvi o ruído de passos vindo do corredor. "E agora? Mitsuko está voltando", deduzi. Fechei a porta às pressas e voltei para onde estava antes. Depois disso, comemos na sala de jantar. Fiquei preocupada porque a avó não apareceu, mas Mitsuko me contou que a avó sempre fazia as refeições no quarto. Terminado o jantar, assistimos por uma horinha a um filme no *home theater* e em seguida tomamos banho. Botei meu pijama e deitamos as duas na cama. Eu me entristeci, porque faltava pouco para aquele dia alegre chegar ao fim. Queria conversar a noite toda, mas, quando as luzes se apagaram, minhas pálpebras de repente pesaram e logo adormeci.

Hayasaka: Quanto tempo eu teria dormido? Ao acordar, o quarto ainda estava às escuras e Mitsuko dormia ao meu lado. Repassei cada acontecimento daquele dia, me sentindo nostálgica, como quem admira um tesouro. Todo o tempo passado ali parecia um sonho. No entanto... aquela coisa da *estante* tinha ficado na minha mente, como uma espinha de peixe. Achei estranho não haver um volume sequer de *Takurami Pepper Girl*, o mangá que Mitsuko dizia ser o seu predileto. Mas talvez eu apenas tivesse deixado passar despercebido... Assim, pensei em dar mais uma olhada. Peguei a lanterna de mão na minha mochila e fui na ponta dos pés até o móvel, puxando lentamente a porta. Por algum motivo, porém... ela não abriu. Puxei de novo com mais força. Mas ela não se moveu nem um milímetro. Nesse momento, encarei o buraco da fechadura e fiquei nervosa. Mitsuko teria percebido que eu havia aberto a porta pouco antes sem permissão? Será que por isso, para que eu não espiasse de novo, teria trancado à chave? Nesse instante, senti alguém me olhando de trás e me virei para a cama.

Hayasaka: Mitsuko continuava dormindo. Comecei a me sentir uma pessoa muito superficial. Antes de mais nada, qual seria o problema de não haver exemplares de *Takurami Pepper Girl* na estante? Talvez os mangás ficassem guardados em outro local, ou quem sabe houvesse uma biblioteca em algum lugar. E sair sorrateiramente da cama de madrugada só para espiar... Fiquei chateada comigo mesma por aquilo. Na manhã seguinte, Mitsuko me acordou. Olhei o relógio e ainda eram pouco mais de cinco horas, mas como ela disse "temos que aproveitar para nos divertir!" e estava pronta para jogar baralho, eu cocei os olhos sonolentos e decidi me levantar. Depois de jogarmos por um tempo, senti uma súbita vontade de fazer xixi e saí do quarto para ir ao banheiro. Foi quando encontrei a avó no corredor.

Hayasaka: Ela se dirigia para a escada com a mão apoiada na parede do lado direito, caminhando titubeante, como se estivesse prestes a cair. Provavelmente tinha as pernas fracas. Além disso, ela arrastava a longa saia ao andar. Preocupada que a avó pudesse tropeçar e cair, corri até ela com a intenção de ajudá-la, mas ela recusou meu auxílio. "Não precisa, vou ao banheiro logo ali", falou. Só que eu não podia apenas aceitar e recuar. "Também vou ao banheiro, podemos ir juntas", propus, tentando lhe emprestar meu ombro, mas ela acabou replicando: "Não se preocupe! Vá na frente. Vai ser problemático se você não conseguir se segurar!"

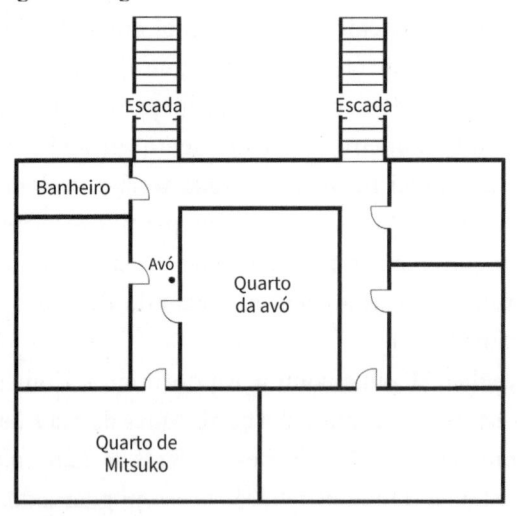

Hayasaka: Realmente, naquele momento eu estava muito apertada, então aceitei sua sugestão e decidi seguir em frente sozinha. Até hoje me arrependo disso.

```
        ┌──────┐
        │Escada│
        │      │
┌───────┤      │
│Banheiro\     │
│        \─────┘
│         ┌
└─────────┘
```

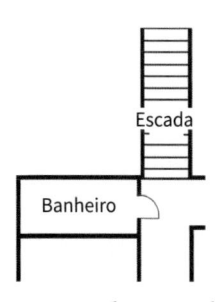

Hayasaka: Aconteceu quando eu tinha acabado de usar o banheiro e estava lavando as mãos. De repente, ouvi um barulho alto do lado de fora e depois o som de algo pesado rolando escada abaixo, que se distanciava aos poucos. Abri a porta depressa. E não vi a avó no corredor. "Preciso procurá-la", pensei, e logo retornei pelo corredor até o quarto dela. Ainda acho estranho eu ter agido dessa forma. Talvez quisesse desviar os olhos da *realidade que estava logo ali*. É claro que a avó não tinha voltado para o quarto. Fiquei parada ali por um tempo, perscrutando, enquanto o tumulto aumentava aos poucos no térreo. Ouvi os gritos dos empregados, vozes em pânico e, misturado a isso, alguém fazendo uma ligação.

Hayasaka: Uma ambulância logo chegou, e Mitsuko acompanhou a avó ao hospital. Quanto a mim, não vi mais a avó depois daquele momento no corredor. Temendo saber como ela estava, permaneci todo o tempo cabisbaixa em um canto. Uma atitude incorreta, não acha? Mitsuko foi gentil quando nos despedimos. "Desculpe pelo que aconteceu", disse ela. Fiquei pensando em como Mitsuko era uma boa pessoa, por ter se preocupado comigo, apesar de ser quem mais sofria naquele momento. Ao mesmo tempo, senti vergonha de mim. Em vez de me importar com ela, eu só pensei em mim mesma. Repetia inúmeras vezes na minha mente, como num sussurro: "Não é culpa minha."

Hayasaka: Dois dias depois, recebi a notícia de que a avó acabou falecendo no hospital para onde tinha sido conduzida. Ela havia batido a cabeça com força e o ferimento acabou sendo fatal. Passados mais alguns dias, fui chamada pela polícia. Eles não suspeitavam de mim nem nada, apenas me perguntaram minhas impressões sobre o dia do acidente. Contei tudo o que tinha visto. O policial não me culpou por não ter ajudado a avó, mas, mesmo assim... não ouvi a frase que mais desejava: "A culpa não foi sua."

Hayasaka apagou o cigarro pressionando-o no cinzeiro.

Hayasaka: Depois disso, eu me distanciei de Mitsuko. É natural, né? Não importava sobre o que nós conversássemos, eu era tomada por lembranças desagradáveis. Por fim, sua promessa de vir passar a noite na minha casa desapareceu que nem fumaça. E foi isso.

Ao terminar de falar, ela me encarou.

Hayasaka: O que acha? Sobre a morte da avó?

Autor: Pelo que você acabou de me contar, acho que foi uma morte acidental por ter rolado escada abaixo...

Hayasaka: *Você realmente acha que foi um acidente?*

Autor: Hein?

Permaneci calado, incapaz de responder àquela pergunta súbita.

Hayasaka: Não suspeito que ela tenha sido empurrada por alguém nem nada assim. Eu fui para o corredor logo depois de ouvir o barulho e estava deserto. A avó sem dúvida caiu sozinha. Isso é um fato. No entanto...

Hayasaka indicou um local na planta baixa.

Hayasaka: Isso aqui não é muito perigoso?

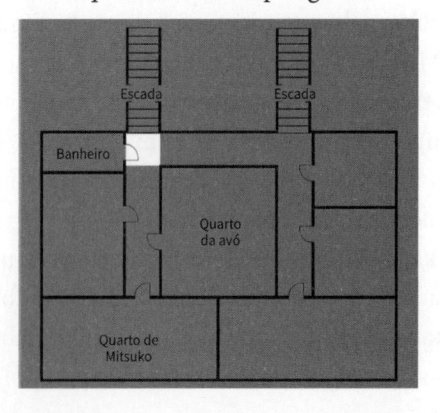

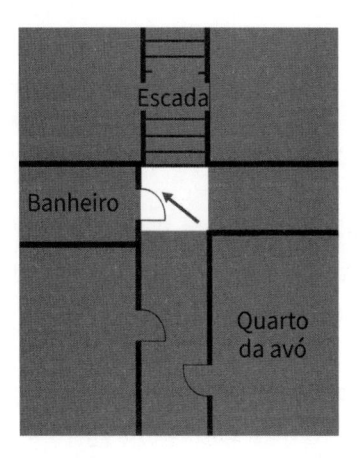

Hayasaka: A avó andou até o banheiro com a mão apoiada na parede do lado direito. Se considerarmos o trajeto, logo em frente *havia um espaço em que ela não poderia se apoiar na parede.*

Autor: Está se referindo ao espaço entre o final da parede e a porta do banheiro, certo?

Hayasaka: A avó afastou a mão da parede e deve ter tentado segurar na maçaneta da porta do banheiro. O corredor tem mais ou menos dois metros de largura. É uma distância considerável. Acredito que nesse meio-tempo ela se desequilibrou e acabou caindo.

Autor: Realmente é natural pensar assim... mas continua sendo um "acidente", não?

Hayasaka: Seria mesmo? Essa casa foi construída para Mitsuko e a avó. Sendo assim, o esperado não seria projetar uma residência na qual elas pudessem morar confortavelmente? É estranho que tenham criado um espaço perigoso como esse em uma casa onde uma pessoa idosa mora. Além disso, a avó tinha problemas de locomoção, e a residência poderia ter sido adaptada para torná-la acessível, com coisas como corrimões nos corredores, banheiro dentro do quarto ou outras formas de evitar empecilhos. Nessa casa não existe essa "gentileza", nem um pouco.

Autor: É... agora que você comentou...

Hayasaka: Quem construiu essa casa foi o pai de Mitsuko. O presidente da Hikura House. É impossível que o dono de uma construtora cometa falhas dessa natureza. Então, talvez... não sejam falhas.

Autor: Você está insinuando que...

Hayasaka: A casa não teria sido construída *para que a avó sofresse um acidente*?

Autor: ...

"Com certeza algo assim não existe." "É exagero seu"... Antes eu pensaria dessa forma. Entretanto, agora tenho outra visão.

Três anos atrás, investiguei uma casa na área metropolitana de Tóquio, uma "casa estranha".

Um lugar que tinha sido justamente *construído para cometer assassinatos*.

Hayasaka: A Hikura House é uma típica empresa familiar. A avó também devia ter uma influência considerável. A empresa sem dúvida era a menina dos olhos do presidente.

Autor: Você está insinuando que... ele tentou matar a avó por ela ser uma pedra no sapato?

Uma empresa familiar na qual cada membro detém poder. Justamente por ser uma família, devem surgir ressentimentos. E, mesmo que não aconteçam assassinatos diretamente, não seria possível ocorrer algum tipo de "bullying" que ultrapassasse os limites? Imagino que sim.

Hayasaka: Você conhece a armadilha arataca? Quando um rato pisa numa placa do mecanismo, uma mola salta e o mata.

Autor: Ah, que nem uma ratoeira?

Hayasaka: Acho que é semelhante. É só montar a armadilha e esperar que o alvo caia nela. Como não mata diretamente, ninguém suja as mãos.

Autor: Um assassinato sem riscos...

Hayasaka: E, por coincidência, no dia em que fui passar a noite na casa, a armadilha foi acionada.

Autor: Faz sentido.
Hayasaka: Era o que eu achava até agora...
Autor: Hã?

Hayasaka pegou o isqueiro em cima da mesa, se levantou e olhou a vista da cidade pela janela.

Hayasaka: Seria mesmo o caso? Mais recentemente comecei a pensar nisso. Não foi um pouco perfeito demais? Justo no dia em que passei a noite na casa, me deparei por acaso com a avó no corredor, e, por coincidência, ela rolou pela escada e morreu. Sinto que é um acúmulo exagerado de casualidades. É estranho!
Autor: Mas... e se não forem coincidências?
Hayasaka: Alguém *acionou intencionalmente a armadilha*.
Autor: Quem?
Hayasaka: Só existe uma possibilidade. Mitsuko.

Sua maneira de falar foi fria e inexpressiva. Por algum motivo, senti um arrepio percorrer a coluna.

Hayasaka: O que você acha?
Autor: Sobre... o quê?
Hayasaka: Eu fico me perguntando: será que Mitsuko *realmente* lia *Takurami Pepper Girl*? Quando conversávamos sobre o mangá, era sempre eu quem falava, e ela apenas ouvia. Achava que a dedicação dela à função de ouvinte era por eu ser do tipo tagarela... mas talvez Mitsuko nunca tenha lido o mangá. Alguns meses depois daquele incidente, enquanto conversava com outra menina da turma, ouvi Mitsuko dizer: "Eu não leio mangá. Isso é coisa para crianças pobres, né?"

De repente, ouvi um *plof* de algo caindo no chão. Foi o isqueiro.

Hayasaka: Talvez... eu tenha sido usada para algo. Porque é estranho Mitsuko ter me convidado para dormir na casa dela. Foi como se uma princesa convidasse uma mendiga para o seu castelo. Não importava quantas vezes eu a convidasse para minha casa, nunca seríamos iguais. Ela... devia ter algo em mente. À tarde, a estante estava destrancada. Mas, de madrugada, não. Quando Mitsuko a teria trancado? Naquele dia, estivemos juntas do fim da tarde até a noite. Lembro que até ao banheiro fomos juntas. Portanto, a única janela que ela teria para trancar a estante seria entre eu ter dito "boa noite" e ido dormir e o momento em que acordei de madrugada. Depois de confirmar que eu tinha dormido, ela se levantou da cama e foi trancar a estante.

Autor: Por que ela faria isso?

Hayasaka: *Ela não pode ter escondido algo dentro da estante? Por exemplo... uma bengala, ou algo assim.*

Autor: Ah!

Uma bengala... Por que eu não havia pensado nisso até esse instante? Realmente, se a avó tinha as pernas fracas, seria natural pensar que usasse uma bengala.

Mitsuko poderia ter entrado sorrateiramente no quarto da avó de madrugada, roubado a bengala e a escondido na estante. Na manhã seguinte, a avó acordou com vontade de ir ao banheiro e procurou a bengala para se dirigir ao cômodo. Só que não a encontrou.

Nesse momento, o que ela fez? Como o banheiro fica perto do quarto, ela deve ter pensado que poderia ir sem o apoio.

E, como sempre usava a bengala, não tinha noção do risco que aquele espaço lhe oferecia.

"A distância é pouca, não vai ter problema", teria deduzido, confiante...

Autor: Isso significa que foi Mitsuko quem retirou a haste de sustentação da mola da ratoeira?

Hayasaka: É o que eu acho.

Autor: Mas ela estava no primeiro ano do ginasial na época. Por que uma criança sem qualquer relação com os interesses da empresa faria isso?

Hayasaka: Imagino que talvez ela tenha sido instigada pelo pai. Talvez ele tivesse dito a ela coisas como: "Se você esconder a bengala da sua avó, eu compro tudo o que você quiser."

Será que, justamente por ser tão nova, ela teria sucumbido à tentação e feito o que o pai pedira sem se sentir muito culpada?

Hayasaka: Nesse caso, eu entendo por que fui convidada. Foi para criar um álibi. Queriam que eu testemunhasse que Mitsuko estava jogando baralho no quarto quando a queda ocorreu. Por isso ela me acordou tão cedo de manhã. Deve ter sido um feliz erro de cálculo eu ter esbarrado com a avó no corredor. Afinal, o álibi se fortaleceria se eu tivesse realmente testemunhado sua morte. Mas por que me escolheram? Por ser pobre? Eu pertencia à casta inferior da turma, então pensaram que poderiam me usar e depois descartar? Lamentável, né?

Hayasaka chutou de leve o isqueiro no chão com a ponta do sapato de salto alto. O ouro puro brilhou.

Hayasaka: Esse isqueiro é de mau gosto, não acha? Puro exibicionismo burguês. Sabia que depois de três dias aqui eu já tinha me cansado dessa vista? Roupas caras, perfumes importados, bolsa de grife, isso tudo é mera futilidade. Por que as coisas que o dinheiro compra são tão frívolas? Mas eu preciso continuar tendo tudo isso. Seria problemático não usar coisas caras. Essa é minha forma de me vingar de Mitsuko. Queria dizer o seguinte para ela: "Ao contrário de você, que se comporta como uma princesinha, usando o dinheiro dos seus pais, eu consegui chegar à posição em que estou por esforço próprio."

Fim do Documento 4 – A casa-ratoeira

DOCUMENTO 5

O LOCAL DO INCIDENTE ESTAVA BEM ALI

AGOSTO DE 2022
ENTREVISTA COM KENJI HIRAUCHI
E REGISTRO DA INVESTIGAÇÃO

Um homem me consultou no verão do ano seguinte à publicação de *Casas estranhas*.

Ele se chama Kenji Hirauchi, está na casa dos trinta anos, é funcionário de uma empresa e mora no vilarejo de Shimojo, na província de Nagano. Alguns meses antes, ele tinha comprado uma casa no mesmo vilarejo.

A propriedade em questão está localizada em uma área montanhosa, a cerca de uma hora de ônibus da empresa onde ele trabalha.

Embora gaste tempo no deslocamento, o dia a dia não apresenta muitos inconvenientes, porque há supermercado, mercearias e outras lojas perto da residência. Além disso, a natureza no entorno é abundante, e, para ele, que gosta de fazer caminhadas e tirar fotos, parecia ser a localização ideal. E, mais do que tudo, o maior atrativo eram os preços dos terrenos, muito inferiores aos da área metropolitana.

O corretor de imóveis havia informado a Hirauchi que a casa fora "construída há vinte e seis anos", e até ir visitá-la ele estava convicto de que estaria em más condições, mas ao vê-la constatou que estava surpreendentemente limpa e sem sinais de uso. Isso o fez decidir comprá-la de imediato.

Todavia, algum tempo depois de se mudar para lá, Hirauchi tomou conhecimento de um fato.

Certa noite, deitado na cama, ele olhava no celular um mapa de imóveis com histórico de acidentes.

O "mapa de imóveis com histórico de acidentes" é um serviço de compartilhamento de informações entre usuários sobre locais onde, no passado, ocorreram homicídios ou incidentes fatais. O aplicativo Oshima Teru é famoso, mas há também alguns outros serviços semelhantes.

Nessa ocasião, Hirauchi acessou um chamado "Locais do Japão com um passado macabro", um aplicativo exclusivo para celular. Ele soube de sua existência quando conversava com um colega de trabalho durante o almoço daquele dia. Assim, ao voltar para casa, decidiu dar uma olhada, só para ter o que falar depois.

Ao abrir o aplicativo, apareceu um mapa do Japão. Os locais com um "passado macabro" estavam marcados com uma estrela que, ao ser clicada, exibia detalhes.

Inicialmente, ele decidiu pesquisar sobre Kinshicho, em Tóquio, onde morara nos tempos de estudante universitário. Ampliando o mapa, procurou o apartamento em que vivera por quatro anos, localizado no lado norte da estação de trem. Ao encontrar o prédio, deu uma conferida no imóvel a três casas dali.

Estava marcado com uma estrela. Ao clicar, um texto apareceu na parte inferior da tela.

Local:	○○, Kinshi ○-chome, distrito de Sumida, Tóquio
Data:	26/05/2009
Formato:	Casa de dois andares
Detalhes:	Uma família cometeu suicídio nesta casa. Há rumores de que à noite uma silhueta indistinta pode ser vista à janela.

Hirauchi ficou impressionado.

De fato, uma família se suicidara naquela casa. Ele se lembrava do alvoroço nas redondezas, com polícia, imprensa e curiosos. Depois, circulou na vizinhança o boato (nunca confirmado) de que fora vista uma silhueta à janela da casa vazia.

Provavelmente aquelas informações haviam sido postadas por alguém que morava ali por perto.

Em seguida, Hirauchi procurou por alguns "locais com passado macabro" que lhe eram familiares.

Um hospital abandonado na região de Tohoku, que visitara com amigos nas férias de verão, na época da escola, para testar sua coragem.

Um local onde ocorrem suicídios em Shikoku, que conhecera por meio de seu *streamer* favorito.

O túnel próximo da casa de sua família, onde uma colisão de veículos acabou na morte de cinco jovens.

Quase todos os locais estavam marcados com estrelas. Além disso, por pura curiosidade, ele procurou pelas ruínas do templo Hon'noji em Quioto, e apareceu em detalhe: "Morte de Nobunaga Oda em 21 de junho de 1582 devido a uma rebelião."

Hirauchi considerou o aplicativo bastante confiável. Ficou absorto por um tempo olhando os mapas e, quando se deu conta, já passava da meia-noite. Como precisava trabalhar no dia seguinte, achou melhor dormir logo, mas, antes disso, chegou um último local.

Ele moveu o mapa para a área montanhosa no vilarejo de Shimojo, na província de Nagano.

"Será que tem algum lugar assim próximo desta casa?", pensou. Mais do que satisfazer sua curiosidade, ele queria mesmo era verificar a área e sentir a tranquilidade de saber que não havia nada suspeito por perto.

Os arredores de sua casa surgiram na tela.

Ali, havia um sinal de estrela.

Ele ampliou o mapa para verificar a posição do símbolo. Quanto mais dava zoom, mais ficava claro que o sinal marcava um lugar bem próximo na vizinhança. Por fim, quando já tinha aproximado o suficiente para ver cada residência, uma estranha sensação o tomou de assalto. Ele conhecia o local, a rua, a disposição das residências vizinhas.

Ele perdeu o fôlego.

O sinal de estrela indicava a sua casa.

Hirauchi: Vou te mostrar a tela.

Ele começou a mexer no celular.

Desde que Hirauchi me contatara por e-mail, eu tinha a intenção de ir ao vilarejo de Shimojo. Como de repente ele teve que viajar a Tóquio a trabalho, no entanto, pedi que, assim que tivesse um tempo livre, aparecesse para conversar comigo no escritório da Asukashinsha (a editora original deste livro), no distrito de Chiyoda.

Sentado do lado oposto da mesa na recepção, ele mostrou a tela do celular para mim e Sugiyama, o editor encarregado.

Bastou ver o mapa para entender que o local era bem ermo. Mais de setenta por cento da área era tomada pela floresta, e dava para contar nos dedos a quantidade de residências. Em um ambiente como aquele, o sinal de estrela se destacava, como se não pertencesse àquele lugar.

Hirauchi clicou na estrela, e um texto surgiu na parte inferior da tela.

Local:	△△, Oaza○○, vilarejo de Shimojo, província de Nagano
Data:	23/08/1938
Formato:	Casa
Detalhes:	Cadáver de mulher

Em 1938... mais de oitenta anos atrás.

Como a casa de Hirauchi tem vinte e seis anos, isso significava que o fato havia ocorrido muito antes da construção. Provavelmente o "cadáver de mulher" fora encontrado na casa que existia ali antes.

Hirauchi: Claro que considerei também a possibilidade de ser uma informação falsa. Nesse tipo de aplicativo qualquer um pode colocar dados com facilidade, e algumas pessoas devem escrever mentiras assim por mera brincadeira. Mas a informação me parece bastante realista para ser mentira... Não acredito que seja algum tipo de pegadinha.

Autor: De fato, se fosse uma pegadinha, eles deixariam a coisa mais exagerada. Tipo "várias pessoas morreram" ou "um fantasma sem cabeça apareceu".

Hirauchi: Pois é. Não sinto essa intenção de "vamos assustar as pessoas". O modo como as informações foram escritas, tão diretas, acaba transmitindo uma estranha plausibilidade.

Autor: A propósito, você já chegou a presenciar algum fenômeno sobrenatural na casa?

Hirauchi: Não, nenhuma vez. Minha sensibilidade mediúnica é zero e nunca vi um fantasma. Mas dá uma sensação horripilante, sabe? Quando penso que alguém morreu ali, minha imaginação vai longe depois de apagar as luzes à noite.

Autor: Hum...

Nesse momento, o editor Sugiyama, que até então apenas escutava a conversa em silêncio, interveio.

Sugiyama: Acho que é possível descobrir pelo menos o que aconteceu.

Ele apontou para a tela do celular de Hirauchi.

Local:	△△, Oaza○○, vilarejo de Shimojo, província de Nagano
Data:	23/08/1938
Formato:	Casa
Detalhes:	Cadáver de mulher

Sugiyama: Em primeiro lugar, precisamos refletir sobre quem postou isso. Basicamente existem dois tipos de pessoas que fornecem informações para aplicativos assim. O primeiro, pessoas que *de fato moram nas redondezas e vivenciaram de perto o incidente*. A família que se suicidou em Kinshicho é um exemplo desse padrão. O outro são pessoas que *souberam do incidente de forma indireta, lendo em livros ou vendo informações na internet*. É o caso de Nobunaga Oda no templo Hon'noji. No caso em questão, acredito que se trate do segundo tipo. Afinal, qualquer um que tivesse acompanhado o acontecimento na época provavelmente já estaria perto dos cem anos de idade. Embora não seja impossível que inserisse essas informações em um aplicativo, é pouquíssimo provável.

Autor: Então isso significa que existem informações relacionadas a essa morte em algum lugar?

No meu celular, procurei "vilarejo de Shimojo, província de Nagano, cadáver de mulher, 23/08/1938".

Entretanto, não encontrei nenhuma informação que parecesse ter relação com o caso.

Autor: Não apareceu nada.

Sugiyama: Realmente, a internet tem suas limitações.

Autor: Como assim?

Sugiyama: Então, eu fui responsável por uma revista sobre história local na editora em que trabalhava antes. Na época, um colega sênior costumava dizer: "Se quiser saber sobre uma região interiorana, desista de procurar na internet." Segundo ele, os membros das entidades gestoras de informações históricas locais estão todos envelhecendo rápido, e o trabalho de digitalização, o processo de transferir as informações para a internet, não tem progredido. Em outras palavras, praticamente não dá para encontrar informações on-line sobre lugares do interior. Na época, eu senti isso na pele. Inúmeras vezes, eu procurava à beça alguma informação na internet e não conseguia achar. Então ia pessoalmente ao local e encontrava o que eu queria, com uma facilidade surpreendente.

Autor: Ou seja, "mãos à obra", é isso?

No dia seguinte, me dirigi à província de Nagano, acompanhado de Hirauchi.

Do trem-bala, fizemos a baldeação para a linha Iida da ferrovia nacional e, em cerca de quatro horas, chegamos à estação próxima do vilarejo de Shimojo. Decidimos ir primeiro à biblioteca perto da estação, a vinte minutos a pé dali.

De acordo com o mapa do interior do prédio, parecia haver um espaço no primeiro andar onde era possível ler jornais antigos.

Autor: A princípio, vamos procurar nos jornais. Talvez a gente ache alguma matéria sobre a descoberta de um corpo.

Hirauchi: Mas eles teriam guardado jornais tão antigos?

Autor: Com certeza não possuem os originais, mas podem ter restado cópias.

Felizmente, eles tinham cópias das edições dos últimos cem anos de jornais da região. Decidimos dividir o trabalho e examinar as edições publicadas sobretudo por volta de agosto de 1938.

Após duas horas de leitura, não conseguimos nenhuma informação sobre qualquer cadáver de mulher naquela época. No entanto, Hirauchi se deparou com um artigo muito interessante.

> **18/10/1938 – Morre Kiyochika Azuma, líder da família Azuma**
> Kiyochika Azuma, líder da família Azuma, foi encontrado morto no quarto em sua mansão. A *causa mortis* foi suicídio (por enforcamento). Ele não deixa filhos, e aguarda-se uma decisão sobre quem o sucederá na liderança da família Azuma.

Autor: Dezoito de outubro de 1938... São cerca de dois meses depois do descobrimento do cadáver da mulher. Mas quem será esse Kiyochika Azuma?

Hirauchi: Então, um dia desses eu estava com a minha câmera passeando perto de casa e vi um monumento de pedra no qual se lia "Ruínas da casa da família Azuma".

Autor: A mansão ficava perto daqui... Não sei se haveria alguma relação, mas o que acha de investigarmos essa família?

Decidimos procurar livros que pudessem estar relacionados ao assunto.

Depois de um tempo, Hirauchi encontrou uma seção específica de história local. Na pequena estante, enfileiravam-se dezenas de documentos sobre a história da região. Percorrendo as lombadas dos livros, encontramos um intitulado "História de famílias proeminentes de Nanshin".

Autor: Nanshin?

Hirauchi: Nanshinshu... refere-se ao sul de Nagano.

Autor: Então inclui o vilarejo de Shimojo, correto? Famílias proeminentes. Quem sabe não consta algo sobre os Azuma? Vamos dar uma lida.

* * *

Havia poucas páginas descrevendo a família Azuma. Ficamos sabendo o seguinte:

Toda a área onde Hirauchi mora era originalmente coberta por floresta. No lado leste, havia um povoado e, no lado oeste, a mansão da família Azuma.

No passado, os Azuma eram os senhorios da região e, por serem uma família importante, mesmo após a revogação do sistema senhorial continuaram detendo forte influência.

Entretanto, quando o líder, Kiyochika, cometeu suicídio em 1938, a família se desestruturou. Incapaz de se recuperar, os Azuma foram arduamente afetados pela Guerra do Pacífico e pelo caos do pós-guerra, perdendo rapidamente seu poder. Por fim, na primeira metade da década de 1980, a mansão foi demolida, a floresta, gradualmente desmatada, e o número de moradias particulares aumentou. A casa de Hirauchi devia ser uma delas.

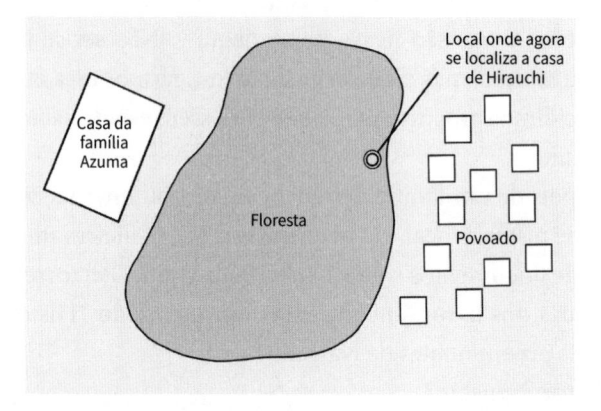

Hirauchi: Então, em 1938, quando o corpo da mulher foi encontrado, era tudo floresta no local onde eu moro agora?

Autor: Acredito que sim. É difícil imaginar que houvesse uma casa em meio à floresta. Logo, a informação deve estar errada.

Local:	△△, Oaza○○, vilarejo de Shimojo, província de Nagano
Data:	23/08/1938
Formato:	Casa
Detalhes:	Cadáver de mulher

Autor: A mulher não deve ter sido encontrada em uma "casa". Talvez tenha sido enterrada na floresta... ou algo assim.

Hirauchi: Quer dizer que eles a desenterraram?

Autor: Pensando assim, é possível estabelecer uma relação com o suicídio de Kiyochika Azuma.

- Kiyochika Azuma mata uma mulher → Enterra a moça na floresta perto da mansão.
- O corpo é descoberto.
- Iniciam-se as investigações.
- Pressionado, Kiyochika comete suicídio.

Autor: Kiyochika Azuma mata uma mulher e a enterra na floresta perto de sua mansão. Em 23 de agosto de 1938, alguém descobre o corpo e a polícia começa a investigar. Com o avanço das investigações, Kiyochika, temendo ser preso, suicida-se.

Hirauchi: Faz sentido, não?

Autor: Mas, caso seja isso, surge uma nova dúvida.

Hirauchi: Qual?

Autor: A questão é *como* a pessoa que postou a informação no "Locais do Japão com um passado macabro" soube disso? Nem mesmo o jornal mais bem-informado desta região noticiou a descoberta do corpo. Se um jornal local não fala sobre um incidente, é improvável que algum órgão de imprensa maior o faça. Ou seja, esse caso *não deve ter tido repercussão na imprensa*. Sendo assim, de onde a pessoa que postou no aplicativo obteve essas informações?

Hirauchi: Entendi...

Ficamos conversando até a biblioteca fechar. Escolhi uns cinco livros que poderiam servir de referência, incluindo o "História de famílias proeminentes de Nanshin", e decidi pegá-los emprestado usando o cartão de usuário da biblioteca de Hirauchi.

A bibliotecária se admirou — aparentemente, poucos usuários pegavam tantos livros sobre história local de uma vez.

Bibliotecária: Se você está pesquisando sobre a história da região...

Ela me informou que a uns vinte minutos a pé da biblioteca havia um museu de história. Como o local ficava aberto até tarde, resolvemos aproveitar para ir até lá. O museu ficava em um cômodo com cerca de doze metros quadrados, em um imóvel particular, reformado para servir como espaço de exposição. Praticamente não havia documentos escritos, apenas dezenas de fotos nas paredes que retratavam a natureza da região e a vida de seus antigos habitantes.

Pelo visto, ali não conseguiríamos as informações que queríamos. Justo quando decidimos ir embora, no entanto, um homem de meia-idade apareceu vindo dos fundos da casa. No peito, trazia um crachá no qual se lia "Diretor".

Diretor: Nossa, peço desculpas por não ter vindo recepcioná-los antes. Há tempos não tínhamos visitantes, então fui depressa preparar um chá.

Ele nos ofereceu uma bandeja com a bebida e um *dorayaki* cortado em dois.

Percebemos que ficaríamos no museu por algum tempo.

Diretor: De onde vocês dois são?

Hirauchi: Eu moro há cerca de dez anos em Nagano.

Autor: Eu venho da região de Kanto.

Diretor: É mesmo? Nossa, os jovens de hoje não demonstram muito interesse pela história local, por isso fico muito feliz com a visita de vocês. Se eu puder ajudá-los de alguma forma, é só me dizerem se há algo que desejam saber.

Hirauchi: Na realidade, estamos pesquisando sobre uma pessoa chamada Kiyochika Azuma. O senhor saberia algo sobre ele?

Diretor: Kiyochika era o líder da família Azuma, certo? Não conheço muitos detalhes, mas tenho um amigo aqui nas redondezas chamado Kyuzo. Geralmente tomamos chá juntos. A avó dele trabalhava na casa dos Azuma e costumava contar histórias da família.

Autor: Q-quê?! Existe uma pessoa que conheceu os Azuma e que mora aqui perto?!

Diretor: Ele está sempre livre. Acho que conseguiria vir, se eu o chamasse.

O diretor telefonou de imediato. E não precisou se estender muito para Kyuzo aceitar aparecer. Eu e Hirauchi estávamos impressionados com a tremenda rede de contatos local.

Se quiser saber sobre uma região interiorana, desista de procurar na internet... Eu estava me dando conta de como aquela afirmação era correta.

Kyuzo chegou cerca de dez minutos depois. Era um homem de cabelo branco, mais ou menos da mesma idade do diretor.

Autor: Sinto muito pelo incômodo de fazê-lo vir até aqui.

Kyuzo: Não, não, está tudo bem! Sou aposentado, vivo de papo pro ar. Então, o que era mesmo? Era sobre os Azuma?

Autor: Isso. Estamos pesquisando sobre Kiyochika, da família Azuma. Soubemos há pouco por um documento que lemos na biblioteca que ele se suicidou em 1938. Gostaríamos de saber a causa ou o que o levou a cometer tal ato.

Kyuzo: Ah, foi um caso passional. Uma traição.

Autor: Traição?

Kyuzo: Minha falecida avó contava com frequência sobre o caso. A esposa de Kiyochika parecia ser muito ambiciosa. Ela deve ter se casado com Kiyochika de olho na fortuna e no poder da família Azuma. Ela esbanjava o dinheiro da família e tentou assumir o controle da mansão e dos empregados. Não dava a mínima para o marido. E ele sofria muito por não receber atenção da esposa e porque os pais o atormentavam, dizendo que ele era um filho imbecil e exigindo que ele tratasse de "dar um jeito na esposa horrorosa". Nessa época, uma criada chamada Okinu era quem lhe dava suporte emocional. Minha avó dizia que ela era uma jovem graciosa. Com o tempo, Kiyochika acabou se apaixonando pela moça. E Okinu também estava feliz por ser amada por Kiyochika. Um dia, porém, a esposa descobriu. Com medo de ser destituída de sua posição de esposa, ela mobilizou todo o seu poder na tentativa de matar Okinu. A criada conseguiu fugir a tempo da mansão, mas, sem a presença dela, Kiyochika ficou tão mal que acabou se enforcando... Bem, foi isso. "Pobre Kiyochika", minha avó não cansava de repetir. Logicamente, o mesmo se podia dizer de Okinu.

Autor: Para onde ela foi depois de fugir da mansão?

Kyuzo: Não faço ideia. Deve ter voltado para a casa dos pais ou morreu na sarjeta.

Hirauchi: Aparentemente, havia uma floresta perto da mansão. Você já ouviu algo sobre terem encontrado o corpo de uma mulher por lá?

Kyuzo: Hum. Não sei nada sobre isso. Bom, nesse caso, talvez Okinu tenha fugido em segurança para algum lugar.

- Adultério de Kiyochika Azuma com Okinu.
- Esposa de Kiyochika descobre, se enfurece e tenta matar Okinu.
- Okinu foge da mansão.

Agradecemos ao diretor e a Kyuzo e deixamos o museu.

Como estava tarde, acabei decidindo passar a noite na casa de Hirauchi. Compramos comida pronta no supermercado e pegamos o ônibus das seis.

Conforme o ônibus seguia caminho, o número de prédios diminuía e, em contrapartida, aumentava a vegetação densa e exuberante. Em cerca de uma hora, chegamos ao ponto de ônibus mais próximo da casa dele. Havia escurecido, e ouvia-se apenas o barulho monótono dos insetos.

Seguimos a pé por um caminho não asfaltado em direção à casa. De tantos em tantos minutos, uma ou outra construção aparecia. Deviam ser casas de campo ou algo do tipo, pois não havia sinais de serem habitadas.

Depois de andarmos por um tempo, a casa de Hirauchi apareceu. Tive a impressão de que ela estava isolada em meio à natureza. Era uma construção de vinte e seis anos e, embora fosse possível ver por toda parte sinais da deterioração natural com o passar dos anos, estava bem conservada — provavelmente, quem morava ali antes havia cuidado bem dela. A casa até que era bonita.

No entanto, ao entrar, percebi algo estranho.

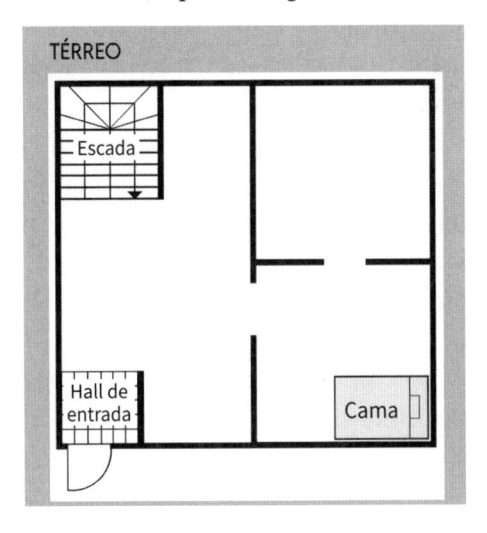

TÉRREO

[Planta baixa do térreo mostrando: Escada, Hall de entrada, Cama]

```
SEGUNDO ANDAR
```

Planta: Escada, Banheiro, Closet, Banheiro, Despensa, Sala de estar e de jantar, Cozinha, Sofá

No térreo, não havia uma única janela. Talvez por isso, mesmo acendendo as luzes, o ambiente permanecia úmido e sombrio.

Hirauchi: Quando visitei a casa, perguntei ao corretor e ele me explicou que o térreo era um depósito, por isso não tem janelas.

Autor: Uma construção estranha, né?

Hirauchi: O pessoal do interior trabalha na lavoura e talvez precise de um depósito amplo para guardar as ferramentas. Como eu não faço trabalhos agrícolas, coloquei uma cama e uso o térreo como meu quarto.

Em seguida, ele me mostrou o restante da casa. No caminho, senti um estranho desconforto em *determinado cômodo*: o ambiente no canto nordeste do térreo. No momento em que entrei, senti uma opressão misteriosa.

Autor: Hirauchi, não tem algo esquisito neste cômodo? Parece estreito ou algo assim...

Hirauchi: Você sentiu? Eu também achei "apertado" quando entrei pela primeira vez. Pouco tempo depois de me mudar para cá, experimentei medir com uma trena e, confirmando minha suspeita, ele é um pouco menor do que o cômodo ao lado. O comprimento e a largura são oitenta centímetros menores! E as paredes voltadas para o exterior parecem ser mais grossas.

Tomando como referência o que Hirauchi disse, refiz a planta baixa. Ele sugeriu que talvez fosse "um espaço de tubulação ou algo do tipo", mas isso seria incomum em um local como aquele.

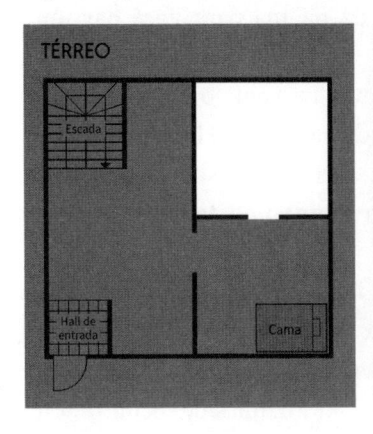

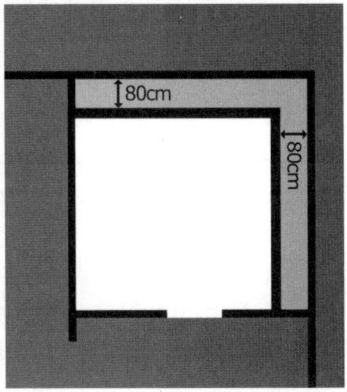

* * *

Depois disso, jantamos no segundo andar. Hirauchi fez macarrão de trigo sarraceno de Shinshu, e comemos com o tempurá de legumes locais que havíamos comprado no supermercado. O rico sabor de ambos se amalgamou, criando um gosto indescritivelmente suntuoso.

Terminada a refeição, bebíamos chá quando meu celular tocou. Era o editor Sugiyama.

Autor: Alô.

Sugiyama: Ah, desculpe telefonar tão tarde. Você pode falar agora?

Autor: Sim. Aconteceu alguma coisa?

Sugiyama: É sobre a casa do Hirauchi. Contatei hoje um escritor que conheço, pesquisador da história local de Nagano. Ele me indicou um livro antigo, com uma descrição que pode ter relação com a tal postagem.

Autor: Que livro é esse?

Sugiyama: *Diário de estadia em Meibo*. É uma coletânea de relatos de viagem do começo da era Showa. No capítulo intitulado "Lembranças da região de Han'i", justamente em 23 de agosto de 1938 há o relato de uma experiência assustadora. Vou mandar agora uma foto da página para você dar uma lida.

Na foto, se via a imagem de um livro antigo e amarelado.

Capítulo 14, "Lembranças da região de Han'i", do *Diário de estadia em Meibo*. Autora: Uki Mizunashi. Durante um passeio, a autora descobre um moinho de água no meio da floresta.

Sugiyama: A região de Han'i atualmente corresponde à região de Nanshin. Naturalmente, inclui o vilarejo de Shimojo, onde se situa a casa de Hirauchi. O que mais me chamou a atenção foi a cena em que a autora, Uki Mizunashi, encontra uma garça branca dentro da cabana.

Era uma garça fêmea branca. E ela estava morta. Alguém deve tê-la trancado ali por travessura. Sem poder sair, o animal morreu de fome. E aparentemente havia ficado um longo tempo naquelas condições. Suas plumas tinham caído e ela perdera a ponta de uma das asas. O corpo putrificara, e um líquido vermelho-escuro manchava o chão.

Sugiyama: Tive uma sensação muito estranha quando li essa passagem. Como foi que Uki soube que era uma *garça fêmea*? Afinal, as plumas haviam caído e o corpo estava apodrecido, numa condição terrível. Em geral, se alguém visse algo assim na penumbra, mesmo distinguindo ser a carcaça de uma ave, não acredito que pudesse identificar nem mesmo de que espécie seria. Apesar disso, Uki afirma que é uma "garça fêmea". Vamos supor que ela conseguisse identificar que era uma garça, mas como poderia saber o sexo? Acho que é um tipo de metáfora. Em outras palavras, o que Uki viu dentro do moinho de água foi outra coisa. Entretanto, ela não foi capaz de colocar em palavras e acabou empregando a metáfora da garça branca. Estou só supondo, mas acredito que o que Uki encontrou foi o cadáver de uma mulher.

Autor: O cadáver de uma mulher...

Sugiyama: Pensando assim, o trecho se encaixa com o teor da postagem.

Local:	△△, Oaza ○○, vilarejo de Shimojo, província de Nagano
Data:	23/08/1938
Formato:	Casa
Detalhes:	Cadáver de mulher

Em 1938, o terreno onde hoje fica a casa de Hirauchi era tomado pela floresta. Eu estava convicto de que não poderia haver nenhuma casa em meio à mata, mas, de acordo com o relato de Uki, o moinho de água ficava "no meio da floresta".

Se considerarmos que a "casa" era o moinho de água, isso significaria que a "data", o "formato" e os "detalhes" da postagem estão todos corretos.

Sugiyama: Infelizmente, no diário de Uki não constam detalhes sobre o nome do local, logo não dá para saber se o moinho de água estava localizado onde hoje é a casa de Hirauchi.

Autor: É, mas tenho a impressão de que isso está correto. Pela pesquisa que fiz hoje na biblioteca, parece que essa região costumava ser tomada pela floresta, e a casa de Hirauchi fica bem perto da saída. Ao que parece, também havia um povoado nos arredores. Se imaginarmos que Uki caminhou a partir dele para entrar na floresta, a posição da casa coincide.

Sugiyama: É mesmo? Então, de fato... A propósito, você está agora no vilarejo de Shimojo?
Autor: Sim. Acabou ficando tarde e vou pernoitar na casa de Hirauchi.

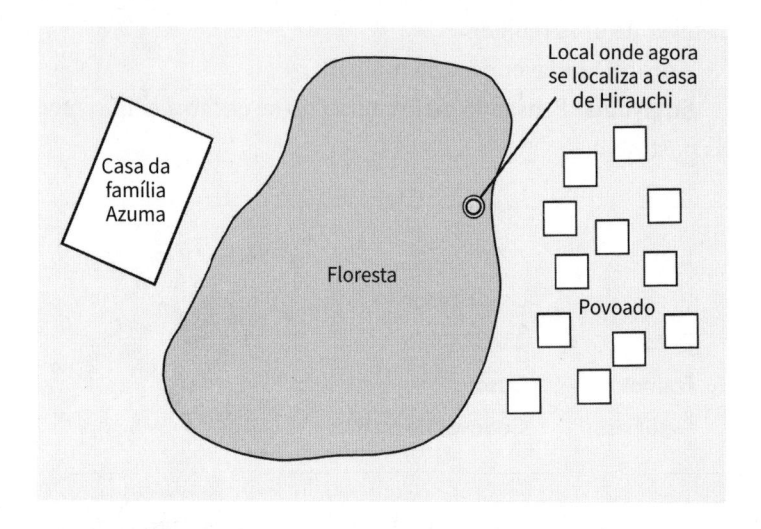

```
Local onde agora
se localiza a casa
de Hirauchi

Casa da família Azuma

Floresta

Povoado
```

Sugiyama: Pode soar estranho, mas... tome cuidado.
Autor: Hã? Não se preocupe! A casa não é mal-assombrada. Além disso, *esta casa em si não foi palco de nenhum incidente.*

Por algum motivo, meu coração se agitou no momento em que proferi essas palavras.

Percebi que em alguma parte dentro de mim eu sentia uma inquietação inexplicável.

Depois de desligar o telefone, pedi a Hirauchi que desse uma olhada no capítulo "Lembranças da região de Han'i".

Hirauchi: Então é o seguinte:

> Okinu sai da casa dos Azuma e corre para a floresta próxima.
>
> ↓
>
> Enquanto perambula pela floresta, ela descobre o moinho de água.
>
> ↓
>
> Para se proteger das intempéries, se estabelece ali, mas, sem ter o que comer, morre de fome dentro da cabana.
>
> ↓
>
> Uki encontra o corpo e escreve sobre isso no livro.
>
> ↓
>
> Algum leitor percebe a verdadeira intenção de Uki e posta a informação no aplicativo "Locais do Japão com um passado macabro".

Autor: A princípio, as histórias estão interligadas, não é?
Hirauchi: Mas, se for assim, quem aprisionou Okinu?
Autor: Aprisionou?
Hirauchi: Claro. Existiria outra explicação?

Hirauchi pegou um panfleto que encontrou e desenhou no verso a planta baixa da cabana.

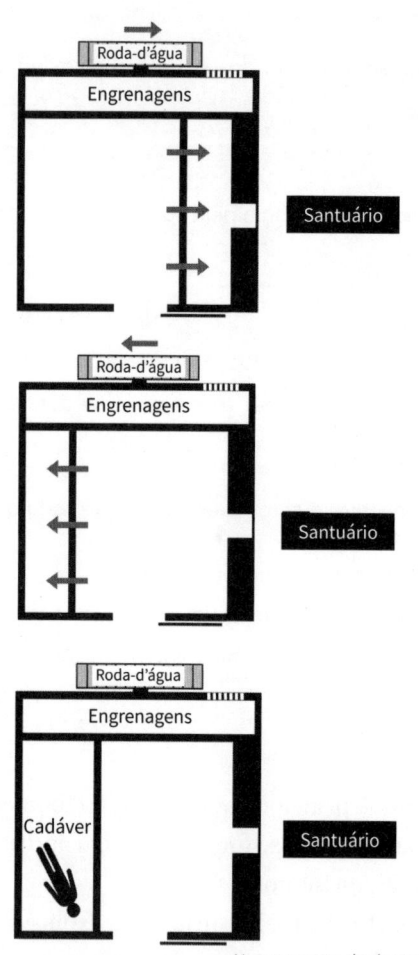

No momento da descoberta

Hirauchi: A parede interna da cabana se move pela rotação da roda-d'água. Em outras palavras, *ela não pode ser movimentada por dentro*. Quando Uki descobre o moinho de água, o cadáver de Okinu está trancado no "cômodo do lado esquerdo". Isso significa que, depois de Okinu morrer, alguém girou a roda-d'água pelo lado externo.

Autor: Tem razão. Quem poderia ter feito algo assim?
Ou melhor, a roda foi girada *depois* de ela morrer mesmo?
Hirauchi: Mas, afinal, o que era esse moinho de água?

Autor: Se levarmos em conta a proximidade do povoado, ele deve ter sido construído pelos residentes dali. Não sei se seria realmente, como sugere Uki, uma cabana para "fazer pessoas se arrependerem de seus desvios".

Permanecemos por um tempo observando a planta baixa da cabana. Nisso, por alguma razão, fui tomado aos poucos por uma estranha sensação. Talvez um... *déjà-vu*?

Autor: Hirauchi... essa cabana... ela não se parece com *aquele cômodo*?

Hirauchi: Na verdade... eu estava pensando a mesma coisa.

Nós nos levantamos e descemos correndo para o térreo.

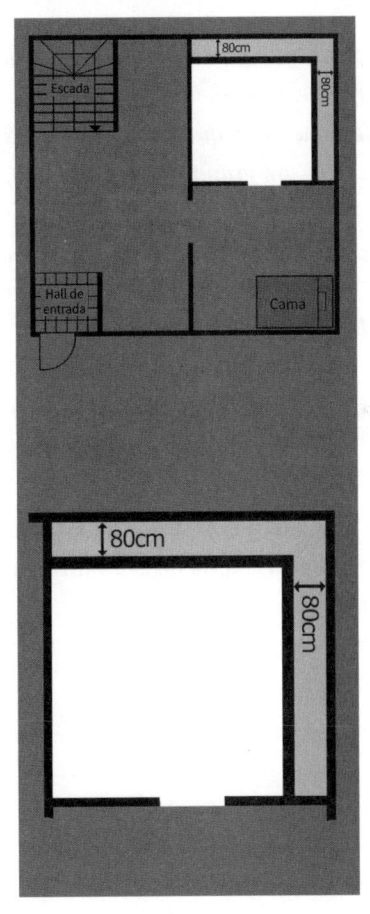

O cômodo no canto nordeste. Um cômodo apertado, com oitenta centímetros a menos de comprimento e largura do que o cômodo contíguo.

Hirauchi: Não pode ser...

Autor: De qualquer maneira, o que acha de tentarmos?

Bati na extremidade da "parede espessa" do lado leste. *Tum, tum*. O som indicava um interior sólido. Fui transferindo as batidas aos poucos para a região central. A partir de determinado ponto, o som mudou claramente. *Poc, poc*. Quando golpeei bem no meio da parede, houve um eco. Ou seja, a parede era oca apenas no *centro*.

Além da entrada, não havia janela, móveis, lâmpadas ou objetos decorativos no cômodo, dando a sensação de se estar dentro de uma caixa quadrada. Sua única característica marcante era um grande buraco aberto na parede do lado direito.

Contudo, era impossível ver o lado de fora através desse buraco, então talvez fosse mais adequado chamar aquilo de "concavidade".

Essa "concavidade" quadrada ficava no centro da parede e era grande o suficiente para que eu conseguisse entrar de forma confortável, caso encurvasse o corpo.

A nossa hipótese era um absurdo que, se analisado com algum bom senso, pareceria uma ilusão. Entretanto, todas as pistas conduziam a uma conclusão:

A casa possivelmente havia sido construída como uma extensão do moinho de água.

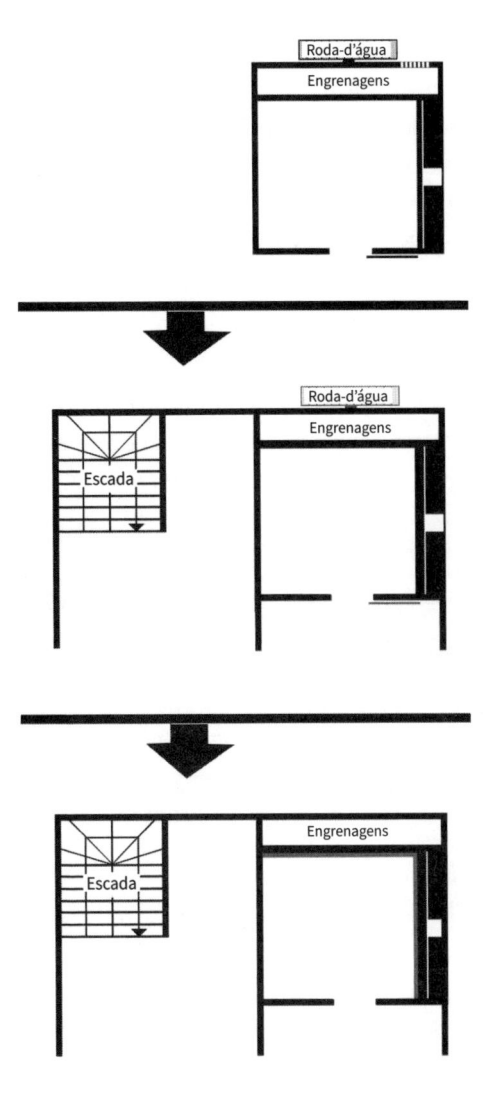

Hirauchi: Como... Quem faria isso? E por quê? Além disso, é estranho. O corretor de imóveis garantiu que esta casa foi construída "há vinte e seis anos". Uki encontrou a tal cabana há mais de oitenta. Custo a acreditar que o corretor mentiria...

Autor: Hum... Hirauchi, o corretor não informou mais nada sobre a idade do imóvel?

Hirauchi: Sobre a idade do imóvel?

Autor: Uma vez, um amigo projetista me falou que o corretor é obrigado a informar ao cliente a idade da propriedade. Mas, pelo visto, há várias maneiras *de se calcular a idade do imóvel*. Por exemplo, se um imóvel foi construído há dez anos e ampliado há cinco, deve-se indicar a idade da construção como sendo "dez anos". No entanto, há casos em que é permitido contar a idade a partir do ano da ampliação, *caso tenham sido realizadas obras de reforço de grande escala no imóvel original.*

Hirauchi: Como assim?

Autor: Em outras palavras, se um imóvel foi construído há dez anos, mas passou por obras de reforço e ampliação há cinco, o corretor pode dizer que ele tem "cinco anos".

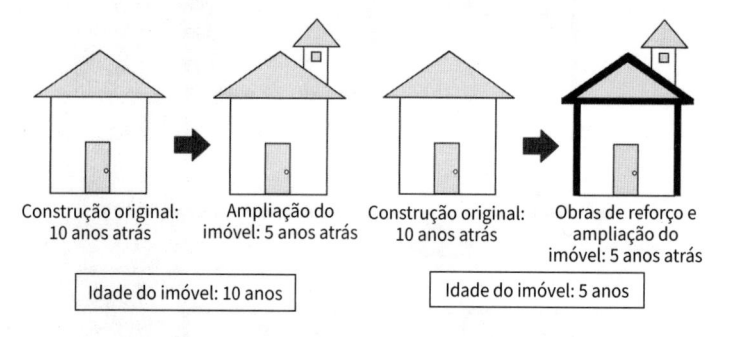

Construção original: 10 anos atrás	Ampliação do imóvel: 5 anos atrás	Construção original: 10 anos atrás	Obras de reforço e ampliação do imóvel: 5 anos atrás
Idade do imóvel: 10 anos		Idade do imóvel: 5 anos	

Hirauchi: Isso é esquisito.

Autor: É claro que, nesses casos, o corretor deve explicar ao cliente que aconteceu uma ampliação. Não existem, porém, normas legais sobre como esses detalhes devem ser mencionados, e há casos de corretoras de imóveis mal-intencionadas que dão explicações complexas e dúbias aos clientes para tentar distraí-los e não lhes informar a verdade.

Hirauchi: Para ser sincero, acho que algumas explicações que o corretor me deu foram difíceis de entender mesmo e... eu posso ter deixado algo passar... mas eu não imaginava... Quer dizer que este cômodo...

Até então, eu me sentia distanciado das palavras "cadáver de mulher".

Acreditava ser um acontecimento de um passado distante. Mesmo que tivesse ocorrido na região, não era algo próximo de nós atualmente... Era o que eu achava.

Eu estava errado.

O local do incidente *estava bem ali.*

Para ser sincero, eu não desejava ficar ainda mais tempo naquela casa.

Senti vontade de sair dali o quanto antes. Contudo, o último ônibus já tinha partido, e não havia nenhum local nas redondezas onde eu pudesse pernoitar. Eu e Hirauchi passamos a noite toda acordados, conversando no andar de cima.

Na manhã seguinte, quando caminhávamos em direção ao ponto de ônibus, uma idosa saiu da casa que no dia anterior eu havia pensado ser uma casa de campo desabitada. Nós nos cumprimentamos e conversamos ali mesmo, de pé.

Ela morava sozinha na região fazia muitos anos, e parecia ter o hábito de dormir e acordar cedo, então antes das sete da noite apagava as luzes e ia se deitar. Era por isso que a casa estava às escuras na noite anterior.

Imaginei que, por morar ali havia muitos anos, talvez ela soubesse de algo, então fiz algumas perguntas sobre a casa.

Senhora: Bem... quando me mudei para cá, ela já existia, então não sei quando foi construída, mas estava desocupada até o sr. Hirauchi vir morar nela.

Autor: Estava vazia?

Senhora: Aparentemente, sim. Se houvesse algum morador, seria natural cruzar com ele de vez em quando na rua, não? Nunca aconteceu. Mas... não tenho muita certeza. Uma vez fizeram obras e talvez alguém estivesse morando nela secretamente e eu apenas não percebi.

Hirauchi: Obras?

Senhora: Foi cerca de vinte anos atrás, uma obra grande! Olhe só, a casa é de dois andares, não é? Quando eu vim morar aqui, era térrea. Construíram o andar de cima nessa obra. Lembro que fiquei admirada: "Nossa, eles ampliaram a casa!"

Se aquilo fosse verdade, originalmente a casa de Hirauchi não dispunha de *cozinha nem banheiros*. Seria impossível para alguém habitar uma casa assim.

Quando visitei a casa, perguntei ao corretor e ele me explicou que o térreo era um depósito.

Em outras palavras, originalmente era apenas um "depósito".

E fazia vinte e seis anos que alguém havia ampliado o moinho de água, construindo o "depósito". Alguns anos mais tarde, acrescentaram um andar complementar e o transformaram em uma casa particular.

Mas, afinal, com que propósito?

Quanto mais eu pensava, mais o mistério se aprofundava.

SEGUNDO ANDAR

Fim do Documento 5 – O local do incidente estava bem ali

DOCUMENTO 6

A CASA DO RENASCIMENTO

AGOSTO DE 1994
ARTIGO PUBLICADO EM UMA REVISTA MENSAL

Havia no passado uma construção gigantesca no sopé do monte Yake, no oeste da província de Nagano.

Chamada de "Casa do Renascimento", dizem que era usada como centro da seita religiosa "Congregação para o Renascimento".

A seita foi dissolvida e a construção, demolida; a única forma de saber detalhes sobre ela é consultando documentos antigos. Gostaria de apresentar um artigo escrito por um jornalista infiltrado na seita e publicado em uma revista semanal de agosto de 1994, praticamente o único relato existente sobre a Casa do Renascimento.

Supõe-se que o artigo seria composto de duas partes, mas, após a publicação da primeira, determinada empresa prestou queixa. A segunda parte, que deveria ter sido lançada na edição seguinte da revista, foi substituída por outro artigo, nunca tendo chegado ao grande público.

Dessa forma, só poderei apresentar aqui a Parte 1 do artigo.

A propósito, as ilustrações utilizadas neste texto foram extraídas da revista.

***

ANÁLISE DETALHADA DO FUNCIONAMENTO DE UMA SEITA MISTERIOSA: PARTE 1 DO RELATÓRIO SOBRE A "CASA DO RENASCIMENTO", ESCRITO POR UM JORNALISTA INFILTRADO

❖ Como são suas diretrizes operacionais incomuns?

A Congregação para o Renascimento é uma seita cujas atividades se estabelecem na província de Nagano.

É liderada pela deusa viva Hikari Mido (mais conhecida como "Santa Mãe"). "Deusa viva" é um termo comumente usado quando se cultua *uma pessoa viva como divindade*. Em suma, é um grupo religioso cujos fiéis se reúnem sob uma líder que lhes diz: "Eu sou uma deusa, me venerem."

Isso por si só não é incomum, mas essa seita possui algumas características peculiares.

① Grupo religioso formado por pessoas com "certa circunstância" em comum

Já me infiltrei incontáveis vezes em seitas religiosas para realizar reportagens, e os fiéis com quem me deparei nelas eram bastante variados. Havia ricaços pais de família, mas também solteiros pobres. Alguns formados pela Universidade de Tóquio, outros apenas com ensino fundamental. Diferentes ambientes familiares, idades, sexo, ocupação, passatempos... aprendi que de tão variados era impossível traçar o perfil de um "determinado tipo de pessoa que se torna facilmente aficionada por uma religião".

Todavia, parece haver um ponto em comum entre os seguidores da Congregação para o Renascimento: a seita era formada apenas por pessoas com uma mesma "circunstância". Mas, afinal, qual seria essa "circunstância" comum a todos os fiéis?

② Religião sem lavagem cerebral

Muitas seitas religiosas lançam mão de lavagem cerebral nos fiéis, demonstrando espantosos poderes sobrenaturais (que, na maioria dos casos, não passam de meros truques de ilusionismo) ou recorrendo a violência ou drogas ilícitas.

Entretanto, a Congregação para o Renascimento não emprega em absoluto tais métodos — conquista a fé de seus seguidores fazendo-os adquirir produtos caros. Nada insignificante como jarros ou bolas de cristal, mas sim mercadorias de altíssimo valor, que custam milhões ou, por vezes, dezenas de milhões de ienes.

O grupo religioso foi fundado há seis anos e angariou centenas de fiéis por meio de telemarketing e propaganda boca a boca. Se multiplicarmos o número de pessoas pelos valores, é possível estimar o volume de recursos financeiros que eles acumulam. É assustador (e invejável).

③ Treinamentos especiais

A Congregação para o Renascimento possui um centro religioso no oeste da província de Nagano. Seu nome é "Casa do Renascimento".

Ali são realizadas reuniões cerca de quatro vezes ao mês, nas quais aparentemente os fiéis passam noites em treinamentos. Dizem que o método utilizado nesses treinamentos é bastante especial.

"Treinamentos especiais" apenas algumas vezes no mês... deve ser este o segredo: os fiéis são cativados e levados a realizar compras caríssimas nessas ocasiões. Para revelar a verdade, eu, que me considero especialista em infiltração em seitas, decidi me infiltrar na Casa do Renascimento para realizar uma reportagem.

Claro que, para me infiltrar nas instalações de grupos religiosos, eu preciso me associar a eles. E sempre é algo difícil. Como a maioria das seitas detesta que informações internas sejam levadas a público, elas verificam minuciosamente os candidatos a associados, para avaliar "se não são jornalistas infiltrados". Muitas vezes, até mesmo um veterano como eu é descoberto pelo faro peculiar desses grupos e rejeitado.

Já a Congregação para o Renascimento não era tão vigilante. Depois de lhes informar meu nome, idade e endereço, respondi a "algumas perguntas" (cujo teor está profundamente relacionado à identidade do grupo religioso, e peço que aguardem, pois serão publicadas no próximo número) e, por último, bastou prometer minha fé ao grupo religioso para eu ser facilmente autorizado a me associar.

Além disso, pude reservar minha participação no treinamento seguinte que ocorreria na Casa do Renascimento. As coisas correram tão bem que fiquei um pouco assustado...

No dia do treinamento, peguei vários trens para chegar até a província de Nagano.

A seita ficava localizada em uma vasta área plana cercada pela natureza, tendo ao centro uma construção toda branca. Essa era a tão falada Casa do Renascimento (à qual passarei a me referir aqui como "a Casa"). Devido à aparência externa distorcida, seria mais apropriado chamá-la de arte contemporânea do que de centro religioso.

Dezenas de fiéis já se encontravam pela área, todos caminhando rumo à Casa. Decidi segui-los. Entrei em um túnel comprido e estreito projetado a partir da construção e, depois de andar um pouco, cheguei ao local do encontro.

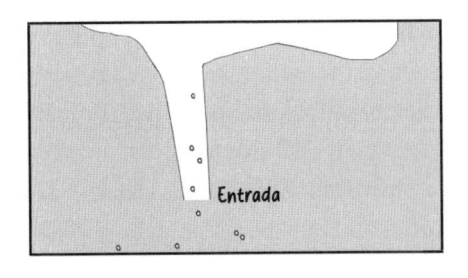

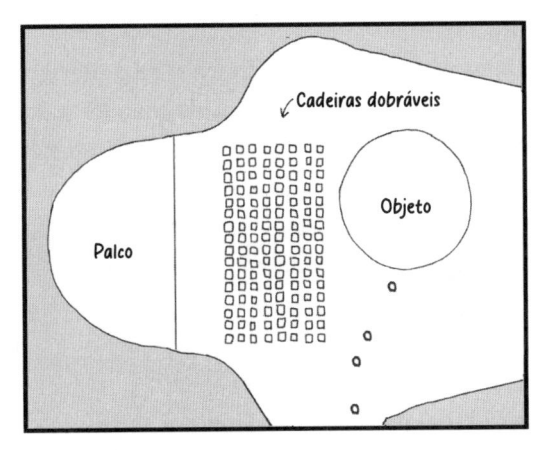

[Diagrama: Entrada]

[Diagrama: Cadeiras dobráveis, Palco, Objeto]

Havia inúmeras cadeiras dobráveis enfileiradas ali. No lado esquerdo, ficava um palco semicircular e, à direita, um objeto cilíndrico vermelho-escuro. Antes de se sentar, cada fiel executava uma longa e profunda reverência diante do objeto. Ele devia representar um símbolo de culto para o grupo religioso.

Em cerca de meia hora, todas as cadeiras foram ocupadas, e havia também muitos fiéis de pé. A proporção entre homens e mulheres era igual, e algumas pessoas estavam em duplas, parecendo ser casais.

A maioria devia ter entre trinta e quarenta anos. Todos mantinham as costas aprumadas e observavam calados o palco vazio. Já presenciei inúmeras vezes cenas bizarras como essa em meu trabalho como repórter infiltrado. Todos aguardam o aparecimento de seu líder, alheios... Em certo sentido, é a atitude típica dos seguidores de uma seita religiosa.

Entretanto, havia neles algo diferente do que eu tinha observado até o momento em outros fiéis. Na maioria dos treinamentos de seitas religiosas, todos usam uma roupa igual, chamada de "veste ritual". Contudo, as roupas dos fiéis ali eram variadas. Provavelmente roupas casuais, deles próprios. Além disso, todos usavam peças de grife (de diferentes estilos). Olhando bem, relógios e colares luxuosos também se destacavam.

A Congregação para o Renascimento exige que seus seguidores adquiram produtos caríssimos de milhões a dezenas de milhões de ienes. O que queria dizer que apenas aqueles com cacife financeiro para cumprir essa exigência estavam reunidos ali.

Após um tempo, uma pessoa surgiu no palco. Não era a líder Hikari Mido, mas um homem de terno, aparentando uns quarenta e cinco anos.

Tinha expressão soturna, testa franzida, olhos encovados e um nariz aquilino peculiar. Eu reconheci seu rosto: aquele era Masahiko Hikura, presidente da Hikura House, uma das mais proeminentes construtoras da região de Chubu.

Eu já tinha ouvido certos rumores sobre o presidente da Hikura House ter uma profunda relação com a Congregação para o Renascimento e prestar enorme suporte financeiro à seita religiosa, mas jamais poderia imaginar que fossem verdade.

Hikura se colocou no centro do palco e começou a falar com uma voz intimidadora.

Segue abaixo uma transcrição do áudio que obtive às escondidas com um gravador:

> "Certamente vocês já devem estar cientes dos pecados terríveis que cada um carrega. Esses pecados acabaram sendo transmitidos para seus pobres filhos. Filhos que são frutos dos pecados dos pais. Filhos do pecado. Essas máculas acarretarão diversos infortúnios e farão vocês afundarem nos pântanos do inferno.

Infelizmente, as máculas jamais desaparecerão. Mas elas podem ser reduzidas. Podem ser purificadas por meio de repetidos treinamentos. Antes de tudo, vocês devem se limpar dessas máculas nesta Casa. E amanhã de manhã, após retornarem para suas casas com as máculas um pouco menores do que agora, por favor, iniciem seus filhos nos treinamentos."

Como era de esperar, sua voz e a maneira de falar eram imponentes, dignas de um administrador de empresa. O conteúdo em si, porém, era extremamente ortodoxo. Poderia até ser taxado de trivial.

Primeiro, ele atemorizou os fiéis, se servindo de palavras abstratas como "pecado", "mácula" e "infortúnio", para por fim entregar uma forma de redenção ao dizer que as máculas "podem ser purificadas por meio de repetidos treinamentos". Em outras palavras: "Você será salvo enquanto pertencer a este grupo religioso."

É um discurso bem rudimentar. Mesmo assim, os fiéis ouviam Hikura com atenção. Concordavam com a cabeça repetidas vezes, como se mastigassem suas palavras, com lágrimas brotando nos olhos.

Eu tinha ouvido dizer que a Congregação para o Renascimento não fazia lavagem cerebral nos fiéis, mas isso parecia ser um engano. Os devotos visivelmente *sofriam algum tipo de lavagem cerebral.*

Quando o falatório de Hikura terminou, alguns membros da seita (encarregados de cuidar dos fiéis) apareceram de repente e nos fizeram formar uma fila.

A partir daquele momento, teria início a homenagem (reverência divina) à líder Hikari Mido. A deusa viva proclamada "Santa Mãe"... Mas, afinal, que tipo de pessoa era ela?

A fila de fiéis, então, seguiu na direção do objeto cilíndrico vermelho-escuro. Ao que parecia, a Santa Mãe estava dentro dele. Sendo assim, aquilo não era um mero objeto, mas um santuário sagrado.

Os membros da seita abriram a porta do santuário, e os fiéis entravam em grupos de cinco. A fila avançava devagar, uma vez que cada grupo demorava mais de dez minutos lá dentro.

Todos os fiéis saíam do santuário com uma expressão satisfeita. Poderia o segredo da lavagem cerebral estar ali dentro? Cerca de uma hora depois, chegou a minha vez.

Em primeiro lugar, vou explicar a estrutura do santuário. No interior, havia uma parede em espiral, e a Santa Mãe ficava sentada no centro. Pelas várias janelas na parede, nosso grupo de cinco pôde contemplá-la enquanto caminhava em círculo rumo ao centro.

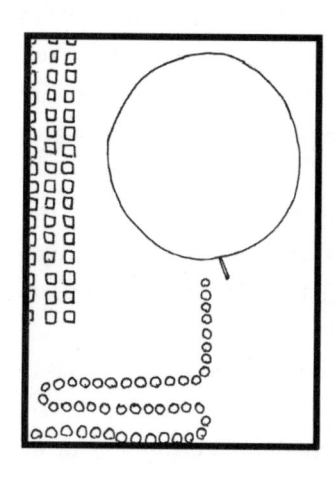

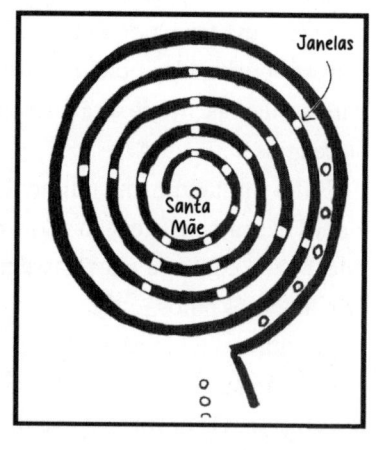

O caminho era muito escuro, e bem acima da Santa Mãe havia uma pequena lâmpada pendurada que deixava sua silhueta tenuamente iluminada. Quando olhei pelo primeiro buraco, não entendi de todo.

Todavia, conforme me aproximava do centro e enxergava melhor, me dei conta de que *a Santa Mãe era uma pessoa com deficiência física. Ela não tinha o braço esquerdo nem a perna direita.*

❖ A Santa Mãe de apenas um braço e uma perna

Pelo que contam, a Santa Mãe deve ter mais de cinquenta anos, mas seu rosto com poucas rugas, o cabelo preto comprido e lustroso e a pele firme e macia a fazem parecer dez anos mais jovem.

Sentada completamente imóvel em uma cadeira simples, seu corpo se apoiava na perna esquerda, longa e esbelta em contraste com a perna direita, inexistente desde a virilha. Vestia apenas um tecido de seda branca. Pode-se dizer que estava praticamente nua. Não sei se seria correto chamá-la de "divina", mas ela tem uma estranha beleza que atrai a atenção de quem a vê.

Ao chegarmos ao centro, as outras quatro pessoas se sentaram ajoelhadas diante da Santa Mãe. Eu as imitei. A Santa Mãe me olhou e, com uma voz gentil, disse: "Você está vindo pela primeira vez, não é? Aproveite com calma seu treinamento."

"Você, você, você, você e também você, que está vindo pela primeira vez, estão com certeza sofrendo por conta de seus pecados. Não se preocupem. Em breve as coisas melhorarão. Como sabem, eu nasci como filha do pecado. A mãe do pecado se apossou de meu braço esquerdo e, para salvar o filho do pecado, eu perdi minha perna direita. Com o corpo que me restou, pretendo salvar vocês e seus filhos. Vamos, é hora de renascermos. Repetidas vezes."

Os fiéis contemplavam, fascinados, a Santa Mãe enquanto ela se pronunciava.

Quando ela acabou de falar, voltamos pelo mesmo caminho em espiral percorrido pouco antes e saímos do santuário. Como num revezamento, os cinco que estavam atrás de nós na fila entraram. Notei um incomum brilho hostil nos olhos do homem que vinha por último.

Bem, vou relatar aqui com sinceridade minhas impressões sobre o santuário: tudo não passa de um truque banal.

Ao fazer os fiéis olharem repetidamente através das janelinhas, *cria-se neles a ilusão de que o que está à frente é muito valioso*. Fazê-los circular pelo caminho em espiral deve ser uma forma de induzir uma leve vertigem. Eles olham por aquelas aberturas várias vezes, zonzos. Mais à frente está sentada uma mulher de corpo precioso, lindo e misterioso. As pessoas se sentem naturalmente encantadas.

Esse é um truque clássico utilizado em todos os tipos de entretenimento, não se restringindo às religiões.

Pela minha experiência, suponho também que a Santa Mãe, essa personagem principal, seja provavelmente uma "marionete". Não senti nela o carisma necessário para liderar o grupo religioso. Possivelmente ela foi apenas contratada pelos gestores da seita para ocupar a posição de líder.

Os antigos veneravam pessoas com deficiências físicas, considerando-as "reencarnações divinas". Temos aqui um exemplo disso. A mulher não é uma *deusa sem um braço e uma perna*, mas *apenas uma senhora* que, por não ter esses membros, encena o papel de "divindade".

O estratagema para fazer uma senhora de idade se passar por deusa é esse santuário. Claro que um artifício tão simplório não geraria uma lavagem cerebral nas pessoas.

Serviria, no máximo, para incrementar a fé dos devotos que já passaram por esse processo. Em suma, o segredo da lavagem cerebral não estava no santuário.

❖ Onde está o segredo da lavagem cerebral? Revelado o espantoso método de treinamento!

Pouco depois de sairmos, um som ressoou de repente, vindo do interior do santuário. Levei alguns segundos para perceber que era o grito de um homem. Apurando o ouvido, consegui escutar o que ele dizia.

— Santa Mãe! A senhora mentiu?! Não deveria salvar a mim e ao meu filho?!

Alguns membros da seita logo correram até o homem. Em menos de um minuto, o seguraram por trás e o retiraram do recinto. Era o homem com o olhar hostil, que havia entrado depois do meu grupo. Devia ter uns quarenta anos. Com suas pálpebras duplas e nariz bem definido, poderia ser descrito como um sujeito atraente.

— Impostora! Se é uma deusa, por que meu filho... Por que Naruki morreu?! Eu vou te matar! Vou bloquear seu coração! — gritava o homem bonito, enquanto era conduzido para fora.

Os outros fiéis não pareciam incomodados e apenas o encaravam de forma penetrante. Com olhos de quem contemplavam um rebelde.

Após o rebelde ser retirado, a paz voltou a reinar. Nós cinco fomos levados pelos membros da seita para um cômodo onde o treinamento seria realizado. A sala de treinamento ficava no interior da Casa, e para chegar lá parecia ser necessário dar a volta pela parte de fora. O projeto do local era muito inconveniente.

Passamos por um túnel longo e estreito e caminhamos ao longo da parede externa da Casa. A entrada apareceu após cerca de cinco minutos de caminhada.

No final do amplo saguão de entrada, havia uma porta. O treinamento devia ocorrer na sala a que aquela porta dava acesso. Assim, formamos uma fila e caminhamos pelo saguão.

Os fiéis sofrem lavagem cerebral durante o treinamento, que acontece apenas algumas vezes no mês, então certamente era algo rigoroso, ou talvez eles fossem forçados a praticar atos estranhíssimos. Meu coração estava acelerado. Por fim, um membro da seita abriu a porta.

A cena que se descortinou ali foi inesperada.

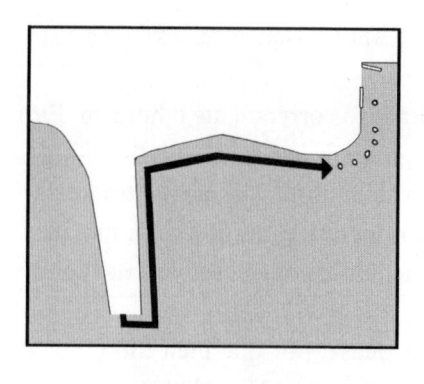

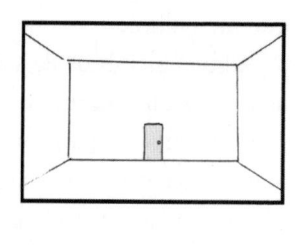

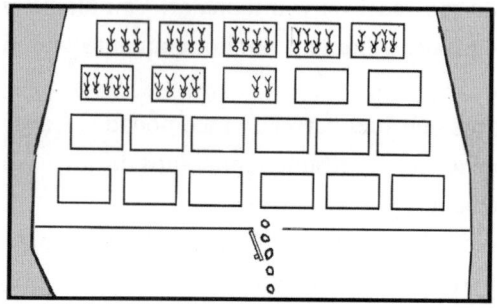

Em uma sala imensa, estavam dispostas várias fileiras de camas nas quais os fiéis que chegaram antes de nós dormiam profundamente. Os outros quatro do meu grupo se deitaram um após o outro nas camas vazias, fecharam os olhos e adormeceram. Sem alternativa, segui seu exemplo. Seria isso um preparo para o treinamento?

Minutos depois, a porta voltou a se abrir e o grupo seguinte entrou. Eles também se estiraram nas camas. Conforme o tempo passava, o número de fiéis aumentava. Por fim, todas as camas estavam ocupadas e alguns até se deitaram no chão. Apesar da sala ser espaçosa, ficou realmente sufocante.

Fingi estar dormindo enquanto esperava o início do treinamento, mas o tempo passava e nada acontecia. Por fim, caiu a noite e o dia virou. Quando meu relógio de pulso marcou quatro da manhã, pensei: "Talvez 'dormir' seja o treinamento."

Essa foi a única conclusão a que consegui chegar. Se não fosse esse o treinamento, isso significaria que os fiéis iam a um centro religioso apenas para dormir profundamente. Mas era estranho.

"Dormir é o treinamento"... nunca ouvi falar de uma religião assim. Teria algum sentido? Ainda refletindo sobre isso, fui tomado por uma sonolência e, antes que me desse conta, adormeci.

❖ Cena bizarra vista fora da Casa

Passavam das dez da manhã quando despertei. Ao meu redor, alguns fiéis ainda dormiam. Pensando bem, não havia um horário definido para que nos levantássemos. Poderíamos fazer isso a qualquer hora? Se fosse assim, aquilo era mais um hotel do que um centro religioso.

Eu saí da cama e abri a porta. Um membro da seita que estava ali me entregou um chá pronto de caixinha e um pãozinho recheado com pasta de feijão doce. Foi uma recepção gentil. Com fome, pois não havia me alimentado desde o dia anterior, fui até um canto do saguão e devorei a comida. Nesse momento, notei um longo corredor à esquerda de onde estávamos.

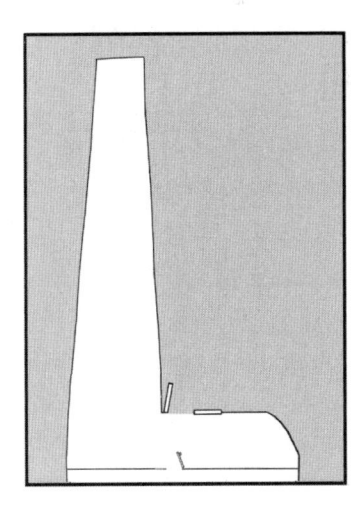

Era um corredor sem saída e sem portas. Havia apenas um túnel que se estendia por mais de dez metros.

Um pensamento me ocorreu inesperadamente assim que o vi, uma dedução pessoal acerca daquele grupo religioso. Você, leitor com uma intuição aguçada, já deve ter percebido o que seria, ao ver minhas ilustrações infantis.

De qualquer forma, terminei de comer o pãozinho, saí pelo saguão de entrada e me surpreendi com o que vi.

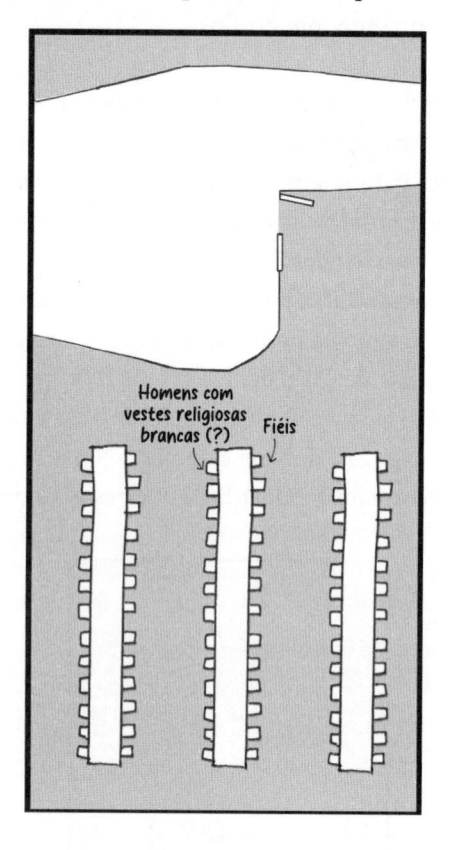

Homens com vestes religiosas brancas (?) Fiéis

Havia mesas compridas no vasto terreno, e os fiéis, que na noite anterior compartilharam o espaço de dormir, conversavam com homens trajando vestes religiosas brancas, sentados de frente para eles.

Ao me aproximar das mesas, vi sobre elas algumas plantas baixas. Foi quando tudo finalmente fez sentido.

Minha dedução no saguão de entrada pouco antes estava de fato correta. Era...

Infelizmente, cheguei ao limite de páginas aqui.

Aguardem a Parte 2, a ser publicada na próxima edição da revista.

❖ Prévia da próxima edição

Afinal, o que é a Congregação para o Renascimento?!

Qual o seu método de lavagem cerebral? Qual é o motivo de colocarem os fiéis para dormir? Quais são as circunstâncias relacionadas a eles? Nosso repórter investigou à exaustão todos esses mistérios!

* * *

Impressões

O artigo descreve cuidadosamente a estranha realidade da seita religiosa Congregação para o Renascimento.

No entanto, talvez para aumentar a expectativa pela Parte 2, a linguagem do texto é sugestiva e vaga, com vários enigmas não elucidados. O que mais me intriga é a seguinte declaração:

> *Você, leitor com uma intuição aguçada, já deve ter percebido o que seria, ao ver minhas ilustrações infantis.*

Isso significa que existem pistas escondidas nas ilustrações do artigo?

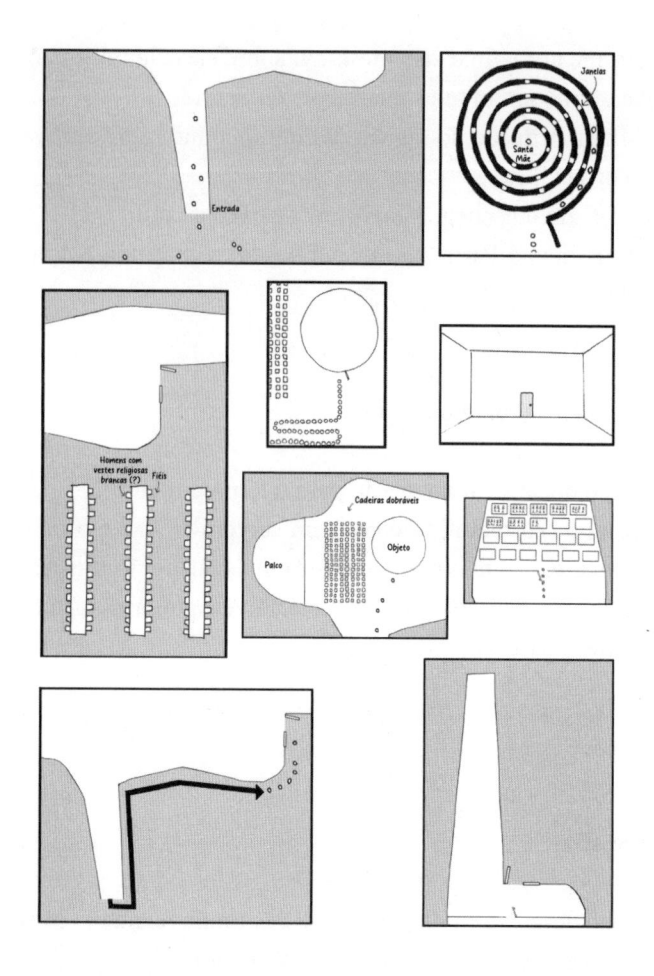

Coloco-as lado a lado. Muitas exibem vistas aéreas do centro religioso, o que me parece meio estranho.

Sobre a aparência externa da instalação, o repórter declarou que "seria mais apropriado chamá-la de arte contemporânea do que de centro religioso". Realmente, o formato distorcido se assemelha ao de uma obra artística de arquitetura. No entanto, *sinto que não é uma mera distorção.*

Decidi recortar as plantas baixas da Casa e montar os pedaços para criar uma imagem completa. Feito um quebra-cabeça. O resultado foi uma figura realmente estranha.

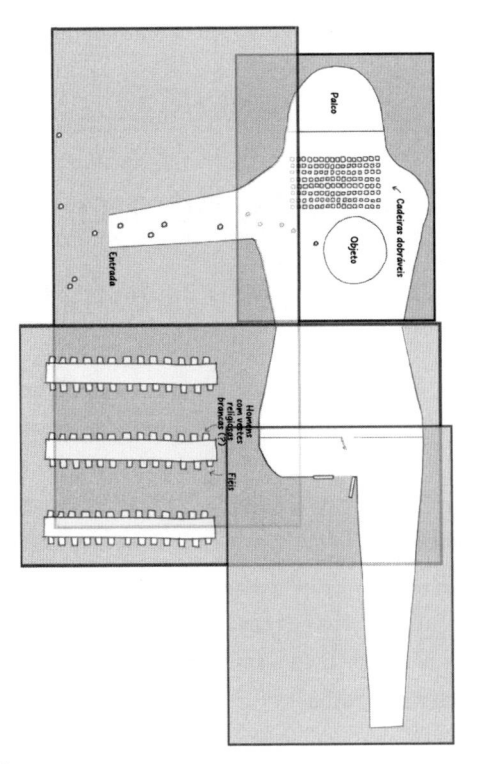

Não há erro.

É uma forma humana. E não de qualquer pessoa.

A Santa Mãe era uma pessoa com deficiência física. Ela não tinha o braço esquerdo nem a perna direita.

A visão frontal de uma mulher sem o braço esquerdo e a perna direita... É uma interpretação possível, dependendo de como se vê. Então a Casa do Renascimento era um prédio no formato do corpo da Santa Mãe?

Todavia, apesar da descoberta, o grupo religioso permaneceu um mistério.

A propósito, a Congregação para o Renascimento foi dissolvida em 1999, e, no ano seguinte, a Casa do Renascimento foi demolida.

Fim do Documento 6 – A Casa do Renascimento

DOCUMENTO 7

A CASA DO TIO

TRECHOS DO DIÁRIO DE UM MENINO

24 de novembro

Hoje passei o dia inteiro em casa. Mamãe ainda não voltou e tô me sentindo sozinho. Tava com fome, não aguentei e comi um pão que tinha na cozinha.

25 de novembro

Ontem à noite, mamãe ficou zangada porque comi o pão sem permissão. Eu me sentei de joelhos e repeti "desculpa" cem vezes. Mamãe dormiu até a noitinha e, quando acordou, me abraçou forte. Foi estranho: eu não queria chorar, mas saíram lágrimas.

26 de novembro

De tanto eu repetir que tava com fome, mamãe ficou brava. Disse "que garoto chato!" e apertou meu nariz, me deixando sem respirar. Pensei em respirar pela boca, mas, quando fiz isso, mamãe disse "nada de trapacear", e eu senti vergonha por ter trapaceado. Eu me sentei de joelhos e pedi desculpa.

27 de novembro

No final da tarde, o tio veio, e fomos eu e mamãe para a casa dele. Fiquei nervoso por ir lá pela primeira vez. De carro foi rapidinho.

A casa do tio é maior do que meu apartamento, e fiquei impressionado com um canteiro bem grande do lado esquerdo da porta. Quando entrei na casa, bem no centro tinha um corredor com muitas portas.

Entrando pela porta mais perto, à direita, tinha uma televisão grande e uma mesa. Da janela, eu via o canteiro e a porta da casa. E consegui ver carros passando rápido lá fora. Foi muito legal.

Nós jantamos nessa sala. Comi um *omuraisu* delicioso. Mamãe não se zangou, mesmo depois de eu comer até ficar de barriga cheia.

Depois da janta, fui para o corredor e entrei no quarto ao lado. "Esse é o seu quarto, Naruki", o tio me disse. Ali tinha uma cama, e fiquei feliz, porque era a primeira vez que eu ia dormir numa.

Além disso, achei o quarto divertido, porque da janela dava pra ver os carros passando.

28 de novembro

Levantei de manhã e tomei café com o tio e a mamãe. Os ovos mexidos e o presunto frito tavam uma delícia.

Depois, fui para o corredor e entrei no quarto do lado da sala onde tomei o café da manhã. Tinha uma janelona e dava para ver o canteiro. Dentro do quarto, tinha uma coisa parecida com uma bicicleta. O tio disse que é uma "aerobike". Experimentei pedalar e achei divertido.

Nesse quarto, tinha outra porta. Abri, e era um quarto vazio. Dali também consegui ver o canteiro e, da outra janela, o rio.

No final da tarde, o tio nos levou de volta para casa de carro. Fiquei triste quando me despedi dele. De noite, mamãe ficou brava por eu não ter dito "obrigado" ao tio e apertou meu nariz, me deixando sem respirar. Seria trapaça respirar pela boca, então me esforcei pra manter a boca fechada.

(...)

24 de fevereiro

Mamãe voltou de tarde e, quando eu a cobri com uma colcha depois que deitou, ela disse "obrigada" e me abraçou forte. Depois dormimos um do lado do outro.

No final da tarde, pensei em preparar algo pra gente, então passei geleia no pão e coloquei na tostadeira, mas ele queimou e ficou todo preto. Tentei jogar no lixo pra mamãe não encontrar, mas ela descobriu e se zangou. "Nada de trapacear", ela falou, e eu de novo fiquei envergonhado por ter trapaceado.

25 de fevereiro

"Amanhã é dia de ir à casa do tio", mamãe anunciou, e eu mal podia esperar para ir. Mas se eu me divirto muito lá, depois a mamãe se zanga comigo, então tomo cuidado pra não me divertir.

26 de fevereiro

Fui com a mamãe à casa do tio. Estava com saudade de ver o canteiro de flores. Fomos os três num restaurante e comemos rámen. Tava gostoso, mas queria comer *omuraisu* de novo.

Depois de tomar banho com o tio, mamãe e ele discutiram, e ela estava chorando. O tio disse que tava com pena de mim por eu estar magrinho. Depois de fazer as pazes com a mamãe, falou: "A partir de agora, eu vou ajudar na criação dele." Mamãe agradeceu.

27 de fevereiro

A sopa de milho e o ovo frito no café da manhã tavam gostosos. Depois, me deu vontade de pedalar a bicicleta que não se mexe, então fui até o quarto ao lado da sala onde tomei o café da manhã e pedalei. Como eu tinha acabado de comer, a barriga doeu um pouco.

Depois, quando abri mais uma porta, o quarto que tinha ali não tava mais lá e o rio fluía fazendo *chuá chuá*... Achei esquisito.

No final da tarde, o tio nos levou de volta para casa de carro. Quando nos despedimos, eu quase chorei de tristeza, mas não esqueci de dizer "obrigado". O tio riu e fez carinho na minha cabeça.

(...)

3 de março

Na cozinha não tinha pão e hoje também não pude comer nada. Tava com fome, com a barriga doendo, e lambi e mastiguei um lápis. A dor na barriga melhorou um pouquinho.

4 de março

O tio telefonou e disse "me deixa falar com a sua mãe", então entreguei o telefone pra ela. Depois, mamãe discutiu com ele por telefone. Quando desligou, ela falou "não quero mais saber dele". Fiquei triste.

5 de março

Depois que a mamãe saiu, o tio apareceu. Ele disse "vem comigo" e me levou para a casa dele. Fiquei preocupado, achando que a mamãe ia ficar zangada, mas o tio disse "tá tudo bem" e "você vai comer *omuraisu*", então eu decidi ir.

Comi *omuraisu* na casa do tio e tava gostoso. Depois, vimos televisão juntos. O tio disse "você pode ficar aqui pra sempre". Também disse "eu vou colocar você na escola". Se a mamãe estiver junto, eu quero morar na casa do tio.

Depois, o tio me levou até o quarto mais afastado do corredor. Era um quarto pequeno com uma boneca marrom, e fiquei com medo. O tio disse: "Aqui é o coração da casa, por isso, nunca tranque a porta." Eu não entendi por quê.

6 de março

Depois de almoçar com o tio, um carro parou em frente da casa, e mamãe apareceu com um homem de cabelo loiro. Mamãe e o homem tavam discutindo com o tio. Mamãe me abraçou e me fez entrar no carro do homem. O tio veio correndo atrás, mas o carro saiu rápido, e logo não vi mais ele.

O carro não voltou pra minha casa. Foi pra casa do homem. Mamãe disse: "Daqui em diante, vamos morar nós três aqui."

Tive vontade de chorar, porque senti falta do tio.

7 de março

Soube que o nome do homem é Eiji. Ele me deu comida, mas ela tava com um cheiro ruim e cuspi, por isso mamãe ficou brava e se desculpou com Eiji.

Eu não queria que Eiji ficasse zangado com a mamãe, então me esforcei para comer, mas passei mal e vomitei. Ele ficou bravo com a mamãe por causa disso. Eu repeti "desculpa" cem vezes.

8 de março

Tive dor de barriga e achei que ia ter diarreia, mas me segurei, porque, se causasse problemas, Eiji se zangaria com a mamãe.
(…)

16 de março

Eiji me mandou morar no depósito. Mamãe disse "desculpa", chorando. Eu também tive vontade de chorar, mas me segurei. Mamãe me deu um pão escondido. Comi bem quietinho.

17 de março

Tô com o bumbum e as costas doloridos de ficar o tempo todo sentado no depósito, mas se eu fizer barulho Eiji vai bater na mamãe. Por isso me esforço pra ficar em silêncio. Fico quietinho, me lembrando dos programas divertidos que já vi na TV.

18 de março

Eiji me bateu porque fiz barulho. Quando mamãe pediu chorando "para, por favor", Eiji bateu nela.

19 de março

Ouvi Eiji berrar e mamãe gritar e chorar. Tampei os ouvidos com os dedos pra não ouvir.
(…)

12 de abril

Hoje também não comi nada. Tô com fome e minha barriga tá doendo.
Tentei pensar em alguma coisa alegre para esquecer a dor, mas não deu certo. Queria ir na casa do tio e comer *omuraisu* de novo.

13 de abril

Minha dor de barriga passou, mas tô com prisão de ventre e com um gosto amargo na boca.

14 de abril

Mamãe me deu água. Normalmente a água não tem gosto, mas essa tava meio doce.

15 de abril

Não consegui levantar e fiquei deitado, com a cabeça encostada em um canto do depósito.
Quero dormir num futon.

16 de abril

Mamãe trouxe um bolinho de arroz, mas mesmo mastigando não consegui engolir.

17 de abril

Meus olhos estão tremelicando, não consigo segurar direito a caneta.

18 de abril

Estou sentindo a cabeça girar o tempo todo, mesmo deitado.

19 de abril

Meu corpo todo tá doendo.

20 de abril

Não tô conseguindo enxergar direito.

21 de abril

Quero beber água.

(Fim do diário.)

* * *

Nota do Autor:

8 de maio de 1994. Naruki Mitsuhashi, de nove anos, foi encontrado morto em um apartamento na cidade de Ichinomiya, na província de Aichi. Acredita-se que a *causa mortis* tenha sido múltiplas complicações devido à desnutrição. Hematomas por todo o corpo evidenciaram que Naruki sofria agressões diariamente.

Os suspeitos Saori Mitsuhashi, mãe de Naruki, e Eiji Nakamura, seu namorado, foram indiciados pelo crime de abandono de incapaz seguido de morte, sendo condenados a, respectivamente, oito e catorze anos de prisão.

Dois anos após a morte de Naruki, o diário que ele escrevia até pouco antes de morrer foi publicado sob o título *O monólogo de um menino: o derradeiro diário de Naruki Mitsuhashi*.

Este capítulo apresenta trechos extraídos do referido diário.

Fim do Documento 7 – A casa do tio

DOCUMENTO 8

QUARTOS CONECTADOS POR TELEFONE FEITO DE COPOS DE PAPEL

12 DE OUTUBRO DE 2022
REGISTRO DA ENTREVISTA COM CHIE KASAHARA

Chie Kasahara escolheu como local da entrevista uma cafeteria charmosa situada em uma área residencial na província de Gifu.

Kasahara: Hum, o que eu vou pedir?

Indecisa, ela encarou o menu por dez minutos e, por fim, se decidiu pelo combo de Mont Blanc com chá de alecrim.

Kasahara é uma ilustradora freelancer residente na província. Atualmente, mora com a mãe em um apartamento.

Embora complete quarenta anos este ano, tem um ar jovial que não transparece a idade. Talvez isso se deva ao cabelo bem liso com corte estilo chanel e a seu jeito de falar suave e descontraído.

Quando o pedido finalmente chegou, Kasahara chegou a exclamar.

Kasahara: Nossa, parece delicioso!

Ela pegou um pedaço do doce com o garfo e o levou à boca.

* * *

O tema da entrevista nesse dia foi uma história que ela vivenciou quando era pequena, relacionada a uma "casa".

Kasahara nasceu e cresceu em uma casa de dois andares construída numa área residencial da cidade de Hashima, na província de Gifu.

A família era composta, além dela, pelo pai, a mãe e um irmão mais velho. O pai era um dos principais vendedores de uma concessionária de carros importados, com uma renda anual muito maior do que a de um funcionário comum de uma empresa. No entanto, a família não levava uma vida próspera.

Kasahara: Sabe, meu pai era uma pessoa abominável. Gastava quase tudo o que ganhava com ele mesmo e não colocava praticamente nenhum dinheiro em casa. Nós três vivíamos na penúria. Minha mãe trabalhava meio período todos os dias para termos o que comer no jantar. Apesar disso, meu pai voltava para casa tarde toda noite, cheirando a álcool, dormia roncando, e nós nos perguntávamos por onde ele teria andado. Que vida boa, né?

Autor: Sua mãe aceitava essa situação?

Kasahara: Aceitar não aceitava, mas não tinha coragem de reclamar. Os homens antigamente eram mais fortes do que agora. Sem poder falar diretamente com ele, minha mãe sempre se queixava com os filhos. "Não devia ter me casado com aquele homem", resmungava. "Por que diabos casou, então?", eu costumava me perguntar, e achava estranho, mas agora sinto que de alguma forma compreendi. Meu pai era um homem bonito para a idade. Tinha uma personalidade frívola, mas às vezes demonstrava gentileza. Era o que se pode chamar de homem bem-apessoado. Quando jovem, devia ser muito popular com as mulheres. Minha mãe provavelmente foi enganada.

Kasahara contou que tem lembranças marcantes do pai.

Kasahara: Na época em que passei para o quarto ano do ensino fundamental, meu irmão mais velho entrou no ensino médio e saiu de casa para estudar em um colégio interno. Eu era muito apegada ao meu irmão, e ele sempre foi muito carinhoso comigo, sua irmãzinha mais nova, então me senti solitária. Só que havia um problema ainda mais sério: eu era muito medrosa. Tinha pavor de dormir sozinha à noite e, numa atitude egoísta, pedi ao meu irmão para dividirmos o quarto, mesmo ele sendo mais velho. Devia ser um grande incômodo para ele.

Autor: Então deve ter sido difícil para você quando seu irmão saiu de casa, não é?

Kasahara: Isso. Confessei à minha mãe que eu estava com medo de dormir sozinha, mas ela só disse: "Você não é mais uma criancinha, aguente." Mesmo não sendo uma criança pequena, o medo é incontrolável, não acha?

Autor: Os pais são insensíveis em relação a coisas assim, né?

Kasahara: Sim, sim. Mas crianças não podem se opor ao que os pais dizem, então o jeito foi aguentar. E a parte importante começa agora. Uma noite meu pai me perguntou, todo sorridente: "Você não consegue dormir sozinha?" Minha mãe deve ter comentado com ele. Eu me irritei, achando que ele estava tirando sarro de mim, mas, de repente, ele me estendeu um copo de papel e disse: "Se estiver com medo, use isso para falar com o papai." Ah, os jovens de agora nem devem saber o que é um telefone de copo e barbante, né? É um brinquedo em que dois copos são ligados por um barbante. Com o barbante esticado, você fala num dos copos e a vibração da voz é transmitida pelo barbante, alcançando o outro copo. Se no caminho não houver obstáculos, é possível conversar com alguém a centenas de metros. No entanto, se o barbante estiver um pouco frouxo, a voz não chega.

Kasahara: Meu pai disse todo orgulhoso: "Este é um telefone de copo e barbante que eu fiz para conectar dois quartos!"

Autor: Um telefone que conecta quartos?

Kasahara: Bem, acho que fica mais fácil de entender com isto...

Kasahara retirou da bolsa uma planta baixa antiga.

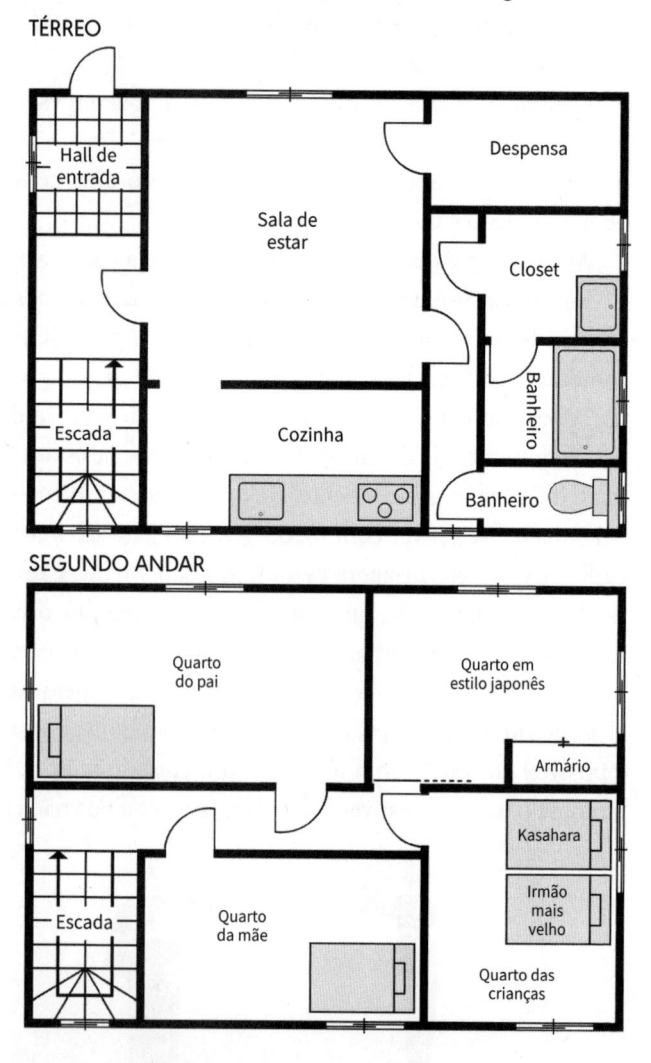

TÉRREO

SEGUNDO ANDAR

Autor: É a planta baixa da casa dos seus pais?

Kasahara: É. Pedi ontem à minha mãe e ela me deu. Fiquei surpresa, não imaginei que ela ainda a tivesse. Essa planta baixa me traz recordações... Enfim, este era o nosso quarto. Do lado da parede ficava a minha cama, e a do meu irmão ficava ao lado. Os quartos dos meus pais eram aqui e aqui. A cama de cada um ficava por aqui. E meu pai e eu conectávamos nossa cama com o telefone de copo e barbante.

SEGUNDO ANDAR

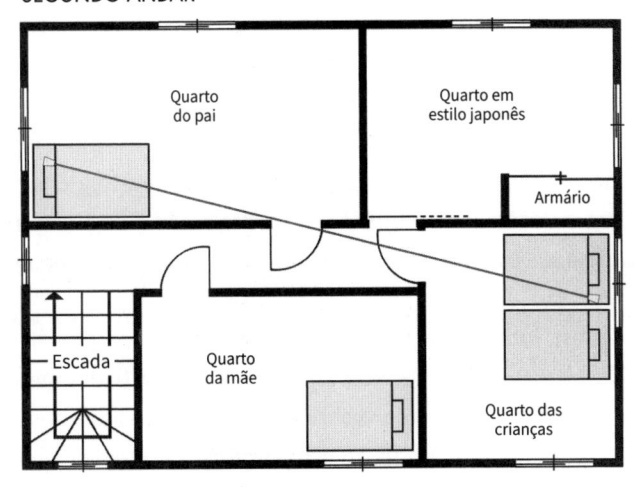

Planta baixa do segundo andar mostrando: Quarto do pai, Quarto em estilo japonês, Armário, Escada, Quarto da mãe, Quarto das crianças.

Autor: Então, vocês levavam um copo de papel para cada quarto e conversavam cada qual de um lado do corredor?

Kasahara: Isso. Meu pai disse: "Se estiver com medo e não conseguir dormir, durma conversando com o papai." Fico até com vergonha de dizer, mas senti meu coração ficar leve quando ouvi isso. "Que ideia incrível!", pensei. Afinal, na época não existia celular, e cada família tinha somente um telefone fixo. Conversar por telefone na cama parecia chique, como em um filme ocidental. Bem, agora acho que, se era para fazer todo esse esforço, teria sido melhor ele dormir no mesmo quarto que eu.

Autor: Mas sinto que para uma criança seria mais emocionante conversar por um telefone de copo e barbante do que dividir o quarto. É uma coisa mais lúdica.

Kasahara: Exatamente. Meu pai era um homem lúdico em sua maneira de viver e pensar. Por isso não era capaz de levar a vida com seriedade, o que causava sofrimento à família... Mas, apesar de ser frustrante, eu me alegrava muito quando ele me mostrava essas migalhas de romantismo, mesmo sendo fugazes. Nesse ponto, me acho ingênua igual à minha mãe.

Autor: A partir disso, toda noite você e seu pai conversavam pelo telefone de copo e barbante?

Kasahara: Não... Como eu disse há pouco, meu pai voltava sempre tarde e ia dormir. Só tivemos ao todo umas quatro ou cinco conversas. Mas foi divertido... À noite, quando eu não conseguia dormir, ele abria a porta só um pouquinho e jogava um dos copos para dentro do quarto. Eu ia pegá-lo, deitava na cama e o encostava no ouvido. Meu pai então falava com uma voz afetada "boa noite, srta. Insone", e eu replicava "boa noite, sr. Beberrão". Era uma brincadeira nossa.

Autor: Sobre o que vocês conversavam?

Kasahara: De início, ficávamos de conversa fiada, mas aos poucos começamos a falar sobre preocupações e assuntos delicados. Eu sentia que podia falar de tudo pelo copo de papel, até coisas que seriam difíceis de conversar cara a cara. Sentia a voz do meu pai mais terna e gentil do que de costume pelo copo... Contei a ele um monte de segredos. Graças a isso, meu pai sabia muito mais sobre o meu eu interior do que minha mãe. Ele realmente teve uma ideia genial. Acredito que ele tenha vivido bem por causa dessas artimanhas engenhosas. Só que, *um dia*, essa conversa entre pai e filha foi interrompida.

Kasahara: Certa noite, eu e meu pai conversávamos pelo telefone de copo e barbante. Deviam ser umas dez horas. Mas ele estava diferente, com a voz trêmula e a fala incoerente.

Autor: Incoerente?

Kasahara: Ele respondia, mas não era bem uma conversa... era algo sem pé nem cabeça. Em determinado momento, escutei um barulho, se é que se pode chamar assim... um farfalhar estranho. Depois de alguns minutos de um diálogo sem sentido, ele terminou a conversa de repente, dizendo: "Vá dormir, boa noite."

Autor: Meio estranho, não?

Kasahara: Não é? Além disso, quando nossa conversa terminava, ele geralmente vinha buscar o copo de papel, mas, por mais que eu esperasse, não houve sinal de que ele apareceria dessa vez. Se eu deixasse como estava, minha mãe provavelmente reclamaria que o barbante no corredor estava atrapalhando, então o puxei e recolhi o copo do meu pai.

Kasahara disse que guardou o telefone de copo e barbante na gaveta e não teve escolha a não ser dormir.

Kasahara: Eu cochilava já há algum tempo quando minha mãe entrou às pressas no quarto. "Está tendo um incêndio na casa ao lado, temos que fugir", ela alertou. Ela me puxou pela mão para fora do quarto, e meu pai estava no corredor. Quando nós três saímos, um monte de vizinhos da nossa rua observava com ar preocupado a casa ao lado.

Foi a casa dos Matsue, vizinhos dos Kasahara, que pegou fogo.

A família Matsue era composta pelo casal e um filho que estava no ensino fundamental. Eles eram amigos da família Kasahara.

Kasahara: As chamas tomavam o telhado, e pela janela se via um mar de fogo no interior da casa. Hiroki, filho da família e um ano mais novo do que eu, chorava no colo de uma idosa gentil da vizinhança. Até hoje não consigo me esquecer daquela cena.

Autor: E os pais do Hiroki?

Kasahara: Não estavam lá... Eles morreram ali. Depois que o incêndio foi controlado, encontraram dois corpos dentro da casa. Foi um choque, realmente... Nossas famílias tinham contato, e o pai do Hiroki até nos levava aos concertos na sua igreja. A mãe era jovem e bonita. *Nunca imaginei que pudesse cometer suicídio...*

Autor: Suicídio?!

Kasahara: Apenas aqui entre nós... o incêndio foi causado pela tentativa de suicídio da mãe de Hiroki. No noticiário da TV local da época, disseram que ela estava no quarto em estilo japonês do andar de cima, jogou querosene em si mesma e ateou fogo ao próprio corpo.

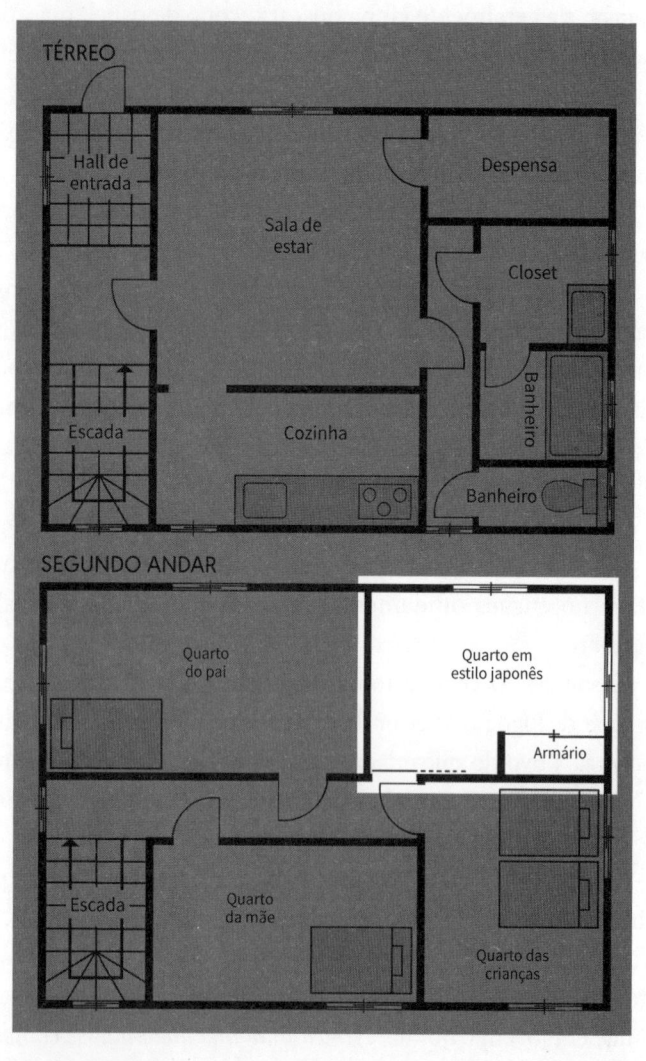

TÉRREO

- Hall de entrada
- Sala de estar
- Despensa
- Closet
- Banheiro
- Escada
- Cozinha
- Banheiro

SEGUNDO ANDAR

- Quarto do pai
- Quarto em estilo japonês
- Armário
- Escada
- Quarto da mãe
- Quarto das crianças

Kasahara apontou para a planta baixa na mesa. Seu gesto me deixou confuso.

Autor: Hein? Calma lá. Esta planta baixa é da casa da sua família, não?

Kasahara: Ah, desculpe. Eu não tinha falado. Devido ao desenvolvimento imobiliário na região, o bairro era formado por uma grande quantidade de imóveis com planta pronta. Por isso, todas as casas da vizinhança tinham a mesma planta baixa. O pessoal costuma brincar que eram "casas clonadas".

Autor: Entendi... Então *esta planta baixa é igual à da casa da família Matsue*?

Kasahara: Exato. Por isso, quando ouvi no noticiário sobre o "quarto em estilo japonês", intuitivamente eu sabia onde ficava. Porque só existe um "quarto em estilo japonês" no andar de cima.

Totalmente consumida pelas chamas, a casa dos Matsue foi logo demolida, e o terreno, posto à venda, mas, como era de esperar, não houve comprador. Hiroki, agora órfão, foi acolhido pelos avós, que residiam na província.

Apesar de trágico, o incêndio felizmente não se alastrou pela vizinhança, e parece que a casa dos Kasahara também não sofreu danos. Entretanto, o acontecimento provocou uma mudança inesperada na família.

Kasahara: Depois disso, meu pai começou a agir de maneira estranha, não sei por quê. Ele tinha uma personalidade toda frívola e alegre, mas ficou soturno, como se fosse outra pessoa.

Autor: Teria sido o choque causado pela morte dos vizinhos?

Kasahara: Não saberia dizer. Ele não parecia do tipo que se entristecia pelos outros.

Um tempo depois, o pai de Kasahara abandonou o lar de repente.

Kasahara: Ele deixou na sala de estar apenas os papéis do divórcio, acompanhados de uma carta... Parecia uma circular administrativa chata, mas eu e minha mãe ficamos boquiabertos, porque nela meu pai falava que pagaria vinte milhões de ienes como indenização pelo divórcio e cederia a casa à família.

Minha mãe estava cética, mas, no mês seguinte, ele de fato enviou o dinheiro e o contrato de cessão da casa.

Autor: Então ele cumpriu o que tinha prometido na carta?

Kasahara: Sim. "É a primeira vez desde que nos casamos que ele cumpre o que promete", minha mãe disse, admirada. Ela não parecia sentir mais nada por ele, porque aceitou com tranquilidade o divórcio. Laços conjugais são tão frágeis, né?

Kasahara contou que, graças aos vinte milhões de ienes deixados pelo pai, a vida da família se tornou mais próspera do que antes. Provavelmente por ter se visto livre do estresse causado pelo marido, a mãe recuperou o bom humor, e o ambiente do lar se tornou mais leve.

Certo dia, porém, Kasahara tomou conhecimento de um estranho fato.

Kasahara: Fizemos uma grande faxina no final do ano em que meu pai saiu de casa. Pensei em aproveitar para jogar fora todas as coisas inúteis do meu quarto e, quando abri uma gaveta da cômoda, algo que não fazia há tempos... vi o telefone de copo e barbante.

Quando nossa conversa terminava, ele geralmente vinha buscar o copo de papel, mas, por mais que eu esperasse, não houve sinal de que ele apareceria dessa vez. Se eu deixasse como estava, minha mãe provavelmente reclamaria que o barbante no corredor estava atrapalhando, então o puxei e recolhi o copo do meu pai.

Kasahara: Os dois copos de papel estavam um dentro do outro, do jeito que eu tinha guardado naquela noite... Quando os vi, logo me lembrei do meu pai. Não queria chorar, mas não consegui conter as lágrimas. "Que diabos. Por que estou chorando?", não pude deixar de me questionar. Eu estava feliz com a minha mãe e não gostava tanto dele assim. Mas as lágrimas não paravam... Eu queria muito ouvir a voz dele. Estava com saudade daquele pai frívolo e leviano, mas legal. Talvez por isso eu tenha feito *aquilo*.

Kasahara foi ao quarto do pai levando o telefone de copo e barbante. Mesmo depois de ele ter saído de casa, a cama dele continuava ali.

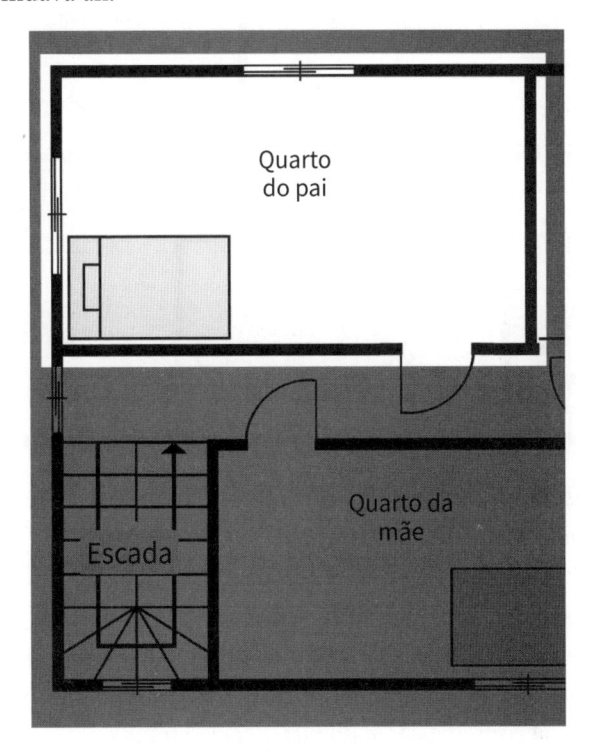

[Planta baixa: Quarto do pai, Quarto da mãe, Escada]

Kasahara colocou um dos copos em cima da cama e voltou para seu quarto, levando o outro copo. Assim, depois de um longo tempo, ela conectou o quarto do pai ao seu, por meio do telefone de copo e barbante.

Kasahara: Eu me enfiei debaixo das cobertas e encostei o copo de papel no ouvido, mesmo sabendo que não ouviria nada. Depois de um tempo, eu estranhamente me acalmei. Quando dei por mim, as lágrimas haviam secado e, me sentindo melhor, decidi voltar à faxina. De nada adiantaria remoer lembranças eternamente.

Ao se levantar da cama para guardar o telefone de copo e barbante, ela presenciou uma estranha cena.

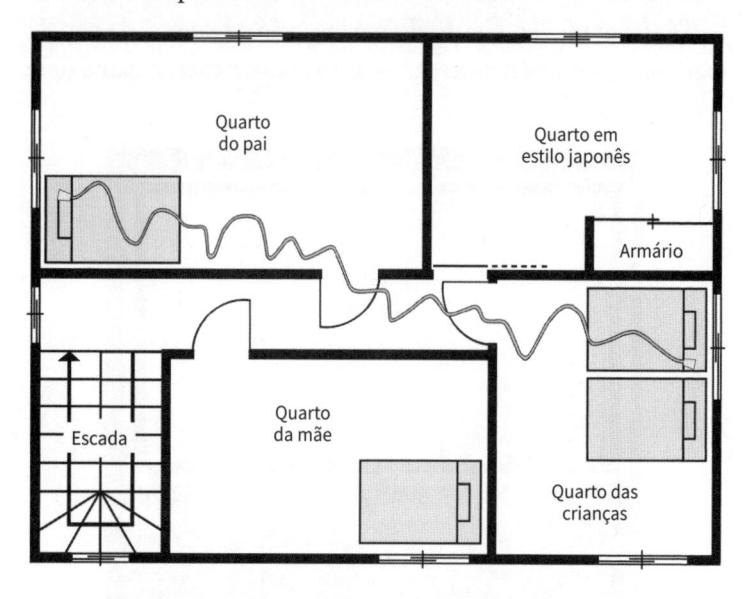

Kasahara: Pela primeira vez, percebi que o barbante *estava caído no chão, todo ondulado.*
Autor: Significa que estava frouxo?
Kasahara: Sim. Não é esquisito? Se você não esticar bem o telefone de copo e barbante, não dá para ouvir a voz da outra pessoa, logo, o barbante *deveria ser do tamanho da distância entre a cabeceira da cama do meu pai e da minha.*
Autor: Correto...
Kasahara: Mas o fato de o barbante estar frouxo mostrava que o fio era ainda mais comprido do que essa distância. Sendo assim, não seria possível ouvir a voz dele. O barbante também não se alongaria naturalmente... Achei isso muito estranho.
Autor: Mas antes você conversou com seu pai usando esse mesmo telefone de copo e barbante, não é?
Kasahara: Sim. Eu com certeza conseguia ouvir a voz dele pelo copo de papel.

Autor: Então significa que seu pai conversava com você de outro quarto?

Kasahara: Olhe bem o desenho. Não teria outro lugar, não é?

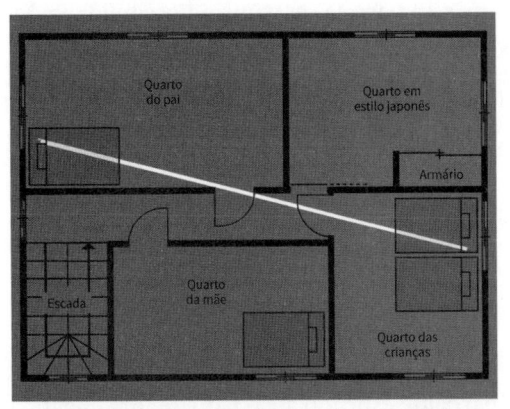

Esticando o barbante a partir da cabeceira da cama de Kasahara, o local mais distante a que se pode chegar é a cabeceira da cama do pai.

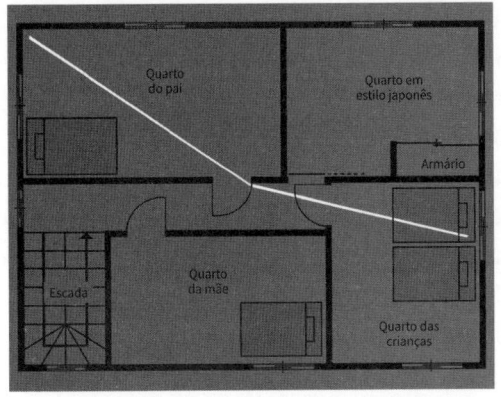

Em um local ainda mais longe, o barbante engancharia na porta e a voz não chegaria ao outro lado (quando há um obstáculo, é impossível usar o telefone de copo e barbante).

Realmente, caso se esticasse o barbante a partir da cabeceira da cama de Kasahara, o local mais distante seria a cabeceira da cama do pai. Se o barbante fica frouxo entre esses dois pontos...

Kasahara: *Não existe lugar nessa casa onde se possa falar por meio de um telefone de copo e barbante!*

Autor: Sendo assim, como seu pai…

Kasahara: Só consigo pensar o seguinte: meu pai não estava dentro de casa quando conversava comigo!

De fato, essa parecia ser a única possibilidade. Mas o quarto de Kasahara ficava no segundo andar da casa.

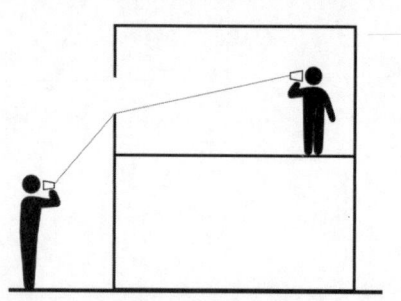

Se o barbante esticado até o lado de fora enganchasse na estrutura da janela, impediria a passagem do som, certo?

Talvez fosse possível se houvesse, por exemplo, um prédio com um andar na mesma altura que a casa deles. Mas haveria algo tão conveniente? Foi então que finalmente entendi o que Kasahara queria dizer.

Autor: Você acha que ele estava *na casa vizinha*?

Kasahara: Isso. Acho que meu pai conversava comigo do andar de cima da casa vizinha! Quando comecei a pensar nisso, não consegui me conter. Peguei uma trena e medi o comprimento. Do barbante do telefone. Do corredor. A distância até a casa vizinha. Isso me fez descobrir… algo terrível.

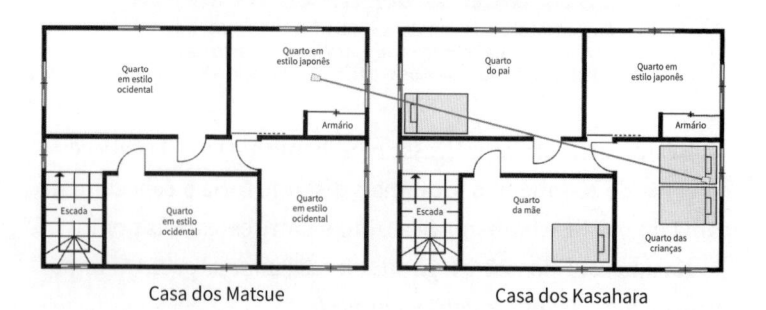

Casa dos Matsue   Casa dos Kasahara

Kasahara: Esticando bem o barbante a partir da cabeceira da minha cama, ele alcançava exatamente o quarto em estilo japonês da casa dos Matsue.

*Apenas aqui entre nós... o incêndio foi causado pela tentativa de suicídio da mãe de Hiroki. No noticiário da TV local da época, disseram que ela estava **no quarto em estilo japonês do andar de cima**, jogou querosene em si mesma e ateou fogo ao próprio corpo.*

Kasahara: Obviamente, eu não acredito que meu pai estivesse lá toda vez que usávamos o telefone de copo e barbante. Mas é possível trocar o barbante. Pelo menos na noite em que conversamos pela última vez... na noite do incêndio na casa vizinha... meu pai sem dúvida estava no quarto em estilo japonês da outra casa. Naquela noite, ele estava notavelmente esquisito. Com a voz trêmula, as respostas incoerentes. Isso deve ter alguma relação com aquele incêndio!

Autor: Mas o incêndio foi causado pela tentativa de suicídio da sra. Matsue, certo? Não acredito que tenha relação com o seu pai...

Kasahara: Teria sido mesmo suicídio?

Autor: Mas se não tiver sido suicídio, então...

Kasahara: Foi assassinato. Cheguei a essa conclusão após refletir durante muitos anos... Enquanto meu pai conversava comigo pelo telefone de copo e barbante... *ele poderia estar cometendo um assassinato, não*? É o que eu acho.

Senti um calafrio com a diferença entre seu tom de voz leve e as palavras perturbadoras.

Ela começou a falar baixinho.

Kasahara: Havia uma distância de apenas cerca de um metro entre a nossa casa e a casa vizinha. Como era verão, não seria estranho as janelas da casa dos Matsue estarem abertas, para entrar um vento. Meu pai praticava atletismo quando era estudante e parecia ter confiança em sua capacidade física, logo, não seria difícil para ele entrar na casa vizinha pela janela. Se fosse eu, teria medo e não faria isso de jeito nenhum.

Autor: Você acha, então, que seu pai entrou sorrateiramente pela janela do quarto em estilo japonês da casa dos Matsue e, enquanto conversava com você pelo telefone de copo e barbante, assassinou a sra. Matsue e ateou fogo no cadáver?

Kasahara: Nesse caso, seria lógico que ele não estivesse se concentrando na nossa conversa, não é? Depois disso, ele saiu pela janela de novo, voltou para casa e esperou com ar inocente até que o burburinho começasse.

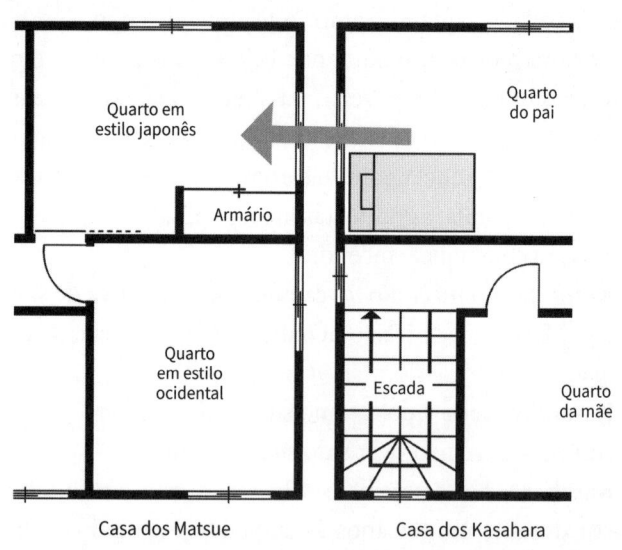

Planta: Quarto em estilo japonês / Quarto do pai / Armário / Quarto em estilo ocidental / Escada / Quarto da mãe — Casa dos Matsue / Casa dos Kasahara

Autor: Um assassinato disfarçado de suicídio por ateamento de fogo...

Kasahara: Não sei por que ele faria isso, mas nossas famílias tinham certa amizade e talvez houvesse algum problema que nós, filhos, desconhecíamos. Será que ele tinha ódio apenas da sra. Matsue? Ou pretendia matar todos os membros da família? Por que tentou fazer parecer que a mulher havia ateado fogo em si mesma? São muitos enigmas. Mas de uma coisa tenho certeza: meu pai tentou me usar como álibi!

Autor: Em outras palavras, você quer dizer que, enquanto cometia o crime, seu pai continuava a conversa pelo telefone de copo e barbante para fazer você acreditar que naquele horário ele estava no quarto dele?

Kasahara: Sim. Será que ele não queria me usar de testemunha para provar sua suposta inocência?

Autor: Se vocês tivessem conversado pessoalmente, seria algo válido, mas alegar que estavam se falando por um telefone de copo e barbante é um álibi muito frágil. Além disso, o testemunho de um familiar, sobretudo de pais e filhos, está longe de ser uma prova importante em um julgamento.

Kasahara: É mesmo? Bom, não sabia... E talvez meu pai também não tivesse noção disso. Era bem típico dele fazer tudo às pressas, sem pensar direito.

Autor: A propósito, seu pai foi chamado em algum momento pela polícia?

Kasahara: Não, acho que nenhuma vez. Sei que é descabido falar assim, mas ele teve sorte. Por se tratar do meu pai, tenho certeza de que ele acreditou que poderia cometer o crime perfeito e acabou fazendo isso casualmente. Mas depois que de fato matou uma pessoa, não deve ter conseguido aguentar o peso da culpa e por isso saiu de casa e fugiu. Foi um choque. Para ele, tanto eu quanto o telefone de copo e barbante não passamos de meros instrumentos utilizados no assassinato...

Kasahara declarou que desde então carregava essa suspeita que não podia revelar a ninguém.

Certo dia, foi informada da morte do pai, em 1994. Dois anos após o incêndio na casa dos Matsue...

Kasahara: Aparentemente, ele se suicidou. Se trancou em um cômodo da própria casa, vedou as janelas com fita adesiva e tomou uma grande quantidade de remédios para dormir. Ouvi dizer que havia uma boneca estranha ao lado do corpo... Não entendi nada. Ele devia estar com a mente perturbada.

Autor: Quando você diz "da própria casa", está se referindo à nova residência do seu pai?

Kasahara: Isso. Depois do divórcio, ele comprou uma casa de segunda mão na cidade de Ichinomiya, na província de Aichi. Fui lá pela primeira vez por conta do funeral. Era uma grande casa térrea com um canteiro na entrada. Segundo os vizinhos, parecia estar sendo reformada até pouco antes de sua morte.

Autor: Reformada?

Kasahara: Aham. Uma reconstrução difícil de entender. Eles disseram que foi uma "redução"... Ouvi dizer que demoliram por completo um quarto da casa.

"Demolir por completo um quarto"... Já ouvi isso em algum lugar.

Kasahara: Ah, e aconteceu mais uma coisa estranha com relação à casa do meu pai. Quando estava organizando os pertences dele, encontrei uma foto. Era de um menininho comendo *omuraisu* na nova moradia do meu pai. Ele era muito franzino e tinha vários hematomas pelo corpo.

Autor: Hematomas?

Kasahara: Foi doloroso de ver. Esse menino não era nosso parente e eu não o conhecia, mas seu rosto me pareceu familiar! Só depois eu me lembrei de ter visto uma foto dele em um noticiário. Ele se chamava *Naruki Mitsuhashi* e morreu depois de sofrer agressões dos responsáveis. Até hoje não descobri a relação dessa criança com meu pai.

Fim do Documento 8 – Quartos conectados
por telefone feito de copos de papel

DOCUMENTO 9

SOM DE PASSOS EM DIREÇÃO AO LOCAL DO ASSASSINATO

12 DE NOVEMBRO DE 2022
REGISTRO DA ENTREVISTA COM HIROKI MATSUE

Um mês após minha entrevista com Chie Kasahara, eu estava em um espaço alugado na província de Gifu esperando uma pessoa. Ela chegou exatamente cinco minutos antes do horário combinado.

Cabelo alisado com gel, terno de aspecto caro. A aparência de um homem de negócios maduro e obeso.

Hiroki Matsue, primogênito da família Matsue, vizinha de Kasahara. Nem sinal do menininho que no passado chorava no colo de uma senhora da vizinhança.

Após ter perdido os pais em um incêndio, Hiroki foi acolhido pelos avós, que residiam na província. Os avós valorizavam a educação e, por terem uma boa condição financeira, ele pôde estudar até o ensino superior. Depois de se formar, ingressou em uma corretora de ações, e este ano completa seu décimo sexto ano de carreira.

Matsue: Fiquei realmente surpreso! Não fazia ideia de que um jornalista estava investigando aquele incêndio. Por que teve a ideia de apurar um caso ocorrido há tanto tempo?

Autor: Estive pensando em escrever um artigo relacionado a incêndios em casas e, nesse processo, tomei conhecimento do ocorrido na residência da família Matsue. Ao pesquisar notícias da época, muitos pontos despertaram minha curiosidade, então quis me aprofundar mais.
Matsue: Ah, sim.
Nem preciso dizer que era mentira.
O verdadeiro motivo era verificar se o pai de Kasahara era realmente um criminoso.
Para ser sincero, eu não havia me convencido da hipótese de Kasahara de que o pai entrara escondido na casa dos Matsue — enquanto conversava com a filha pelo telefone de copo e barbante —, cometera um assassinato e ateara fogo na residência. Portanto, para entender o ponto de vista da família Matsue, decidi entrevistar Hiroki.

Comecei perguntando sobre a dimensão do incêndio, o horário em que ele havia ocorrido e os danos causados à vizinhança. Em geral, as respostas coincidiam com o que eu ouvira de Kasahara.
Por fim, chegamos ao ponto central da conversa.
Autor: Matsue, você sabe qual foi a causa do incêndio?
Matsue: A polícia parece ter concluído que minha mãe se suicidou. Ateou fogo ao próprio corpo.
Autor: Qual sua opinião sobre isso?
Matsue: Acho que eles se enganaram.
Ele afirmou com convicção, como se fosse algo óbvio.
Autor: Está dizendo que havia outra causa?
Matsue: Sim. Minha mãe é uma vítima nessa história. Aquilo não foi um suicídio. Foi um incêndio criminoso.
Fiquei chocado. Estaria Matsue pensando o mesmo que Kasahara?
Autor: Você suspeita de alguém?
Matsue: Analisando friamente a situação na época, *o criminoso deve ser o meu pai.*

Uma resposta totalmente inesperada. Não teria imaginado que, assim como Kasahara, Matsue também suspeitasse do próprio pai.

Autor: Por que pensa assim?

Matsue: Posso explicar minha teoria. Mas isso tem relação com o tema da sua pesquisa? Se sua intenção for publicar fofocas para bisbilhoteiros, eu me recuso a falar.

Autor: Não, eu não faria isso. Pretendo tratar esse caso com seriedade. Prometo não convertê-lo em um artigo sensacionalista.

Matsue: Hum… tudo bem. Já que prometeu, dê tudo de si para cumprir com sua palavra, por favor! Detesto pessoas falsas.

Autor: Ok…

Matsue retirou da bolsa um bloco de notas e começou a fazer um desenho à caneta. Parecia uma planta baixa.

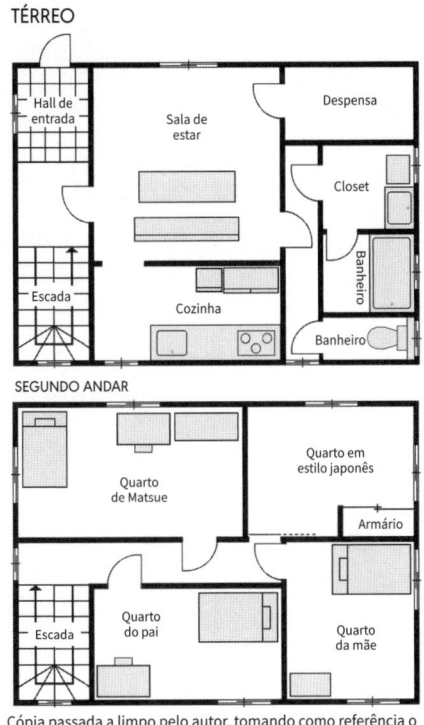

TÉRREO

- Hall de entrada
- Sala de estar
- Despensa
- Closet
- Banheiro
- Escada
- Cozinha
- Banheiro

SEGUNDO ANDAR

- Quarto de Matsue
- Quarto em estilo japonês
- Armário
- Escada
- Quarto do pai
- Quarto da mãe

Cópia passada a limpo pelo autor, tomando como referência o desenho de Matsue.

Essa planta baixa concluída em cerca de cinco minutos era praticamente idêntica à que Kasahara me mostrara. Apenas a disposição dos móveis era diferente, e dava para afirmar que a estrutura da casa era uma reprodução perfeita.

A memória de Matsue me impressionou.

Autor: Você desenha bem.

Matsue: Quando estava na escola, por um tempo quis ser arquiteto. Desisti quando me disseram que não dava grana. Enfim, vou contar logo sobre aquele dia. Na noite em que ocorreu o incêndio, eu estava na sala de estar do térreo vendo TV sozinho. Meus pais deviam estar em seus respectivos quartos no andar de cima. Era assim que passávamos o tempo depois do jantar.

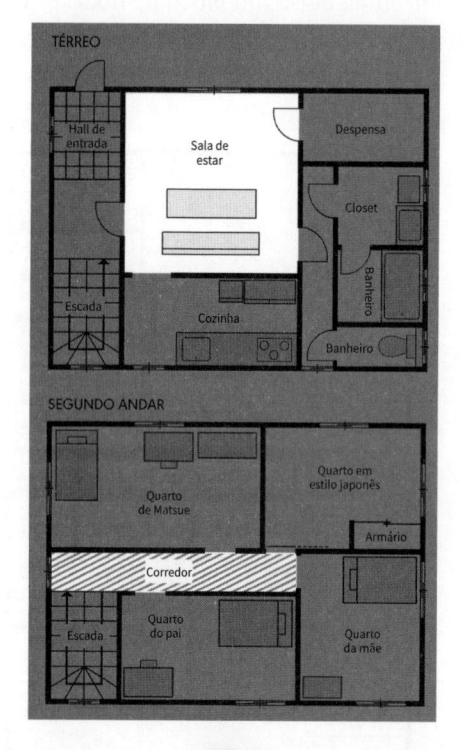

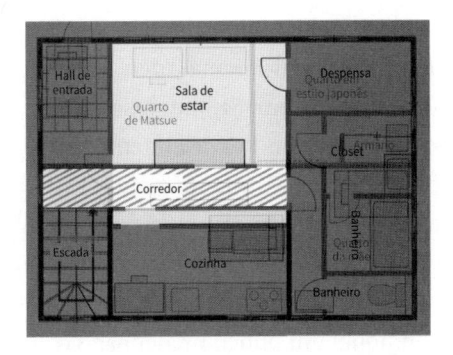

Matsue: Como você pode entender vendo a planta baixa, existia um corredor no segundo andar, bem acima da sala. Por isso, quando alguém da família passava por lá, eu conseguia saber quem era e para que lado tinha se dirigido. O som dos passos do meu pai e da minha mãe eram bem diferentes. E, naquela noite, eu ouvi passos. Devia passar das dez horas, porque o *Sunday Sports* tinha acabado de começar. Meu pai saiu do quarto e caminhou em direção ao lado direito da planta. Ele passou pelo meu quarto e pareceu ter seguido adiante. "Que estranho", pensei. Quer dizer, nessa direção ficavam o quarto em estilo japonês e o quarto da minha mãe. O quarto em estilo japonês estava praticamente vazio, ninguém o usava e era impensável que meu pai fosse até lá; logo, só restava o quarto da minha mãe. E me questionei por que ele iria até o quarto dela.

Autor: Era algo tão incomum ele ir ao quarto dela?

Matsue: Para um casal normal, não seria incomum, mas meus pais não se davam bem. Mesmo casados, não se falavam e pareciam não querer se ver. Provavelmente também não mantinham relações sexuais. Minha mãe não tinha autonomia financeira, e meu pai não era capaz de fazer trabalhos domésticos. Por isso, não se divorciaram e seguiam fingindo ser um casal. Portanto, se um ia ao quarto do outro uma vez em anos, já era muito. Eu fiquei um pouco preocupado com o que poderia ter acontecido.

Autor: Entendi...

Matsue: Tudo se deu mais ou menos meia hora depois. De repente, ouvi o som de alguém disparando pelo corredor, para o lado esquerdo da planta, e em seguida descendo a escada. Meu pai abriu com muita força a porta da sala de estar. Parecendo desesperado, disse: "Incêndio! Corre!" Aí me pegou pela mão e começou a correr para a porta de entrada.

Autor: Tudo muito repentino, né?

Matsue: Realmente. Eu tomei um susto. Quando saímos, meu pai me deu uma moeda de cem ienes e um pingente com um crucifixo e falou: "Ligue do telefone público ali na esquina para o Corpo de Bombeiros. O número é 119. Coloque a moeda, tecle 119 e peça um carro do corpo de bombeiros, por favor. Depois, é só seguir as instruções e responder às perguntas que fizerem. Vou procurar sua mãe agora. Não sei por quê, mas ela não estava no quarto dela."

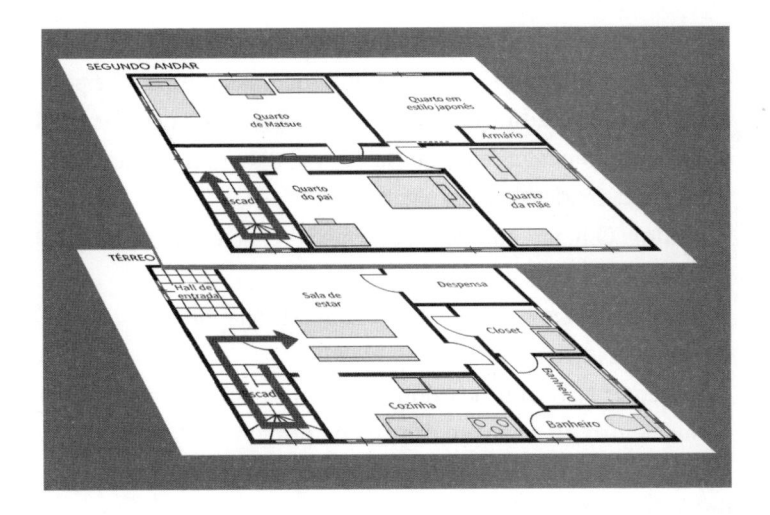

Matsue: Ele me disse isso e voltou depressa para dentro de casa. De fora, eu não conseguia ver o fogo, mas, acreditando que o incêndio tinha começado em um dos quartos, fui correndo até o telefone público. Era a primeira vez que eu ligava para o Corpo de Bombeiros, e devo ter gastado uns dez minutos nisso, com toda a dificuldade... Quando terminei a ligação, voltei para a frente da minha casa e vi os vizinhos do lado de fora, de pijama, olhando para ela. Nesse momento, já havia fumaça saindo da casa. Lembro que uma senhora que era nossa vizinha da frente me viu e me consolou. No final das contas, meus pais não saíram da casa.

Matsue tirou do bolso da camisa um pingente prateado. Representava a cruz em que Cristo tinha sido crucificado.

Matsue: Meu pai era um católico fervoroso. Aparentemente, ele queria que eu fosse batizado, mas minha mãe se opôs e conseguiu impedi-lo. Acabei sendo criado como um típico japonês sem religião, que bebe champanhe no Natal e visita templos ou santuários no Ano-Novo, mas guardei esse pingente. Minha casa foi totalmente destruída pelo fogo, então esta é a única lembrança que eu tenho. Dois dias após o incêndio, os corpos dos meus pais foram encontrados dentro de casa. Disseram que meu pai estava caído no meio da escada. Segundo a polícia, ele deve ter ficado sem forças enquanto procurava minha mãe pela casa. "Não é de admirar que ele não a estivesse encontrando, considerando *o lugar* em que ela estava", disseram, como se estivessem defendendo meu pai.

Autor: O lugar em que ela estava? Seria no quarto em estilo japonês?

Matsue: No *armário* do quarto em estilo japonês.

Autor: No armário?!

Matsue: Não saiu nos noticiários, mas ela estava caída de costas dentro do armário. Parece que próximo dela havia uma lata de querosene, que foi o que levou a polícia a concluir que tinha sido suicídio.

Autor: Então ela teria colocado fogo em si própria dentro do armário?

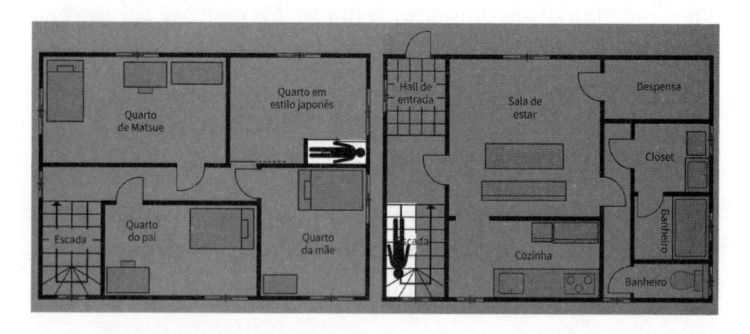

Matsue: Isso mesmo. Mas não. Na realidade, *decidiram que foi isso que aconteceu*. Só eu sei que a verdade é outra. Porque ouvi o ruído dos passos do meu pai.

Pouco depois das 22h

SEGUNDO ANDAR

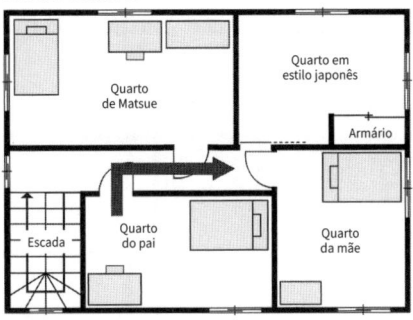

Por volta das 22h30

SEGUNDO ANDAR

Matsue: Um pouco depois das dez da noite, meu pai com certeza saiu do próprio quarto e foi pelo corredor até o lado direito da planta. Meia hora depois, ele desceu correndo para o térreo e me levou para fora de casa. O que ele estava fazendo nesse intervalo? Se estava perto da minha mãe, por que não impediu a tentativa de suicídio? Só existe uma resposta para essas perguntas: *meu pai matou minha mãe*. Logo depois das dez da noite, ele foi até o quarto dela. Ali, ele a fez tomar um remédio para dormir. Não sei que método usou para isso, mas talvez tenha misturado com bebida alcoólica e dito a ela que de vez em quando era bom terem uma conversa de casal ou algo assim. Depois de fazer minha mãe dormir, ele a carregou até o armário do quarto em estilo japonês, jogou querosene e colocou fogo nela. Eles não se davam bem como casal. Com certeza sua paciência tinha atingido o limite.

Realmente, isso solucionaria o "mistério da meia hora". Mas...

SEGUNDO ANDAR

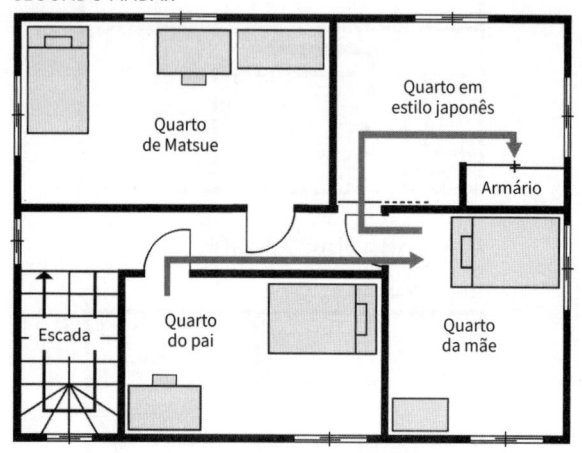

[Planta baixa do segundo andar mostrando: Quarto de Matsue, Quarto em estilo japonês, Armário, Escada, Quarto do pai, Quarto da mãe]

Autor: Por que seu pai deliberadamente colocaria sua mãe no armário do quarto em estilo japonês antes de atear fogo nela?

Matsue: Talvez tenha sido por minha causa.

Autor: Hã?

Matsue: Se os dois estivessem sozinhos em casa, bastaria ele ter incendiado o quarto da minha mãe. Mas eu estava no térreo. Ele provavelmente queria apenas me proteger. Ele me amava. Jamais me colocaria em perigo. Por isso, *antes de atear fogo nela*, ele me levou para fora de casa.

COMPORTAMENTO DO PAI

FEZ A ESPOSA DORMIR

⬇

LEVOU O FILHO PARA FORA

⬇

VOLTOU PARA CASA E PROVOCOU O INCÊNDIO

Autor: Em outras palavras, no momento em que seu pai saiu com você de casa, ela ainda não estava pegando fogo. Depois de te levar para um local seguro, seu pai voltou para dentro da casa e provocou o incêndio. É o que você quer dizer? Mas o que colocar sua mãe no armário tem a ver com isso?

Matsue: Era uma justificativa! Provavelmente o plano dele era começar o incêndio e logo depois sair da casa. Ele deixaria minha mãe lá no meio do fogo e apenas ele escaparia. Meu pai devia estar planejando me criar sozinho, mas se isso acontecesse, eu ficaria pensando: "Por que ele não salvou minha mãe?"

Autor: Ah...

Matsue: Acho que meu pai queria ter uma justificativa caso eu lhe perguntasse. Assim, poderia dizer: "Não tinha como encontrá-la, considerando *o lugar* em que ela estava."

Vou procurar sua mãe agora. Não sei por quê, mas ela não está no quarto dela.

Matsue: Fazer questão de dizer que ela "não estava no quarto" foi uma estratégia.

Autor: Entendo... mas seu pai não conseguiu fugir...

Matsue: O fogo deve ter se propagado mais rápido do que ele imaginava. Talvez ele tenha inalado fumaça a ponto de ficar paralisado quando estava na escada. Sinceramente, só consigo pensar que ele mereceu.

Matsue falava como se estivesse contando da morte dos pais de outra pessoa. Contudo, apesar do tom de voz descontraído, seus punhos pareciam duas pedras.

Vi ali como ele realmente se sentia.

Matsue: Se na época eu tivesse relatado à polícia o que acabei de te contar, meu pai talvez fosse investigado como suspeito de assassinato. Mas eu fiquei quieto. Não pela honra do meu pai, mas porque seria difícil viver como o "filho de um criminoso". Imagine só. O filho de um homem idiota que ateou fogo na esposa e morreu junto, porque não conseguiu fugir a tempo... Seria uma vergonha para toda a vida. Então... na realidade, eu não pretendia contar isso para ninguém. E ainda assim...

De repente, ele me encarou.

Matsue: Você sabe por que eu te contei isso hoje?

Autor: Hã?

Matsue: *Porque você está prestes a morrer.* Nem pense que vai sair daqui vivo depois de ter ouvido minha história.

Autor: Q-quê? Espere um pouco! Como assim?!

Matsue: As pessoas falam com frequência que "corretores de ações são mentirosos". Não é algo muito legal de ouvir, mas em geral elas têm razão. Quem já passou muitos anos mentindo *sabe bem distinguir quando alguém mente!* "Artigo relacionado a incêndios em casas"... Você não tem nenhuma intenção de escrever sobre isso, não é?

Fiquei sem reação.

Senti um suor frio brotar por todo o corpo.

Matsue: Soube desde o começo que você estava mentindo para mim. Avisei que "detesto pessoas falsas", não foi? Mentir é um ato de integridade?

Autor: Isso... bem...

Matsue: Agora que sabe do segredo, eu vou "dar tudo de mim" para fazer com que você esqueça.

Autor: Não... Calma! Vamos conversar!

Nesse momento, a expressão de Matsue mudou de súbito.

Matsue: Ha ha... Ha ha ha ha...... Ha ha ha ha ha ha ha ha! Ah, foi engraçado. Você se assustou?

Autor: Q-quê?

Matsue: Me desculpe. Só quis te provocar um pouco. Fique tranquilo, não vou fazer nada.

Eu não estava entendendo nada. Meu coração continuava acelerado.

Vendo meu estado de confusão, Matsue abriu um sorriso malicioso.

Matsue: A verdade é que não é de hoje que eu sei sobre você. Chie Kasahara me falou a seu respeito.

Autor: Kasahara?!

Matsue: Eu e ela ainda somos amigos. Cinco anos atrás, nos reencontramos por acaso e fomos tomar uns drinques. Nessa ocasião, foi natural conversarmos sobre o incêndio e expor nossas deduções. Eu fiquei chocado! Não imaginava que ela também achava que o *próprio pai* tivesse cometido o crime. Realmente, ouvindo-a falar, eu até considerei essa possibilidade. Desde então, vez ou outra nos encontramos para fazer alguma coisa ou comer algo juntos.

Autor: Mas é possível que o pai de Kasahara seja o culpado, não é? Isso não causa problemas entre vocês?

Matsue: Nem um pouco. Ela não é a culpada. Pelo contrário, ela é a amiga em quem eu mais confio. Só com ela consigo compartilhar minhas feridas emocionais mais profundas.

Autor: Entendo...

Matsue: Para você ver como são as coisas, no mês passado ela entrou em contato comigo e disse: "Dia desses fui entrevistada por um jornalista meio suspeito e contei a ele sobre o incêndio. Também comentei sobre você, Hiroki, então é bem capaz de ele entrar em contato contigo." Eu ri, porque foi de fato o que aconteceu.

Autor: Ah... então foi isso.

Fiquei ressentido com Kasahara.

Matsue: Ainda assim, foi difícil conter o riso. Como é que foi mesmo? "Estou pensando em escrever um artigo relacionado a incêndios em casas..." Algo assim, né?

Autor: Desculpe... Esqueça isso, por favor.

Matsue: É melhor aprender a mentir melhor.

Autor: Sim...

Matsue: E também te aconselho a não falar esse tipo de mentira para alguém que perdeu a casa e a família em um incêndio.

Apesar do tom sereno, seus olhos estavam sérios.

Autor: Eu realmente sinto muitíssimo.
Matsue: Posso perdoar você, mas com uma condição.
Autor: Hum?
Matsue: Descubra a verdade sobre o incêndio. Não importa qual seja a conclusão. Seja o criminoso o meu pai ou o de Kasahara. Ou, claro, algum outro desfecho. Queremos saber a verdade.

Depois que Matsue foi embora, fiquei sozinho na sala, colocando as informações em ordem.

Kasahara e Matsue chegaram a conclusões distintas em relação ao incêndio na casa da família Matsue. E, para ser sincero, eu não concordava com nenhuma delas.

O comportamento do pai de Kasahara no dia do incêndio era indubitavelmente suspeito. No entanto, conversar por um telefone de copo e barbante com a filha enquanto comete um assassinato só para criar um álibi era um disparate completo. Já o raciocínio de Matsue era, ao meu ver, mais realista. Ainda assim, eu continuava sentindo que tinha algo estranho.

Minha maior dúvida era se teria sido um incêndio criminoso.

Existem muitas maneiras de se matar alguém, mas por que o sr. Matsue teria escolhido provocar um incêndio? Colocar fogo na própria casa para assassinar a esposa… Ele teria muito a perder.

Havia uma outra verdade. Eu tinha essa impressão.

Não era a verdade de Kasahara ou a de Matsue, mas uma terceira.

E eu precisava descobri-la.

Tendo decidido isso, saí da sala alugada.

Dedução de Matsue	**Dedução de Kasahara**
Culpado: Pai de Matsue	Culpado: Pai de Kasahara
Deu à esposa remédios para dormir e, depois de tirar o filho de casa, voltou para matá-la, ateando fogo nela. Não teve tempo de fugir e morreu junto.	Entrou escondido pela janela da casa vizinha e, enquanto conversava pelo telefone de copo e barbante com a filha, matou a sra. Matsue. Depois disso, ateou fogo na casa.

Fim do Documento 9 – Som de passos em direção ao local do assassinato

DOCUMENTO 10

APARTAMENTO IMPOSSÍVEL DE ESCAPAR

25 DE JANEIRO DE 2023
REGISTRO DA ENTREVISTA COM AKEMI NISHIHARU

No subsolo de um edifício multifuncional em Nakameguro há um bar *izakaya* com jeito de esconderijo.

É um local pequeno, limitado a oito assentos no balcão, mas muito frequentado pelos funcionários de escritórios, que passam ali antes de voltarem para casa. O bar tem mais de quarenta anos de história.

Visitei esse estabelecimento em janeiro de 2023 para realizar uma entrevista. O horário combinado foi uma hora antes da abertura. Quando entrei no local, um homem na casa dos cinquenta e de roupa branca de cozinheiro preparava comida na cozinha.

Ao notar minha presença, ele fez uma profunda reverência com a cabeça e me levou até a sala de descanso nos fundos. Nesse espaço de cerca de cinco metros quadrados, uma mulher bebia saquê. Era Akemi Nishiharu, a entrevistada da vez.

Embora completasse oitenta anos no ano seguinte, ela ainda ficava todos os dias até altas horas conversando com os clientes. É uma proprietária de bar famosa. Desde que abriu o estabelecimento, quarenta e seis anos atrás, ela o administra com Mitsuru, seu único filho.

Akemi: Deixei a cozinha nas mãos do meu filho vinte anos atrás. Sou apenas uma senhorinha que bebe com os clientes. E sabe que eles adoram? Hoje em dia, as pessoas vivem solitárias e querem companhia para tomar uns tragos. Mitsuru! Sirva chá e picles de vegetais ao nosso convidado!

Antes mesmo que eu pudesse dizer que não precisava, Mitsuru voltou rapidamente para a cozinha e se pôs a preparar o chá.

Akemi: Ele é desse jeito, mas é um excelente chef. Ele evoluiu muito! Quando estava no ginásio, só tomava banho comigo. Crianças crescem muito rápido. Só falta agora ele se casar para eu poder morrer em paz.

Akemi soltou uma gargalhada.

Uma mãe bem-disposta e um filho trabalhador. Eles pareciam encantadores, mas ambos haviam sofrido muito no passado. Os dois haviam morado em um "apartamento impossível de escapar".

Akemi nasceu em 1944, na província de Shizuoka.

Sua família era pobre e, por vezes, ela roubava das plantações dos arredores para ter o que comer.

O pai era operário da construção civil, ganhava por dia, e toda noite batia na filha como forma de aliviar o estresse do trabalho. Depois da morte da mãe, quando Akemi tinha quinze anos, ela também passou a ser abusada sexualmente pelo pai.

Ao se formar no ensino médio, fugiu de casa.

Em busca de trabalho, ela acabou indo morar em Kabukicho, o maior distrito de entretenimento do Japão. Na época, o país passava por um período de alto crescimento econômico, e o dinheiro corria solto na animada vida noturna do distrito. Akemi mentiu sobre a idade para se tornar *hostess*.

Akemi: Foi uma época espetacular. Agora sou uma velha enrugada, mas, quando jovem, eu era uma beldade, fique sabendo! Além disso, era eloquente, boa de copo, e quando dei por mim havia me tornado a garota mais popular do bar. Em determinado mês, cheguei a ganhar mais de um milhão de ienes. Isso na época seria suficiente para comprar um carro de luxo. Mas tudo que é bom dura pouco, não é?

Aos dezenove anos, Akemi ficou grávida de um cliente. Ele se passava por dono de uma pequena empresa e falava com frequência que queria "formar uma família feliz" com ela, todo sério. Akemi se sentiu atraída pela sinceridade dele e realmente considerou se casar. No entanto, a partir do dia em que ela lhe contou que estava grávida, o homem deixou de aparecer no bar. Algum tempo depois, Akemi ouviu um boato estranho: aparentemente, ele não era dono de empresa alguma, mas funcionário de um escritório, casado e com filhos.

Akemi: Eu não tenho ódio daquele homem. Foi tolice minha acreditar em promessas feitas na mesa de um bar. Eu tinha dezenove anos e não conhecia nada da vida. Foi assim que dei à luz Mitsuru sozinha. Mas eu não me preocupava. Tinha dinheiro de sobra. Quando pensava no futuro, porém, ficava ansiosa, porque não podia depender apenas da minha poupança. Assim, tomei coragem e decidi abrir meu próprio negócio. Ou seja, me tornar proprietária. Imaginava que contratando algumas moças e as ensinando a atender aos clientes, bastaria eu cruzar os braços e o dinheiro entraria naturalmente. Naquela época eu era mesmo muito boba!

O bar que Akemi fundou de supetão, sem que soubesse como administrar um negócio, não demorou muito para acumular prejuízos. Teria sido melhor fechá-lo de imediato, mas ela acreditou que "em breve a situação iria melhorar", e as dívidas foram aumentando.

Akemi: Quando eu tinha vinte e sete anos, não houve outro jeito a não ser declarar falência. Somente os bancos me perdoaram. Foi difícil, porque eu havia pegado quantias grandes emprestadas, e de gente perigosa. Era impossível argumentar com a máfia Yakuza que eu não podia devolver o dinheiro porque estava falida. Então, um dia, me jogaram num carro junto com meu filho, e quando percebi estávamos *naquele apartamento*!

O prédio era um Okito.

Antigamente, no Japão, havia alguns prostíbulos. As mulheres que moravam neles ganhavam dinheiro fazendo sexo com os homens que as visitavam. No entanto, a maioria deles desapareceu após a promulgação da Lei de Proibição à Prostituição, em 1958.

Aproveitando-se de brechas na lei, a indústria do sexo criou vários outros estabelecimentos para ocupar a lacuna deixada pelos prostíbulos, como as *soaplands* e *fashion healths*, mas, quase na mesma época, ainda havia locais de prostituição conhecidos como "Okito", que eram administrados por algumas organizações ilegais.

Akemi e Mitsuru foram levados para um Okito que funcionava em um prédio reformado de dois andares, localizado nas montanhas da região central da província de Yamanashi.

O térreo e o andar superior contavam com quatro apartamentos cada. Embaixo moravam os membros da gangue que ficavam de vigia, e o andar de cima era ocupado por pessoas endividadas, tal qual Akemi.

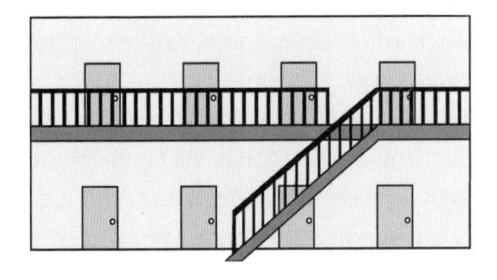

Akemi: Eles reformaram o prédio para poderem justificar que ninguém estava "burlando a lei" ali, que as moradoras apenas recebiam os namorados e faziam sexo. Bastaria investigar um pouco para ver que não era nada disso, mas na época até a polícia se precavia com relação à Yakuza. Acredito que eles toleravam a situação, mesmo cientes da ilegalidade daquilo.

Akemi e seu filho ficaram em um quarto de canto no andar superior.

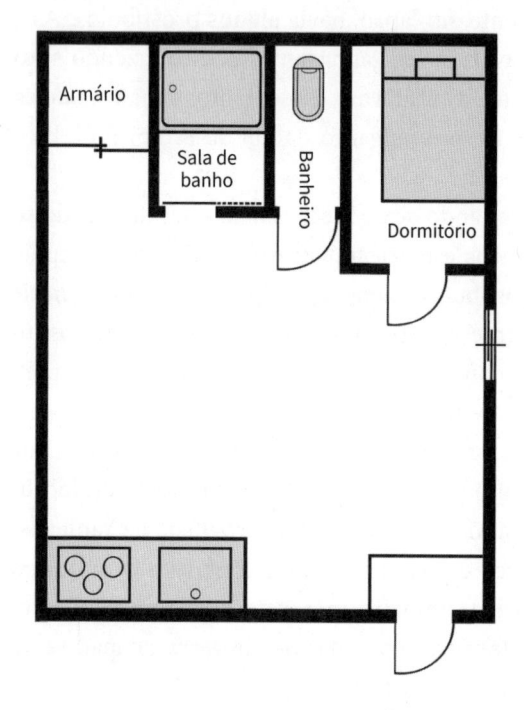

[Planta baixa do apartamento: Armário, Sala de banho, Banheiro, Dormitório]

Akemi: Era um apartamento revestido de tatames e que cheirava a mofo. Havia sala de banho, banheiro, armário e até uma cozinha rudimentar. Eles forneciam todo dia uma marmita para dois, mas ela vinha fria, e com frequência eu esquentava o acompanhamento no fogão. E havia também um pequeno "dormitório". Nem preciso dizer que não era um lugar para se dormir, né? Era um quarto escuro onde havia somente brinquedos duvidosos e uma cama. Os clientes eram atendidos nesse local. Como ficava separado por uma parede, felizmente Mitsuru não me via. Mas, bem, ele deve ter percebido o que a mãe era obrigada a fazer ali todas as noites.

Olhei de relance para a cozinha. Mitsuru sem dúvida conseguia ouvir a mãe, mas continuou cozinhando sem esboçar reação. Senti pena dele e lamentei não ter pensado em outro local para a entrevista.

Akemi: Os clientes vinham todo dia após a meia-noite. Chegavam em seus carrões luxuosos. O Okito era um negócio para pessoas abastadas. Eles deviam pagar cem mil ienes por encontro. Desse dinheiro, noventa por cento ficava com a gangue e o restante era usado para abater a dívida do empréstimo. Eles nos manteriam no apartamento até que tudo fosse quitado. Só que, se nos trancassem pelo lado de fora, isso configuraria crime de cárcere privado, e eles se planejaram bem com relação a isso.

Segundo Akemi, a porta não ficava trancada a chave. Em vez disso, havia sempre um vigilante a postos na entrada do prédio. Os membros da gangue que moravam no térreo se revezavam nessa função.

Ela contou que as únicas pessoas que residiam no andar de cima eram mulheres e crianças indefesas, e, mesmo que todos se unissem para fugir, seria impossível terem êxito na empreitada. Os membros da gangue tomavam *certas precauções* para evitar que algo assim ocorresse.

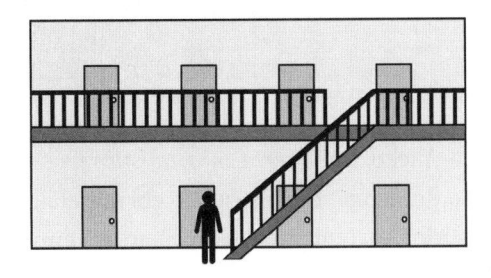

Akemi: No nosso apartamento, havia uma única janela, por onde *se via o apartamento vizinho*.

Ela disse que uma janela retrátil separava o apartamento deles do que ficava ao lado. E havia a promessa de que a dívida de cada um ali poderia ser reduzida pela metade se a pessoa

obtivesse evidências de que "o vizinho estava tentando escapar".
Em outras palavras, existia uma vigilância mútua.

Akemi: Para ser sincera, raramente era possível obter provas de qualquer tentativa de fuga. Nós não tínhamos câmeras ou gravadores. Além disso, esse negócio de "perdoar metade da dívida" parecia bom demais para ser verdade, e não acredito que aqueles sujeitos cumpririam a promessa. Enfim, essa regra era mais algo com o objetivo de coibir comportamentos suspeitos das moradoras, incutindo nelas o medo de serem incriminadas injustamente. Mas, bem, nossa vizinha era uma boa pessoa e não precisávamos nos preocupar com esse tipo de coisa.

A vizinha de Akemi era seis anos mais velha do que ela.

Akemi: Ela era uma mulher linda, chamada Yaeko, e morava com a filha de onze anos. Ambas éramos mães e sabíamos o quanto era duro para nós, portanto não pensávamos em algo tão superficial como encontrar evidências de fuga. Pelo contrário, deixávamos a janela aberta e conversávamos bastante.

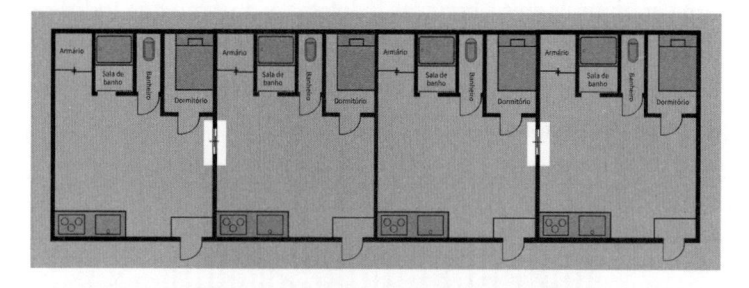

Essa moça, Yaeko, tinha *certa característica física*.

Akemi: Só um tempo depois eu percebi que ela… não tinha o braço esquerdo. Aparentemente, ela o perdera em um acidente logo depois de nascer.

Autor: Você poderia me dar informações mais detalhadas sobre ela?

Akemi: Bem… quando as crianças não estavam, nós costumávamos conversar sobre nossa vida pessoal, e ela me contou que tinha passado por diversas dificuldades.

Yaeko fora criada por uma família abastada da província de Nagano.

Por volta dos dezoito anos, porém, os pais lhe revelaram um fato.

Akemi: Ela foi abandonada quando era criança. Acho que... numa cabana? Ou algo assim. Parece que a encontraram em uma cabana na floresta. Ou seja, as pessoas que ela acreditava serem seus pais biológicos eram na realidade os pais adotivos... Bem, não é uma história incomum. Ela se disse chocada com a descoberta e fugiu de casa. Falou que continuava odiando os pais adotivos.

Autor: Ainda que não fossem seus pais biológicos, eles a acolheram e a criaram, não? Existia alguma razão para ela sentir ódio deles?

Akemi: Vai saber. Imaginei que devia haver circunstâncias que só ela entendia e não me atrevi a perguntar. Não era um interrogatório. Depois de sair de casa, ela foi morar em Tóquio e procurou uma ocupação, mas sofreu para encontrar, devido à deficiência. Ela conseguiu de alguma forma ganhar o suficiente para se manter, fazendo um bico endereçando correspondências.

Mas certo dia aconteceu uma reviravolta em sua vida.

Por volta dos vinte e um anos, Yaeko se apaixonou pelo presidente da empresa onde trabalhava, e ele a pediu em casamento.

Akemi: De uma hora para outra, ela se tornou esposa do presidente. Algo incrível! Logo teve uma filha e imaginou que teria estabilidade... Mas a vida é complicada, existem armadilhas por toda parte. A recessão atingiu em cheio o mercado de ações, levando a empresa à falência. O marido aparentemente se suicidou, deixando uma vultosa dívida que Yaeko não tinha como quitar, e assim ela foi levada com a filha para o Okito.

Autor: Mas que azar...

Akemi: Realmente. Ela não tinha culpa de nada... ao contrário de mim.

Akemi deu um gole no drinque com uma expressão amargurada.

Akemi: Mas ela me ensinou que é preciso manter o coração puro mesmo nas profundezas de tamanho infortúnio. Yaeko foi a benfeitora que salvou a vida de Mitsuru.

Autor: Benfeitora? O que houve?

Akemi: Aconteceu seis meses depois de chegarmos ao Okito.

A princípio, Akemi e o filho estavam proibidos de sair do apartamento em que moravam. No entanto, se *certa condição* fosse atendida, a saída era permitida.

Essa condição era a "troca dos filhos".

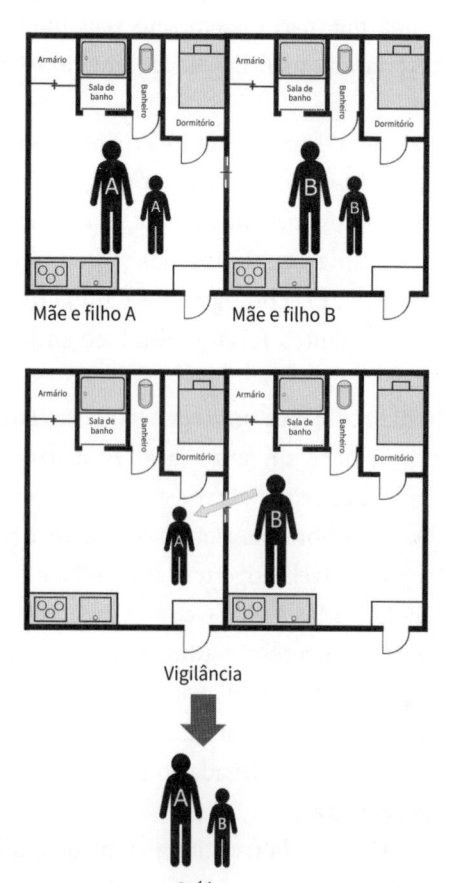

Suponhamos que mãe e filho A fossem vizinhos de mãe e filho B.

Caso a mãe A quisesse sair, por exemplo, ela levaria junto a criança B, que morava no apartamento ao lado. Durante esse tempo, a mãe B, que ficou no apartamento, vigiaria a criança A para que ela não fugisse.

Do ponto de vista da mãe A, ela não poderia fugir sozinha e deixar o filho no apartamento. Sem a mãe por perto, o filho B também não poderia fugir, já que não teria condições de viver sozinho.

Nesse sistema, a pessoa ficava presa por uma espécie de grilhão psicológico, já que se mantinha um membro da família como refém.

Se por acaso a mãe A abandonasse seu filho e fugisse, a mãe B assumiria a dívida da mãe A. Por esse motivo, a troca somente era realizada entre vizinhas muito amigas. Como Akemi e Yaeko confiavam uma na outra, as duas por vezes se utilizavam do sistema.

Contanto que voltassem até o anoitecer, elas podiam ir livremente aonde desejassem. Frequentemente, elas levavam os filhos uma da outra para brincar em um parque das redondezas.

Em determinado momento, porém, aconteceu uma tragédia.

Akemi: Certo dia, Mitsuru expressou seu desejo de "ir à cidade". Ele queria ver uma cidade grande.

Autor: Mas o Okito em que vocês estavam não ficava nas montanhas de Yamanashi? Havia alguma cidade grande por perto?

Akemi: Por mais que fosse na montanha, não era um local tão remoto. Em umas duas horas de caminhada era possível chegar a uma cidade. "Se Mitsuru quer tanto ir, eu o acompanho até lá", sugeriu Yaeko. Eu acabei aceitando e pedi a ela que o levasse.

No dia da saída, Yaeko e Mitsuru partiram levando chá e marmitas que lhes foram fornecidos e um mapa que pegaram emprestado de um membro da gangue.

"Estaremos de volta umas três da tarde", declarou Yaeko. No entanto, mesmo depois de anoitecer, os dois ainda não haviam regressado.

Um membro da gangue apareceu no apartamento de Akemi, que já estava preocupada. Em uma voz baixa que em nada condizia com seu aspecto intimidante, ele informou que, naquele momento, os dois se encontravam no hospital.

Aparentemente, Mitsuru havia se confundido com o semáforo em um cruzamento da cidade e saído correndo pela rua. Ele estava a ponto de ser atropelado por um carro, mas Yaeko colocou sua vida em risco para protegê-lo.

Akemi: Aquela foi a única vez que orei aos deuses, de verdade. Meu prazer de viver se esvaiu. Depois de um tempo, soube que Mitsuru estava bem e senti um alívio no fundo da alma, mas... não pude acreditar no que aconteceu com Yaeko...

Mitsuru sofreu apenas algumas contusões e escoriações, mas Yaeko teve ferimentos graves.

Ela havia ficado presa sob o veículo, de forma que o fluxo sanguíneo em sua perna direita foi interrompido por um longo tempo, fazendo com que o tecido necrosasse e a perna tivesse que ser amputada.

Ela acabou ficando não apenas sem o braço esquerdo, mas também sem a perna direita.

Akemi: Eu não sabia como me desculpar. No dia em que Yaeko teve alta e voltou, eu e Mitsuru nos ajoelhamos e pedimos perdão inúmeras vezes. Mesmo se continuássemos a nos desculpar até morrermos, ainda seria pouco, mas Yaeko não soltou uma palavra sequer de ressentimento. Ao contrário, ela se desculpou: "Sinto muito por ter exposto Mitsuru a uma situação de perigo." Por causa da minha personalidade, nunca admirei ou respeitei ninguém, mas Yaeko era especial. Mesmo agora, tenho como meta de vida me tornar uma pessoa como ela. Se bem que no meu caso deve ser impossível, nem que eu tivesse cem anos para isso.

No fim, as duas se separaram de forma repentina.

Akemi: Na época, um homem frequentava assiduamente o apartamento de Yaeko. Seu sobrenome era Hikura, e ele era o herdeiro de uma construtora, algo assim. Esse homem se apaixonou loucamente por ela. E quitou a dívida inteira. Mas claro que não fez isso por bondade: ele levou embora consigo mãe e filha. Eu vi muitas vezes a silhueta dele através da janela; o sujeito era um crápula! Do tipo que compra uma mulher com o dinheiro dos pais. Inescrupuloso. Sem carisma. Apenas o nariz aquilino se destacava naquele pervertido nojento. O sujeito assumiu a empresa apenas por ser filho do presidente e agora é o presidente do conselho administrativo. É o fim da picada! Mas, se não fosse por ele, Yaeko e a filha teriam continuado presas por muito mais tempo no Okito e, nesse aspecto, talvez sua intervenção tenha sido positiva.

Akemi finalmente liquidou a dívida no ano seguinte à saída de Yaeko e da filha, deixando para trás o Okito onde vivera por três anos. Ela tinha vinte e nove anos na época, e Mitsuru, nove.

Depois disso, ela voltou para Tóquio, trabalhou em restaurantes e poupou dinheiro para abrir o bar. Ela e o filho conseguiram superar os inúmeros percalços.

Aparentemente, Akemi nunca mais viu Yaeko.

A entrevista terminou dez minutos antes do horário de abertura do bar. Entreguei a Akemi uma lembrancinha como gratidão e saí rápido dali.

Na saída, falei com Mitsuru, que estava na cozinha, e lhe pedi desculpa (por ter feito a mãe falar sobre lembranças dolorosas). Ele fez uma reverência com a cabeça, calado, nem sequer me olhou.

No trem de volta para casa, reli as anotações da entrevista. Encontrei alguns trechos que me deixaram intrigado.

O Okito era um negócio para pessoas abastadas. Eles deviam pagar cem mil ienes por encontro.

Mesmo convertendo para valores atuais, cem mil ienes é um valor absurdo por um programa. Por mais que fossem milionários, os clientes estariam dispostos a pagar tanto? E não era só isso.

O térreo e o andar superior contavam com quatro apartamentos cada. Embaixo moravam os membros da gangue que ficavam de vigia, e o andar de cima era ocupado por pessoas endividadas, tal qual Akemi.

Em outras palavras, em um Okito só poderiam morar quatro prostitutas. Pensando em termos comerciais, era um negócio bastante ineficiente.

Talvez a memória de Akemi tenha falhado em alguns pontos da conversa. Foi há cinquenta anos, afinal. Era natural que não se lembrasse com exatidão. Mas eu sentia que apenas isso não explicava tudo.

Não acho que Akemi estivesse mentindo. Não haveria necessidade.

Mas ela estava escondendo *alguma coisa*. Algum fato relevante que abalaria os alicerces dessa história...

Decidi reler as anotações da entrevista.

Fim do Documento 10 – Apartamento impossível de escapar

DOCUMENTO 11

O QUARTO QUE APARECEU SÓ UMA VEZ

JULHO DE 2022
ENTREVISTA COM REN IRUMA E
REGISTRO DA INVESTIGAÇÃO

Pareceu muito real para ser só um sonho. A ponto de mesmo agora eu me lembrar do chão frio e da sensação de quando toquei nas paredes.

Foi o que me disse Ren Iruma, vinte e quatro anos, designer freelancer.

Havia tempos eu mantinha contato com ele em função do trabalho, e quando terminei o *Casas estranhas* lhe enviei um exemplar de cortesia. Um ano depois, recebi uma ligação dele.

Após reportar que só então estava lendo o livro, ele me contou de recordações estranhas sobre sua casa.

Iruma: Até me formar no colégio, eu morava com meus pais em nossa casa em Niigata. Nela, passei por uma experiência estranha quando era criança. Foi no ano em que eu ia começar o ensino fundamental, então eu devia ter uns cinco ou seis anos. Mas lembranças da infância são fragmentadas e o contexto é vago, sabe? Pelo menos comigo é assim.

Segundo ele, essas lembranças começam com uma tontura intensa.

Iruma: Tenho certeza de que foi dentro da casa, embora não me lembre do local exato. Por algum motivo, de repente fiquei tonto e instintivamente me agachei. Quando a tontura passou, olhei na hora para a frente e vi uma porta. "Quê? Existia uma porta aqui?", pensei. Achando estranho, me aproximei e, ao puxar a porta, encontrei ali um pequeno cômodo. De tão minúsculo, não chegava nem a ser um quartinho. A superfície era retangular, de pouco menos de dois metros quadrados, um espaço onde três adultos caberiam bem apertados, se entrassem. O pé-direito, no entanto, era bem alto. Eu me lembro de sentir meus pés frios ao dar um passo, por isso o chão devia ser de tábuas. Era um quarto estranho, sem janelas e com apenas um papel de parede branquíssimo. Espiando ao redor, percebi uma pequena caixa de madeira no chão e, quando a destampei... havia algo assustador ali dentro.

Autor: Assustador?

Iruma: Sim. Só não lembro direito o que era. Talvez fosse... Bem, eu me recordo de ter levantado a coisa com ambas as mãos... assim... Acho que era um objeto fino e longo, era muito duro ao toque, mas meu medo era tanto que logo o devolvi à caixa e saí correndo para o meu quarto. Para afastar esse pânico, lembro que me concentrei na leitura do meu mangá de comédia predileto na época. Pouco depois, meus pais voltaram.

Autor: Então, quando você entrou nesse quarto, seus pais não estavam em casa?

Iruma: Exatamente. Por isso devo ter me sentido aliviado e com mais coragem. À noite, pensei em entrar de novo no tal quarto, mas ele não estava em lugar nenhum.

Autor: Você quer dizer que o quarto desapareceu?

Iruma: Sim. Abri todas as portas de casa, mas não encontrei aquele quartinho estranho. Quando perguntei a respeito dele para os meus pais, eles zombaram de mim, dizendo: "Não foi um sonho?" Bem, de fato foi um acontecimento inexplicável.

Mas pareceu muito real para ser só um sonho. A ponto de mesmo agora eu me lembrar do chão frio e da sensação de quando toquei nas paredes.

Autor: Hum... A propósito, depois disso você conseguiu entrar no quarto misterioso de novo?

Iruma: Não. Foi só daquela vez.

O quarto que apareceu só uma vez... que história sobrenatural. Como disseram os pais, talvez fosse mais racional considerá-lo algo do mundo dos sonhos.

Mas o que mais me incomodou foi o fato de ele *ter falado sobre isso depois de ler o meu livro*.

Iruma: "Algo do mundo dos sonhos"... Em determinada altura, eu passei a pensar a mesma coisa. Mas, lendo seu livro, me veio uma outra ideia. No *Casas estranhas*, havia menção a um quarto oculto, não?

Autor: Sim. A entrada do quarto estava oculta pelo oratório budista...

Iruma: Quando li aquela passagem, pensei: "E se..."

Autor: Em outras palavras, você acredita que se tratava de *um quarto oculto*?

Iruma: Sim. Para ser sincero, parece absurdo achar que existiria um quarto oculto em uma residência particular comum... Entretanto, se o que aconteceu naquele dia não foi um sonho, essa seria a única explicação. Em termos de possibilidades, meu pai pode ter criado esse quarto por hobby quando construiu a casa, por exemplo... ou algo assim. Um quarto oculto reflete um espírito de aventura ou desbravamento dos homens, não acha? No entanto, na nossa casa não há oratório budista, e me incomodava não saber como ele escondia o quarto... ou melhor, a porta...

Autor: Se suas lembranças forem reais, a porta *aparece e desaparece*, não é?

Iruma: Isso mesmo. Eu me questiono se algo mágico assim poderia existir. Por isso, tenho um favor para te pedir... Será que você poderia procurar comigo?

Autor: Hein?

Iruma: Vamos nós dois até a casa da minha família para investigar o segredo do quarto oculto. Você vai publicar uma continuação do livro de qualquer maneira, certo? Talvez possa usar o caso como material para uma história.

Autor: Não, não. Agradeço a sua oferta, mas visitar a casa da sua família...

Iruma: Não tem problema. Agora meu pai mora sozinho lá e, como ele passa o dia na empresa, a casa fica deserta. Eu mesmo vou muitas vezes lá e saio entrando por conta própria.

Autor: Você é membro da família, então não tem problema, mas eu sou um estranho.

Iruma: Tranquilo, tranquilo. De vez em quando eu levo alguns amigos designers e fazemos churrasco no quintal. Sou filho único e meu pai sempre me mimou. Normalmente me dá permissão para as coisas, então não tem problema se eu levar outras pessoas sem avisá-lo antes.

Acabei vencido pelo entusiasmo de Iruma (além de eu também estar bastante curioso), e decidimos que na semana seguinte nós dois iríamos até a casa da família dele.

Após desligar o telefone, organizei as informações.

Um quarto que apareceu só uma vez na infância... Se não tiver sido um sonho, é preciso elucidar o porquê de *ter aparecido apenas uma vez*.

O quarto surgiu logo antes do ingresso de Iruma no ensino fundamental, quando tinha seis anos. Como em maio de 2022 ele completou vinte e quatro anos, fazendo uma conta simples, foi dezoito anos atrás, em 2004.

Em certo dia de 2004, aconteceu "algo" na casa dele. Foi aí que me dei conta de uma possibilidade.

Pesquisei uma palavra na internet... o resultado foi o esperado.

Se meu pensamento estiver correto, talvez possamos descobrir o local do quarto oculto.

* * *

Na segunda-feira da semana seguinte, combinamos de nos encontrar na estação de Tóquio. Entrei no carro que Iruma dirigia e rumamos para a província de Niigata. No meio do caminho, perguntei a ele sobre algo que estava me incomodando.
Autor: Agora seu pai mora sozinho na casa, correto?
Iruma: Sim.
Autor: Desculpe pela indiscrição, mas o que houve com a sua mãe?
Iruma: Eles se divorciaram. Exatamente no ano em que entrei na faculdade. Não parecia haver hostilidade entre eles, mas também não pareciam estar se entendendo bem, por isso acabei aceitando o fato.
Autor: Você ainda vê sua mãe?
Iruma: Sim. Jantamos juntos um dia desses. Sempre que nos vemos, ela se preocupa muito comigo, a ponto de encher meu saco. Faz perguntas como "Você tem comido bastante verdura?" ou "Tem ido ao médico?".
Autor: Pais são assim mesmo. Devemos ser gratos por isso, não acha?

A casa da família de Iruma está localizada na cidade de Myoko e foi construída em um local tranquilo, com uma vista bucólica.
É uma casa contemporânea, com alguns janelões e paredes externas em branco e azul-marinho. Os pais a compraram recém-construída no ano em que se casaram e, oito anos depois, aproveitando o nascimento do primogênito, Iruma, fizeram uma reforma de grandes proporções.
Autor: É uma casa linda.
Iruma: Meu pai tem um senso estético rigoroso. Provavelmente foi muito exigente.
Autor: Nossa. Ele também trabalha com design?

Iruma: Hum. Acho que podemos dizer que ele trabalha com design, sim, mas destinado à confecção de produtos metálicos, não do tipo artístico. Ouvi dizer que eles fabricam produtos relacionados a metais de terras-raras, mas não conheço bem os detalhes. Enfim, vamos entrar e conversar lá dentro.

Ele retirou a chave do bolso e abriu a porta.

Lá dentro, me deparei com um assoalho lustroso e papéis de parede de tecido branco. Tudo moderno e de bom gosto, como do lado de fora.

Eram onze da manhã, e Iruma avisou que o pai regressaria por volta das oito da noite, logo, tínhamos tempo de sobra. Em primeiro lugar, decidi dar uma volta na casa, guiado por ele. Enquanto caminhávamos, fui desenhando no meu caderno uma planta baixa simples.

[Planta baixa: Depósito, Garagem, Banheiro, Jardim, Closet, Armário, Banheiro, Hall de entrada, Sala de estar, Quarto do pai, Quarto de Iruma, Armário, Cozinha, Jardim]

Terminado o tour pelos cômodos, ele me levou à sala de estar, onde me serviu chá e biscoitos. O lugar tem um projeto exuberante, que permite ver ambos os jardins através das portas de vidro dos dois lados.

Autor: Hum, sua família parecer ser bem rica, Iruma.

Iruma: Que nada. Nem um pouco.

Autor: Mas é a primeira vez que eu vejo uma sala de estar com jardins em ambos os lados.

Iruma: É porque estamos no interior. Se fosse no centro da cidade, não seria possível usar o terreno de forma tão supérflua... Então, o que você achou depois de ver toda a casa?

Autor: Ah, em relação a isso...

Abri na mesa o caderno no qual eu havia feito anotações da planta baixa.

Autor: Pelo que vi, não há nada parecido com uma porta oculta. Portanto, só nos resta comparar suas lembranças com a planta baixa para deduzir em que local poderia haver um quarto oculto nesta casa. Primeiro, vou resumir os pontos principais. São quatro que julgo especialmente importantes:

① Você sentiu uma tontura súbita e, quando ela passou, ao olhar para a frente havia uma porta.
② Quando puxou a porta, havia ali um quartinho.
③ O cômodo era retangular e media menos de dois metros quadrados.
④ Ao abrir uma caixa no chão, havia algo assustador no interior. Depois, você fugiu correndo até seu quarto.

Autor: Em primeiro lugar, em relação ao ponto ④, uma vez que você "fugiu correndo até seu quarto", podemos considerar que *existia certa distância entre o quarto oculto e o seu*.

Iruma: Tem razão.

Autor: Em seguida, em relação ao ponto ③, considerando que o "o cômodo era retangular e media menos de dois metros quadrados", podemos afirmar que a porta poderia ter *quase um metro de largura*. Então, o que devemos pensar aqui é *de que forma a porta foi ocultada*.

Autor: Por exemplo, se em uma parede grande tivesse uma porta oculta, seria impossível não notar seus contornos.

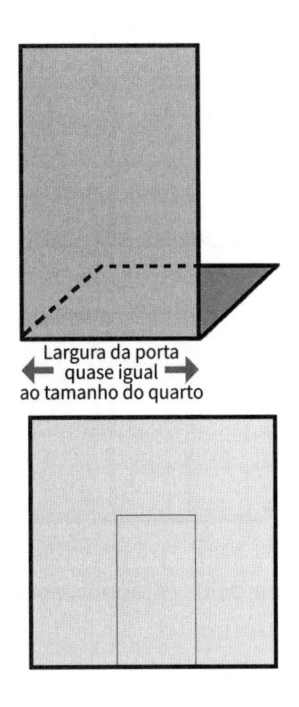

Largura da porta quase igual ao tamanho do quarto

Autor: Por isso, se existe uma porta oculta, ela deve estar, por exemplo, numa parede retangular cercada por pilastras.

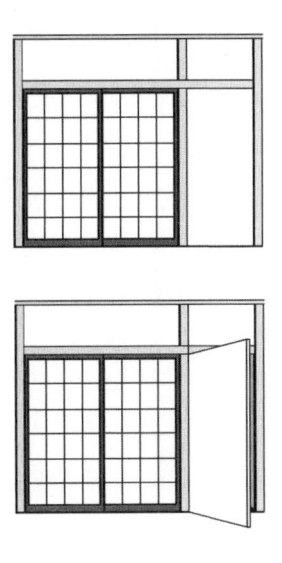

Quarto oculto

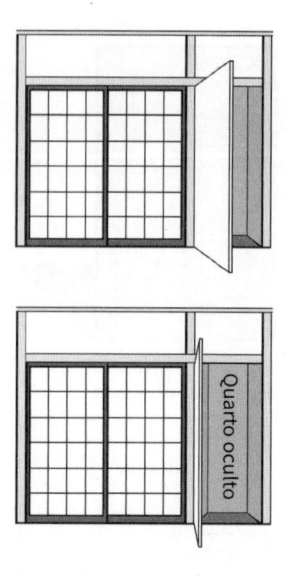

Autor: Durante o tour pelos cômodos, procurei por algum lugar assim e só encontrei um.

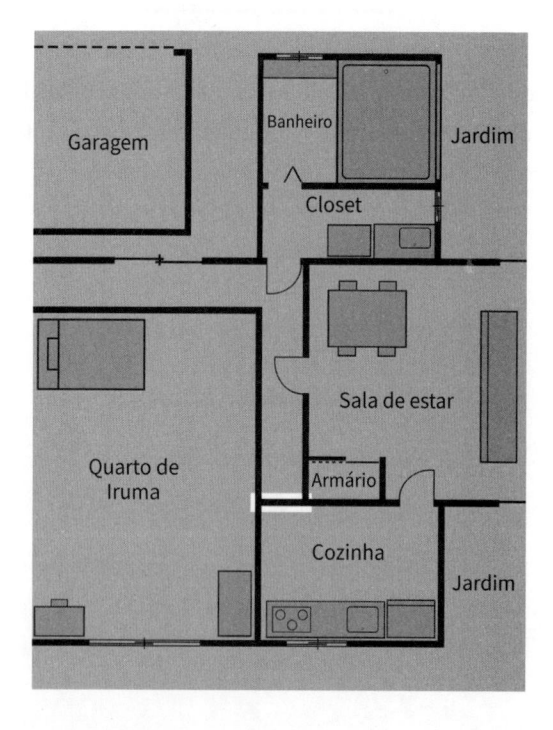

Autor: No *final do corredor*, ao lado da sala de estar. Como do outro lado da parede fica a cozinha, seria conveniente colocar uma porta ali, por exemplo. Por que não fizeram isso, então? Provavelmente por haver *algo entre o corredor e a cozinha*. Como um pequeno espaço, ou algo assim.

Iruma: Um pequeno espaço?

Autor: Vamos checar. Vá para o corredor. Eu vou para a cozinha.

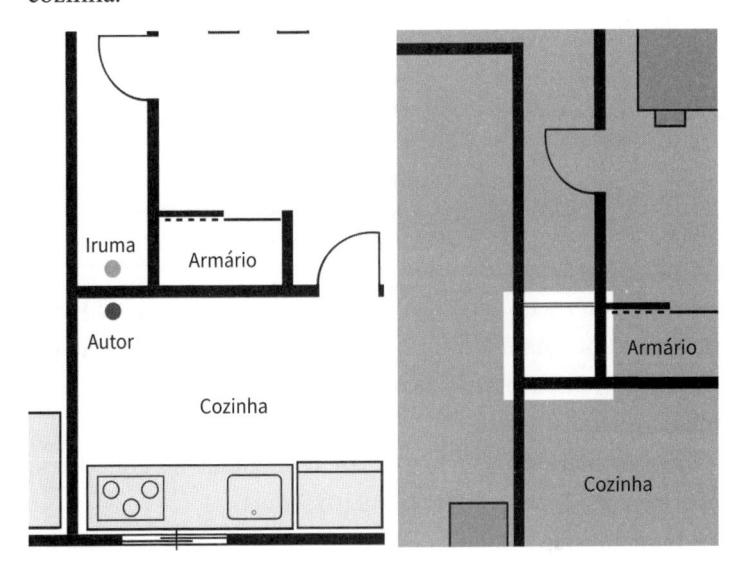

Encostei a orelha na parede
da cozinha.

Autor: Iruma! Estou pronto! Bata forte na parede!

Iruma: Entendido!

Do outro lado da parede, ouvi um *tum-tum*. O som estava baixo e parecia distante. Justamente como eu pensava.

Entre o corredor e a cozinha devia haver um espaço. O quarto oculto.

Fui às pressas para o corredor.

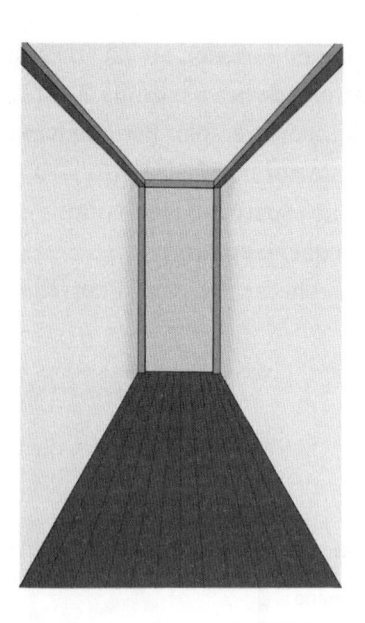

A parede no fim do corredor tinha em ambos os lados superiores uma fina moldura de madeira. Se minha dedução estivesse correta, a parede retangular cercada pela moldura de madeira seria a "porta".

Iruma encostou a mão na parede e empurrou com força, mas ela não se moveu um milímetro sequer.

Iruma: Como será que abre?

Autor: Precisamos nos lembrar do ponto ②: **quando puxou a porta, havia ali um quartinho**. Na época, você não "empurrou" a porta, mas "a puxou". Em outras palavras, era uma *porta do tipo que se abre puxando para si*. Sendo assim, para abrir é preciso uma maçaneta, mas não existe nenhuma nesta parede. Então como você a abriu na época? Queria que tentasse se lembrar... Será que naquela época *a porta já não estava semiaberta*?

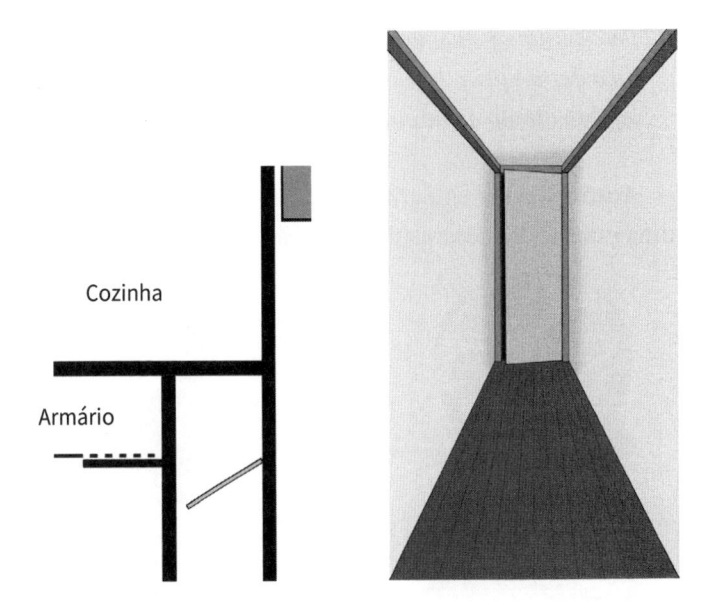

Iruma: Ou seja, você acha que *eu segurei a porta semiaberta por uma extremidade e a abri*?

Autor: Isso. Você deve ter sentido que o quarto apareceu de repente porque a parede se abriu por algum motivo. Naquele momento, você reconheceu pela primeira vez a parede como uma porta. O fato de o quarto não ter aparecido mais desde então é porque a porta está fechada... Dá para explicar a situação se analisarmos dessa forma.

Iruma: Mas por que ela só se abriu naquele momento?

Autor: A referência aqui é a lembrança no ponto ①: **sentiu uma tontura súbita e, quando ela passou, ao olhar para a frente havia uma porta.** Acredito que o porquê esteja relacionado à tontura.

Iruma: À tontura...

Autor: Para ser sincero, bateu certa curiosidade quando você me contou sobre isso tudo por telefone. Embora você se lembre bem de quando entrou no quarto, esqueceu por completo o que era a "coisa assustadora" dentro da caixa, não é?

Iruma: Sim.

Percebi uma pequena caixa de madeira no chão e, quando a destampei... havia algo assustador ali dentro. Só não lembro direito o que era.

Autor: Essa irregularidade extrema na memória pode ser uma espécie de mecanismo de defesa.

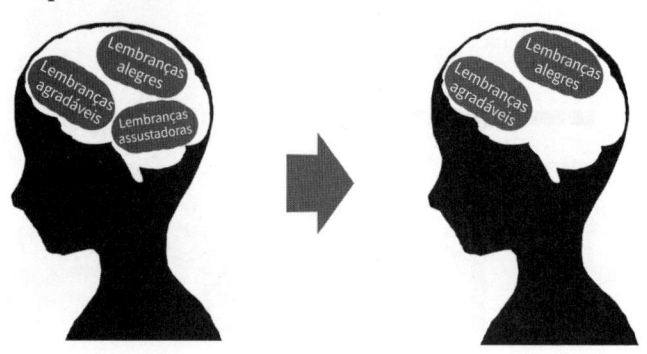

Autor: Acredito que seu cérebro eliminou por conta própria apenas as lembranças assustadoras para não se recordar delas posteriormente e se amedrontar. Sendo esse o caso, suas lembranças são vagas mesmo *antes de entrar no quarto*.

Tenho certeza de que foi dentro da casa, embora não me lembre do local exato. Por algum motivo, de repente fiquei tonto e instintivamente me agachei. Quando a tontura passou, olhei na hora para a frente e vi uma porta.

Autor: Você não se lembra de nada antes da tontura?
Iruma: Absolutamente nada.
Autor: Isso significa que, pouco antes da tontura, aconteceu "algo muito assustador" para você. Por isso, seu cérebro acabou apagando essa lembrança.
Iruma: Mas... é possível que tenha acontecido algo tão assustador assim dentro de casa?
Autor: Não teria sido um terremoto?
Iruma: Terremoto?

Autor: Se fizermos uma conta inversa a partir da sua idade, a porta abriu em 2004. E, levando em conta sua lembrança de que "sentiu seus pés frios ao dar um passo", dá para deduzir que fosse uma época de frio.

Iruma: Ah! O terremoto de Chuetsu...

Em 23 de outubro de 2004, um grande tremor de magnitude 6,8 na escala Richter teve como epicentro a região de Chuetsu, na província de Niigata. Embora o abalo tenha sido mais leve na área onde a casa da família Iruma se localiza do que nas proximidades do epicentro, ainda assim o local sofreu danos substanciais.

Esse tremor não poderia ter causado a abertura da porta?

Por algum tempo, Iruma se manteve atônito, com uma expressão de perplexidade.

Autor: Não acha um motivo convincente?

Iruma: Sim... é convincente. Só estou estranhando eu não ter levado em conta essa possibilidade até agora. E olha que cansei de ouvir sobre aquele dia na TV e na escola.

Autor: Acredito que os dois acontecimentos não devem ter se conectado na sua mente de criança. O grande terremoto foi uma realidade trágica que você teve que enfrentar como residente da região, enquanto a lembrança do "aparecimento do quarto misterioso" era semelhante a um conto de fadas. Os dois acontecimentos deviam se repelir como água e óleo na sua mente, por isso você não considerou que estavam relacionados.

Iruma: É... deve ser isso.

Autor: Se a porta se abriu com o abalo sísmico, é sinal de que não deve ser trancada a chave. Mas como a porta está bem encaixada na moldura de madeira, não dá para abrirmos sem uma maçaneta.

Iruma: O único jeito é chacoalhar a casa? E se prendermos uma ventosa e puxarmos, ou algo assim?

Autor: Seria ótimo se fosse possível, mas como o papel de parede é de tecido, com certeza não daria para prendermos as ventosas.

Iruma: Sendo assim, o que acha de comprarmos uma serra elétrica?

Autor: Não diga essas coisas pavorosas... Se criaram um quarto oculto, sem dúvida existe uma maneira de abri-lo. Vamos testar algumas possibilidades. Ainda é meio-dia. Temos tempo de sobra até seu pai voltar.

Depois disso, tentamos tudo o que conseguimos imaginar: tocamos na porta, batemos, subimos no sótão... tudo em vão. Quando percebemos, já passava das duas da tarde.

Autor: Não estamos progredindo muito.

Iruma: O que você acha de fazermos uma pausa para desanuviar a mente? Vamos tomar um chá?

Voltamos para a sala de estar.

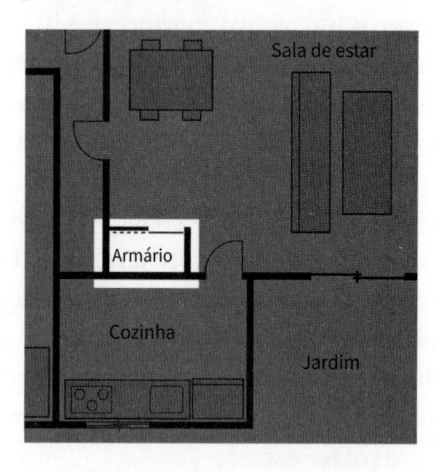

Nesse momento, o armário localizado num canto da sala chamou minha atenção, e senti certa estranheza ao olhar para ele. O móvel tinha uma porta de correr de apenas uma folha, algo incomum para armários.

Porta deslizante de duas folhas

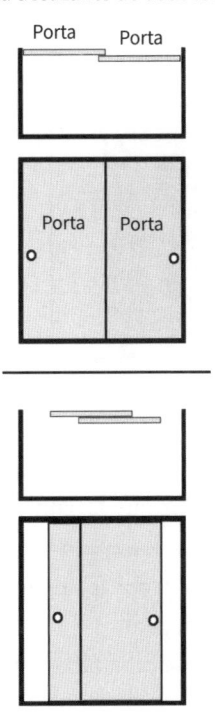

A maioria dos armários costuma ter portas deslizantes de duas folhas, para facilitar a retirada de objetos, já que se pode abrir ambas as portas.

Porta deslizante de folha única

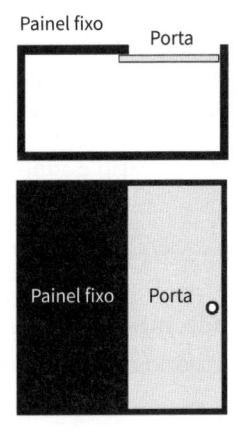

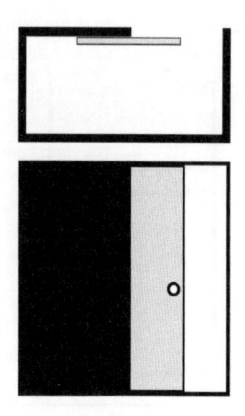

Por outro lado, em um modelo de porta deslizante de folha única, só há porta de um lado, tornando difícil retirar objetos que estejam no fundo. Por que teriam escolhido usar esse tipo de porta?

Fiquei observando o armário intrigado quando, do nada, me veio à mente uma imagem.

Fui depressa até a mesa para olhar a planta baixa desenhada no caderno.

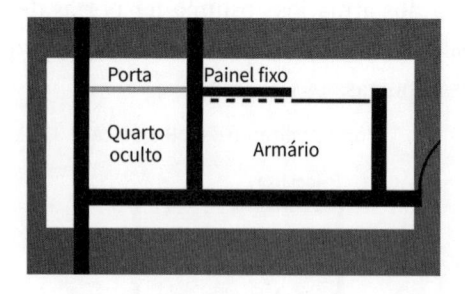

Autor: Esse espaço do armário é contíguo ao quarto oculto, não é?

Iruma: Isso mesmo... Será que esse armário guarda algum segredo?

Autor: Nada garantido, mas que tal a gente investigar?

Nós esvaziamos o armário e eu entrei nele, munido de uma lanterna.

Iluminei tudo, até os cantos, mas não encontrei nada de diferente.

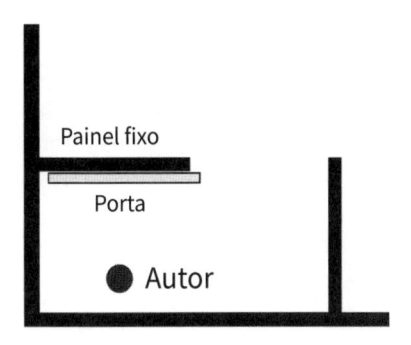

Iruma: E aí? Achou alguma coisa?
Autor: Nada...
Iruma: Está empoeirado. Se não encontrou nada, é melhor sair logo.
Autor: Não, falta ver uma parte.
Então, fechei a porta comigo dentro.
Com o armário totalmente fechado, a luz da lanterna iluminou algo.
Havia uma pequena "concavidade" quadrada esculpida na parte interna do painel fixo.

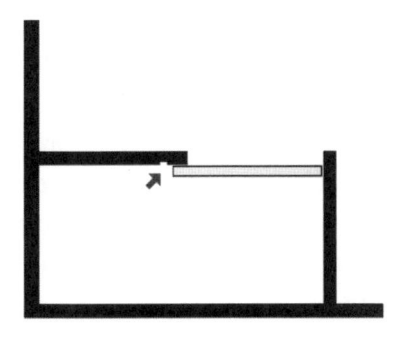

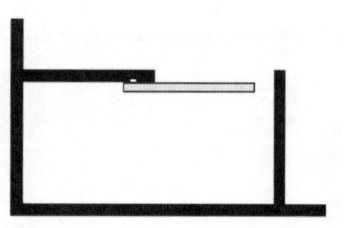

Com a porta semiaberta, a concavidade fica escondida pela porta.

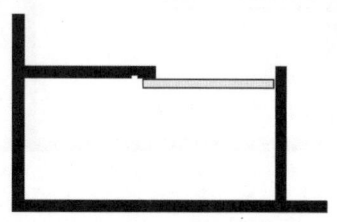

Com a porta totalmente fechada, é impossível ver o lado de dentro.

Graças à estrutura da porta deslizante única, a concavidade estava bem escondida.

Tinha cerca de um centímetro de largura. Uns dois a três milímetros de profundidade. Parecia uma *maçaneta* de porta.

Enfiei o dedo na concavidade e puxei para a esquerda (para o lado do corredor). Então, com um som de *algo raspando*, o *painel fixo se moveu ligeiramente*.

Autor: Iruma! Você viu isso?

Iruma: Hein? O quê?

Autor: O painel fixo! Ele deslizou cerca de um centímetro para o lado do corredor, não foi?

Iruma: Eu estava olhando o tempo todo, mas não se moveu.

Autor: Impossível. Vou movê-lo mais uma vez. Preste atenção.

Enfiei de novo o dedo na concavidade. Sentindo um peso consistente, movi o painel mais ou menos um centímetro para o lado do corredor.

Autor: E então?

Iruma: Ouvi algo raspando, mas não se moveu.

Autor: Estranho...

O painel fixo com certeza tinha deslizado para o lado esquerdo. No entanto, não havia mudança no lado de fora.

Então, pensei na seguinte possibilidade: o painel fixo devia ser composto de uma placa externa fixa e de uma placa interna móvel.

Em outras palavras, era uma estrutura em duas camadas.

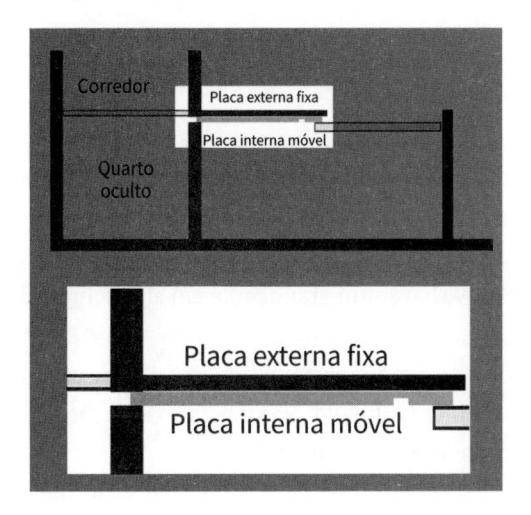

[Diagrama: Corredor / Placa externa fixa / Placa interna móvel / Quarto oculto — Placa externa fixa / Placa interna móvel]

O fato de a placa interna ter deslizado para o lado do corredor demonstrava que existia um espaço na parede entre a sala de estar e o corredor. E adiante ficava o *quarto oculto*.

Talvez, para abrir a porta do quarto oculto, fosse necessário deslizar toda a placa interna para o lado do corredor. Eu não sabia de que forma funcionava, mas, se abríssemos a porta, tudo se explicaria.

Enfiei mais uma vez o dedo na concavidade e puxei com força para o lado do corredor. Um barulho mais intenso de raspagem ressoou.

Ao ouvir esse som, por alguma razão, fiquei nervoso de repente.

Será que realmente *a porta se abriria assim*?

Parei o que estava fazendo e me acalmei... Pensando bem, era estranho.

A placa era pesada demais. E era feita de madeira. Por que meu dedo estava doendo só de movê-la alguns centímetros?

Nesse momento, uma lembrança guardada em um canto da minha mente veio à tona. Algo na conversa casual que eu havia tido pouco antes com Iruma. No instante em que me lembrei disso, todas as informações que eu tinha até então começaram a se conectar.

E cheguei a uma conclusão.

Autor: Iruma.

Iruma: Sim?

Autor: Posso te pedir para procurar algo para mim? Gostaria que você fosse ao quarto do seu pai e procurasse um ímã.

Iruma: Ímã?

Autor: Deve haver um grande ímã em algum lugar do quarto.

Alguns minutos depois, ele voltou para a sala de estar com uma expressão de incredulidade. Segurava um enorme ímã de cerca de dez centímetros de diâmetro.

Iruma: Estava em uma gaveta no quarto do meu pai. Mas como você sabia que havia um ímã desses lá?

Autor: Pensei em vários tipos de mecanismo que poderiam abrir a porta do quarto oculto. Foi quando me veio a ideia do ímã. *Ele serve de maçaneta para abrir a porta.* Tenho um pedido: vá até a parede ao final do corredor e pressione o ímã contra ela. Mantenha-o assim por um tempo.

Iruma: Hein?

Minha conclusão foi a seguinte:

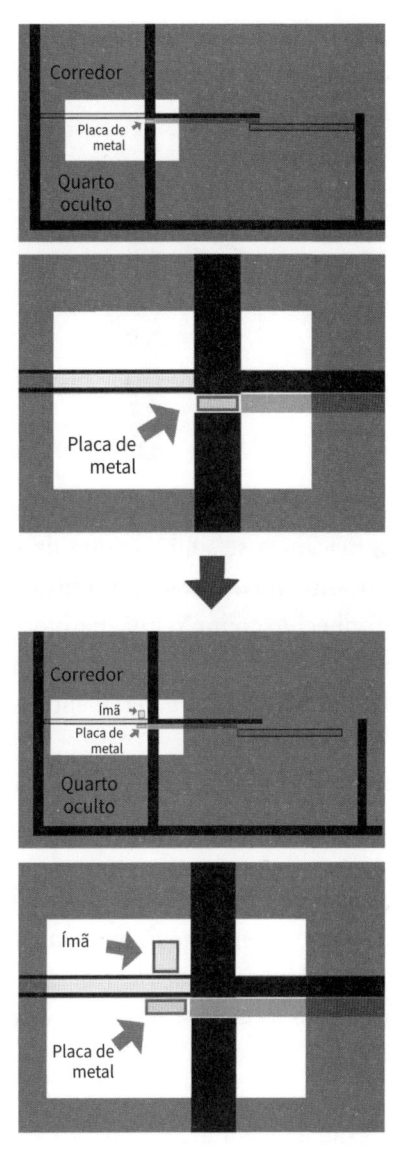

Provavelmente há uma placa de metal inserida na parede que separa o corredor da sala de estar. Quando se desliza a placa interna móvel, a placa de metal é empurrada para dentro do quarto oculto.

Se nesse momento um ímã for colocado do lado de fora da porta, ele atrairá a placa de metal no interior do quarto oculto e formará uma *maçaneta*.

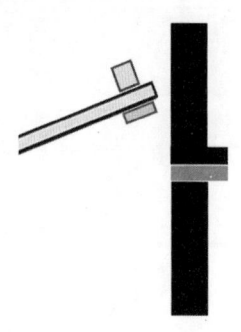

Claro que com um ímã comum a força magnética não se sustentaria e a maçaneta se soltaria antes de a porta se abrir. Mas, se usarmos um *ímã de neodímio*, a história é outra. Esse tipo de ímã é conhecido como "o ímã mais forte do mundo" e, se for grande, pode exercer alta capacidade magnética, mesmo havendo madeira ou outro material entre ele e o objeto de metal.

E a matéria-prima do ímã de neodímio é o magneto de terras-raras.

Hum. Acho que podemos dizer que ele trabalha com design, sim, mas destinado à confecção de produtos metálicos, não do tipo artístico. Ouvi dizer que eles fabricam produtos relacionados a metais de terras-raras, mas não conheço bem os detalhes.

Aquela era exatamente a área do pai de Iruma, por assim dizer.

Pouco depois, Iruma avisou do corredor: "Tudo pronto." Coloquei força no dedo e movi a placa.

No instante seguinte, Iruma gritou.

Iruma: Nossa! Que incrível! Grudou! Grudou!

Autor: Iruma! Puxe o ímã na sua direção com cuidado, lentamente.

Por fim, ouvi um rangido agudo vindo do corredor. Saí do armário e fui até lá. A porta já estava aberta.

Autor: Iruma... você conseguiu... finalmente!

Iruma: Sim.

Iruma entrou devagar no quarto.

Era mais ou menos do jeito que ele se lembrava. Retangular. Papel de parede branco. E com a caixa de madeira no chão.

Ele se agachou ali mesmo e, hesitante, colocou a mão sobre a tampa da caixa. Mesmo de longe, dava para ver que sua mão tremia um pouco. Apesar de nervoso, ele conseguiu de alguma forma abrir a caixa.

O que estava dentro dela era...

Autor: Uma boneca?

Era uma pequena boneca de madeira.

Sua nudez estava coberta por um tecido de seda, como o manto de uma donzela celestial. Não era jovem, mas tinha um lindo rosto.

O que mais chamava a atenção, porém, era seu corpo.

Ela não tinha o braço esquerdo nem a perna direita.

Fiquei perplexo.

Eu a conhecia. Já tinha visto aquela figura.

Naquele momento, Iruma murmurou.

Iruma: Esta boneca... é parecida.

Autor: Parecida?

Iruma: É parecida... com o formato da casa.

Por um tempo, me vi incapaz de compreender o sentido daquelas palavras.

No entanto, conforme eu observava a boneca que ele segurava, algo em minha mente fez a ligação. Corri para a sala de estar, peguei o caderno e voltei para onde Iruma estava.

Virei a planta baixa na vertical e comparei com a boneca.

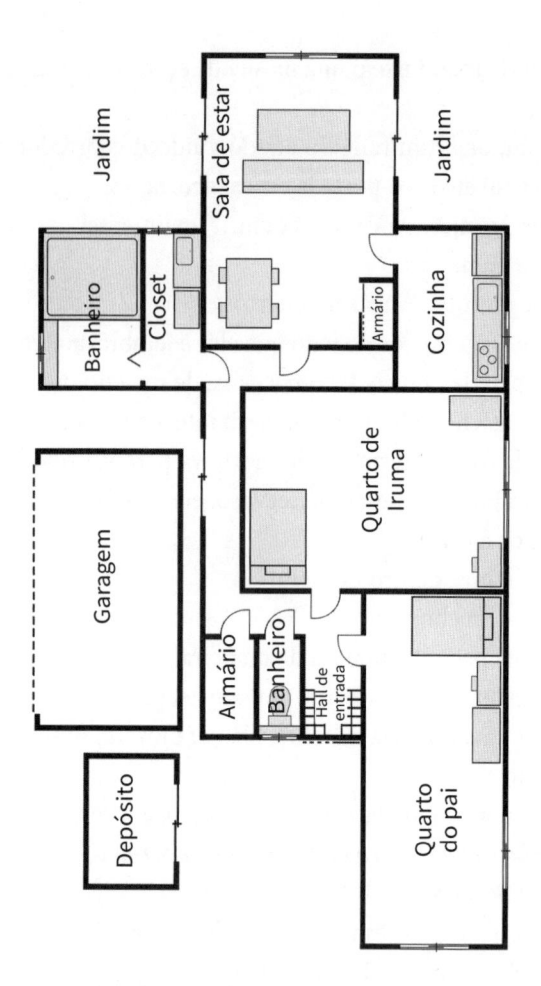

Isso. Era isso mesmo. Eu finalmente me lembrei.

Em uma revista antiga que consegui por acaso, havia um artigo contendo o relatório de um jornalista infiltrado em determinada seita religiosa.

O nome do grupo religioso era Congregação para o Renascimento... e eles faziam treinamentos na Casa do Renascimento, um centro religioso que teve como modelo arquitetônico o *corpo de sua líder*.

A líder, a quem chamavam de "Santa Mãe", não tinha o braço esquerdo nem a perna direita.

Era tudo realmente parecido. A boneca, o corpo da Santa Mãe, a Casa do Renascimento e a casa da família Iruma.

Nunca teria imaginado que surgiria uma conexão ali.

Depois de devolver a boneca à caixa, Iruma falou de novo, baixinho.

Iruma: Então era isso...

Autor: O quê?

Iruma: Desde criança, eu tinha uma vaga sensação... de que os dois... de que meus pais estavam envolvidos com uma religião suspeita.

Autor: Hã?

Iruma: Talvez seja isso, né? Algum tipo de... ritual religioso?

Autor: Bem...

Iruma: Não se incomode. Não pretendo falar mal de pessoas que oram aos deuses. Mas... eu fico pensando... Será que os dois eram tão infelizes que precisavam se agarrar a algo? Eu me pergunto se eu não era motivo suficiente para que os dois fossem felizes...

Fim do Documento 11 – O quarto que apareceu só uma vez

DEDUÇÕES DE KURIHARA

Cheguei ao apartamento, que fica a vinte minutos a pé da estação de trem de Umegaoka. Levando em uma das mãos o envelope com os onze documentos, fui subindo a escada enferrujada, que rangia a cada passo. Soube que o prédio foi construído há quarenta e cinco anos. Está realmente velho.

O apartamento dele é o mais distante no andar superior. Toquei a campainha, e logo a porta se abriu.

— Estava te esperando. Você deve estar com frio, não? Vamos, entra.

Ele vestia moletom cinza e calça jeans bem larga. O cabelo estava curto e o cavanhaque, grisalho.

Era meu conhecido, o projetista Kurihara.

Ao entrar, fui envolvido por um ar quente agradável. O circulador de ar e o aquecedor emitiam ruídos altos. Se dizendo "friorento", ele aumentou a temperatura do aquecedor.

O apartamento consiste em uma pequena cozinha e uma sala de estar contígua de cerca de treze metros quadrados, com uma grande quantidade de livros espalhados. Encontrei um espaço para me sentar.

Enquanto preparava chá preto na cozinha, Kurihara falava como se estivesse fazendo um monólogo.

— Que nostálgico. *Naquela época* conversamos desse mesmo jeito, né?

Eu já tinha vindo ao apartamento dele antes para resolver um mistério relacionado a determinada casa. Naquela ocasião, Kurihara conseguiu elucidar o mistério apenas analisando uma planta baixa. Desde então, em diversos momentos tenho confiado em seu poder de dedução.

Autor: Agradeço toda a sua ajuda naquela vez. A propósito, você está de folga do trabalho hoje?

Kurihara: Sim. Ultimamente vivo tirando folgas. Hoje em dia poucas pessoas querem construir casas. Mas, bem, eu prefiro ler livros e jogar videogames a trabalhar, então é uma dádiva.

Ele colocou duas xícaras de chá preto na mesa, afastou os livros do assoalho e se sentou de frente para mim.

Kurihara: Vamos, me mostre os tais documentos que você mencionou por telefone.

Autor: Certo.

Tirei os onze documentos do envelope. Em cada um deles estavam reunidas as "informações" que eu pesquisara até aquele momento.

Documento 1	O corredor que não leva a lugar nenhum
Documento 2	A casa que alimenta a escuridão
Documento 3	O moinho de água na floresta
Documento 4	A casa-ratoeira
Documento 5	O local do incidente estava bem ali
Documento 6	A Casa do Renascimento
Documento 7	A casa do tio

Documento 8	Quartos conectados por telefone feito de copos de papel
Documento 9	Som de passos em direção ao local do assassinato
Documento 10	Apartamento impossível de escapar
Documento 11	O quarto que apareceu só uma vez

Conforme apontei no início deste livro, desde que minha obra anterior, *Casas estranhas*, foi lançada, venho recebendo muitas histórias bizarras sobre esse tipo de construção. O número ultrapassa uma centena.

Poucas delas tiveram seu mistério elucidado, e a maioria continua sem resolução... Em outras palavras, são "histórias inconclusas". E fui investigando em busca dessas "conclusões".

À medida que avançava, reuni muitas informações que se ramificavam a partir de cada história. Ao examiná-las, notei que, por coincidência, as informações derivadas de conversas diferentes apresentavam estranhas "conexões". E, com isso em mente, passei a investigar tudo mais a fundo.

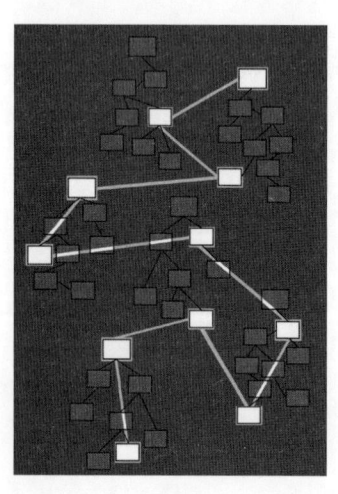

Kurihara: No fim, você descobriu um enigma *conectado aos onze documentos*?

Autor: Pois é. Sinto que existe um vínculo entre eles, mas não consegui deduzir exatamente o que seria. Por isso pensei em recorrer de novo à sua ajuda.

Kurihara: Hum. Espere um pouco. Vou ler agora.

Kurihara pegou um dos documentos. Seu método de leitura é o oposto de "leitura dinâmica"... Ele parecia degustar cada palavra, lentamente. Fiquei esperando que ele terminasse de analisar todos os documentos enquanto eu bebia meu chá.

Após algumas horas, ele fechou o último caderno, permanecendo imóvel, de braços cruzados e olhos fechados. Bem quando eu cogitava se deveria falar algo, ele de súbito abriu os olhos e bebeu de um só gole o chá, que decerto esfriara.

Kurihara: É muito interessante.

Autor: O que você acha? Descobriu algo?

Kurihara: Dependemos em grande parte de deduções, mas apenas com essas informações que temos agora é possível traçar uma história, até certo ponto.

Autor: Sério?!

NÚCLEO

Kurihara: Dentre os onze documentos, uma história visivelmente constitui um "núcleo". Percebeu?

Autor: Uma história que constitui um "núcleo"... hum. Todas parecem relevantes...

Kurihara: Não esquenta a cabeça. Basta imaginar um mapa.

Kurihara rasgou uma página do bloco de notas em cima da mesa e começou a desenhar o mapa do Japão.

Kurihara: O Documento 1 se passa na cidade de Takaoka, na província de Toyama. O 2, no norte do distrito de Aoi, na província de Shizuoka. O 3...

Ele foi murmurando e assinalando pontos no mapa, marcando os locais descritos em cada material. Quando terminou de assinalar os onze pontos, eu me surpreendi.

Documento 11 - O quarto que apareceu só uma vez
Documento 4 - A casa-ratoeira
Documento 1 - O corredor que não leva a lugar nenhum
Documento 6 - A Casa do Renascimento
Documento 10 - Apartamento impossível de escapar
Documento 2 - A casa que alimenta a escuridão
Documento 7 - A casa do tio
Documento 3 - O moinho de água na floresta
Documento 5 - O local do incidente estava bem ali
Documento 8 - Quartos conectados por telefone feito de copos de papel
Documento 9 - Som de passos em direção ao local do assassinato

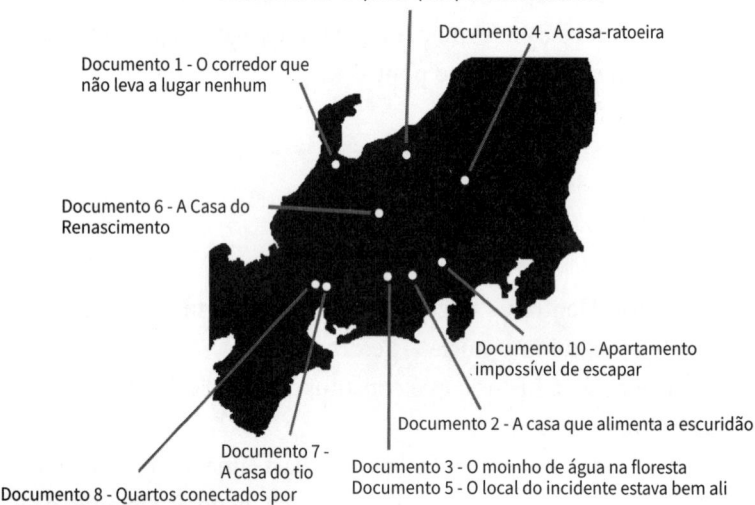

Autor: Ah... então é isso...
Kurihara: Entendeu?

Documento 6 - A Casa do Renascimento

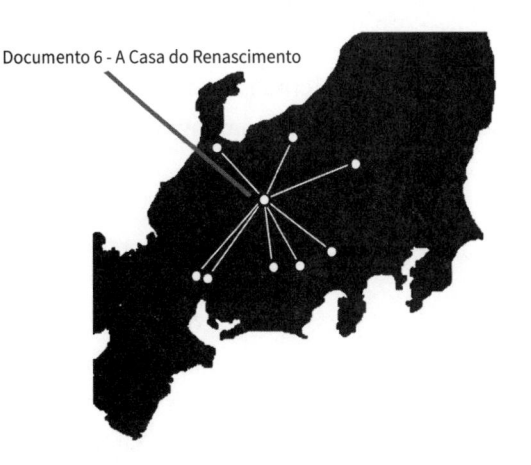

Kurihara: Esses acontecimentos *ocorreram tendo como núcleo a "Casa do Renascimento"*, o centro religioso que existia no oeste da província de Nagano. Assim, esse centro deve ser considerado a origem, o "núcleo" de tudo.

Kurihara pegou o Documento 6, "A Casa do Renascimento".

DOCUMENTO 6 - A CASA DO RENASCIMENTO

RELATÓRIO DE UM JORNALISTA INFILTRADO
NO CENTRO RELIGIOSO MISTERIOSO

- No passado, existiu uma seita religiosa misteriosa denominada "Congregação para o Renascimento".
- A Congregação para o Renascimento possuía algumas características peculiares:
    - Angariava muitos fiéis por meio de telemarketing e propaganda boca a boca.
    - Fazia os fiéis adquirirem "produtos" de valores elevados, de milhões a dezenas de milhões de ienes.
    - Eram realizados estranhos treinamentos em reuniões que ocorriam algumas vezes por mês no centro religioso Casa do Renascimento.

1994 – Um jornalista se infiltrou na Casa do Renascimento para investigar a situação.

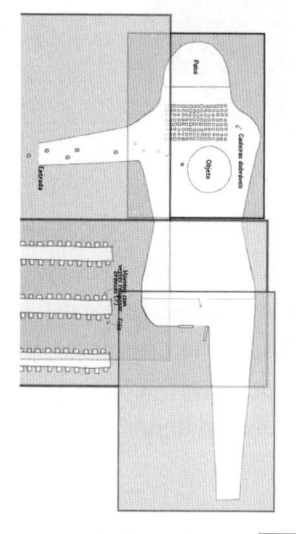

O que é a Casa do Renascimento? Centro religioso localizado no oeste da província de Nagano.

Uma enorme construção imitando o formato do corpo da líder, conhecida como "Santa Mãe".

A parte superior é o salão de reuniões, onde há um palco, cadeiras dobráveis e um objeto (santuário).

A Santa Mãe fica dentro do objeto (santuário).

Ela não tem o braço esquerdo nem a perna direita.

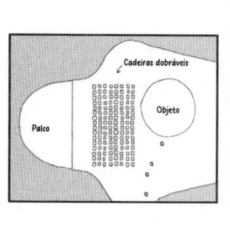

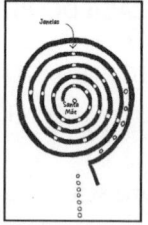

Salão de reuniões e objeto (santuário sagrado)

RELATO DO JORNALISTA

- Masahiko Hikura, gestor do grupo religioso, discursou diante dos fiéis.
    - Presidente da construtora Hikura House → Por que ele estaria envolvido com a seita?
    - "Vocês carregam pecados terríveis, mas, se treinarem aqui, serão purificados", discursou ele, com entusiasmo.

- O jornalista ficou face a face com a Santa Mãe dentro do objeto (santuário sagrado).
- Um fiel gritou impropérios direcionados à Santa Mãe.
  - Berrou palavras sem sentido: "Impostora! Vou bloquear seu coração!"
  - Foi imediatamente levado para fora do recinto.
- Transferência para o salão de treinamento.

Que tipo de treinamento é realizado?

O treinamento é "dormir"?!

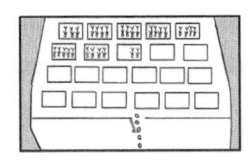

O salão de treinamento era um "dormitório".

Os fiéis apenas dormiam nas camas. Isso é o "treinamento"?

Acontecimentos da manhã seguinte

Na manhã seguinte, nos jardins das instalações, os fiéis e homens misteriosos trajando vestes religiosas brancas discutiam algo, olhando para uma planta baixa.

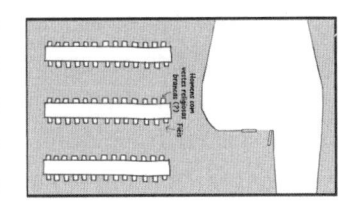

Depois

- O jornalista descreveu sua experiência pessoal dividindo-a em Parte 1 e Parte 2.
- Apenas a Parte 1 foi publicada. A Parte 2 não foi lançada devido a certas circunstâncias.

- A Congregação para o Renascimento foi dissolvida em 1999.
- No ano seguinte, a Casa do Renascimento foi demolida.

Kurihara: Infelizmente, a Parte 2, que explicaria o mistério, não foi publicada. Sendo assim, não nos resta alternativa senão desvendá-lo por conta própria, a partir do conteúdo do artigo. Primeiramente, vamos colocar em ordem os enigmas não resolvidos na Parte 1.

1. Por que o treinamento da Congregação para o Renascimento consiste em "dormir"?
2. O que eram os "produtos" de milhões a dezenas de milhões de ienes que o grupo religioso vendia aos fiéis?
3. O que os homens com vestes religiosas brancas faziam sentados de frente para os fiéis em longas mesas?
4. Que circunstância especial os fiéis compartilhavam?
5. Por que os fiéis sofriam lavagem cerebral com apenas alguns treinamentos por mês?

Kurihara: Para solucionar esses cinco mistérios, vamos aos poucos desatando os nós relativos à verdadeira natureza da Casa do Renascimento. Conforme consta no artigo, a construção do lugar foi inspirada no corpo da líder religiosa Santa Mãe. Na realidade, construções assim não são incomuns.

Kurihara: Por exemplo, muitas igrejas católicas foram construídas seguindo o modelo do Cristo crucificado. Deve ser um desejo comum de muitas pessoas "entrar" no corpo daquele em quem confiam, sendo isso equivalente a buscar proteção. Bem, se olharmos com atenção o interior da Casa do Renascimento, vamos notar algo interessante. O santuário sagrado está na posição do coração.

Autor: Ah… tem razão. Como se indicasse que a "Santa Mãe vive nos corações".

Kurihara: A Santa Mãe é o símbolo do grupo religioso. Provavelmente seria problemático se ela não estivesse no coração, o órgão mais importante do corpo. A propósito, a teoria de que o coração humano se situava um pouco mais à esquerda do centro do corpo costumava ser bem aceita até um tempo atrás. Assim, o santuário sagrado também foi construído ligeiramente deslocado do centro. O que se depreende daqui é que a Casa do Renascimento não imitava apenas a aparência externa da Santa Mãe, mas também seu *interior*. Tendo isso em mente, vejamos o local do "treinamento" onde os fiéis dormiam profundamente.

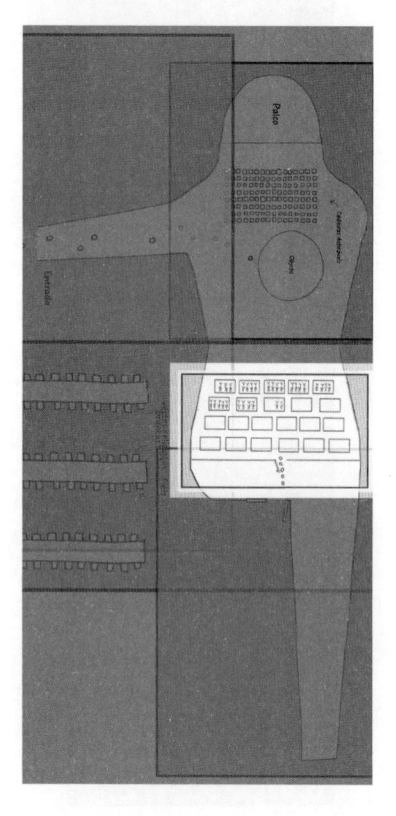

Kurihara: Ele se localiza na posição do baixo-ventre. "Pessoas dormindo no baixo-ventre de uma mulher"... Entende o significado?
Autor: Fetos?
Kurihara: Exatamente.

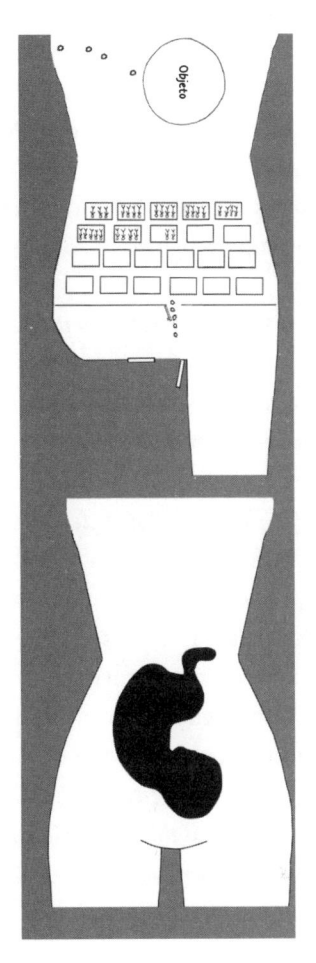

Kurihara: Eles entram no dormitório, que é o útero, pela porta inferior, que seria a vagina, e depois saem por essa mesma porta. É uma metáfora para gravidez e nascimento. Com isso, solucionamos o primeiro enigma.

1. **Por que o treinamento da Congregação para o Renascimento consiste em "dormir"?**

Kurihara: A resposta é: "Para o fiel se tornar filho da Santa Mãe." Dá para concluir que, ao dormir no útero da Santa Mãe, o treinamento era *uma experiência simulada de renascer como seu filho.*

Autor: Renascer... nascer de novo... Por isso o nome era Congregação para o *Renascimento*?

Kurihara: Vamos retomar aqui o discurso de Masahiko Hikura, gestor do grupo religioso:

Certamente vocês já devem estar cientes dos pecados terríveis que cada um carrega. Esses pecados acabaram sendo transmitidos para seus pobres filhos. (...) Infelizmente, as máculas jamais desaparecerão. Mas elas podem ser reduzidas. Podem ser purificadas por meio de repetidos treinamentos. Antes de tudo, vocês devem se limpar dessas máculas nesta Casa.

Kurihara: Pelas palavras "vocês já devem estar cientes dos pecados terríveis que cada um carrega", compreendemos que todos os fiéis da Congregação para o Renascimento carregavam um sentimento de culpa. Hikura declara a eles: *Vocês são infelizes por carregarem nas costas o peso de seus pecados. Mas se vocês renascerem como filhos da Santa Mãe, os pecados serão um pouco purificados. Apenas um pouco. Eles não desaparecerão por completo, por isso vocês devem pernoitar muitas vezes aqui, na Casa do Renascimento, para se purificarem de forma constante.* Ou seja, eles reuniam pessoas que se sentiam culpadas por alguma coisa e ensinavam a elas como se purificarem.

Autor: Esse método consistia em dormir inúmeras vezes no dormitório projetado para ser o útero da Santa Mãe...

Kurihara: Cheira a fraude, mas a ideia de "renascer para purificar os pecados" se aproxima do budismo, e talvez isso facilitasse sua aceitação pelos japoneses. O estranho é envolver crianças.

Esses pecados acabaram sendo transmitidos para seus pobres filhos. Filhos que são frutos dos pecados dos pais.

*Filhos do pecado. (...) E amanhã de manhã, após retornarem para suas casas com as máculas um pouco menores do que agora, **por favor, iniciem seus filhos nos treinamentos**.*

Kurihara: "Por favor, iniciem seus filhos nos treinamentos." Em outras palavras, Hikura estava pedindo: "Quando voltarem para casa, façam seus filhos dormirem no útero da Santa Mãe." Mas é impossível, correto? Uma casa comum não teria sido construída no formato do corpo da Santa Mãe. Então, de que maneira os fiéis "treinavam" seus filhos?

Nesse momento, me veio à mente uma planta baixa.

Autor: *Reformando* a própria casa para que ela se torne uma... "*Casa do Renascimento*".

Kurihara: Exatamente. A verdade é que nesses onze documentos aparecem pessoas que transformaram suas casas em Casas do Renascimento.

Autor: Os pais de Iruma?

Kurihara: Sim.

Kurihara pegou o Documento 11, "O quarto que apareceu só uma vez".

DOCUMENTO 11 – O QUARTO QUE APARECEU SÓ UMA VEZ

BUSCA PELO "QUARTO OCULTO" NA CASA DA FAMÍLIA

- O designer freelancer Iruma afirma que, quando criança, entrou só uma vez em um "quartinho estranho" na casa da família.

Para procurar esse quarto, fui à casa dos Iruma.

- A casa ficava na província de Niigata.
- Os pais a compraram recém-construída no ano em que se casaram e, oito anos depois, a reformaram.

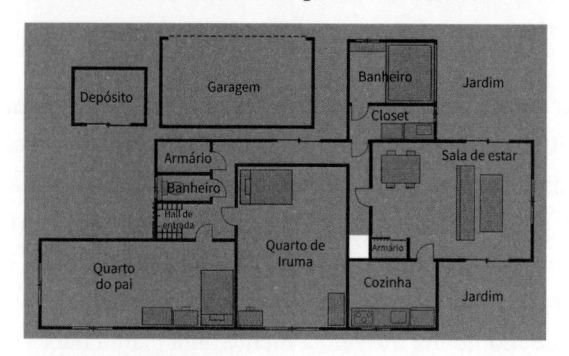

[Planta da casa mostrando: Depósito, Garagem, Banheiro, Jardim, Closet, Armário, Sala de estar, Banheiro, Hall de entrada, Quarto do pai, Quarto de Iruma, Armário, Cozinha, Jardim]

- Achando o final do corredor suspeito, procuramos uma maneira de abrir a porta oculta.
- Descobrimos haver um mecanismo no espaço do armário na sala de estar.

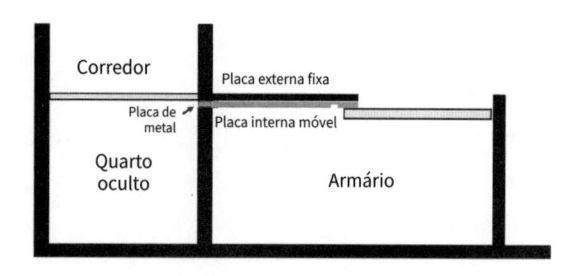

[Diagrama: Corredor, Placa externa fixa, Placa de metal, Placa interna móvel, Quarto oculto, Armário]

MANEIRA DE ABRIR A PORTA OCULTA

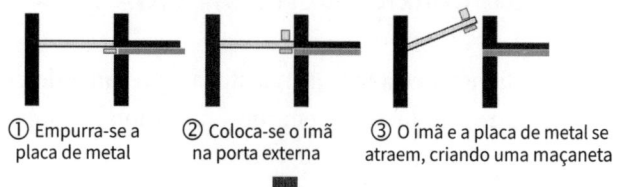

① Empurra-se a placa de metal
② Coloca-se o ímã na porta externa
③ O ímã e a placa de metal se atraem, criando uma maçaneta

O que havia dentro do quartinho?

⬇

- Uma boneca dentro de uma caixa de madeira.

- A boneca não tinha o braço esquerdo nem a perna direita.
- Segundo Iruma, a boneca tinha um formato semelhante ao da casa.

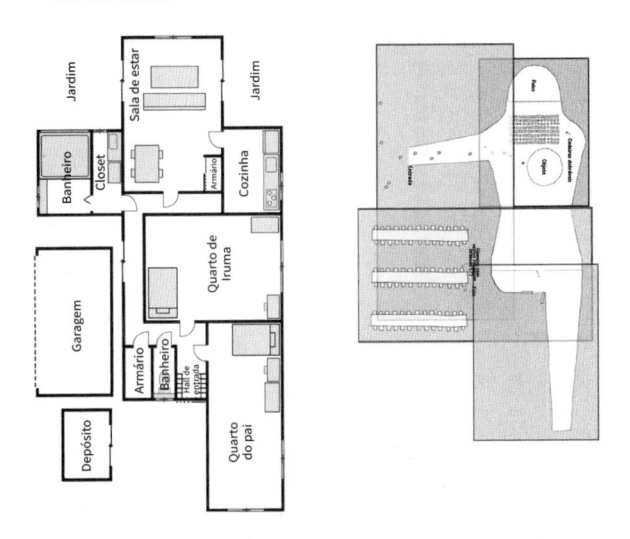

Construção imitando a mulher sem o braço esquerdo e a perna direita. Teria alguma relação com a Casa do Renascimento?

O que Iruma pensou?

Desde criança, eu tinha uma vaga sensação... de que os dois... de que meus pais estavam envolvidos com uma religião suspeita.

RÉPLICAS

Os pais a compraram recém-construída no ano em que se casaram e, oito anos depois, aproveitando o nascimento do primogênito, Iruma, fizeram uma reforma de grandes proporções.

Kurihara: Quando o primeiro filho nasceu, o casal Iruma deve ter ingressado na Congregação para o Renascimento.

Autor: Então... fizeram a grande reforma para que o formato da casa se aproximasse do da Casa do Renascimento.

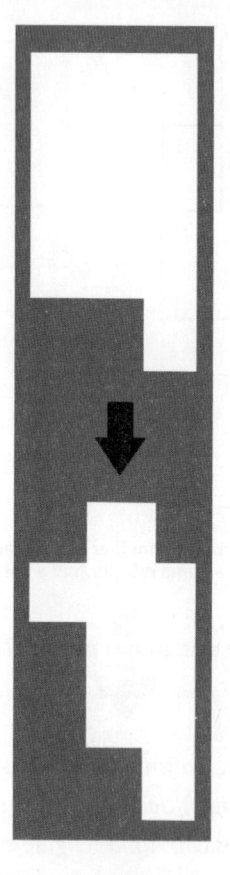

Kurihara: Acredito que originalmente aquela era uma casa comum. Eles devem ter executado obras de redução na estrutura para reproduzirem o corpo da Santa Mãe. E claro que não reproduziram apenas a aparência externa.

Era uma pequena boneca de madeira. Sua nudez estava coberta por um tecido de seda, como o manto de uma donzela celestial. Não era jovem, mas tinha um lindo ros-

to. O que mais chamava a atenção, porém, era seu corpo. Ela não tinha o braço esquerdo nem a perna direita.

Kurihara: O local onde estava a boneca... Atente para a posição do "quarto oculto".

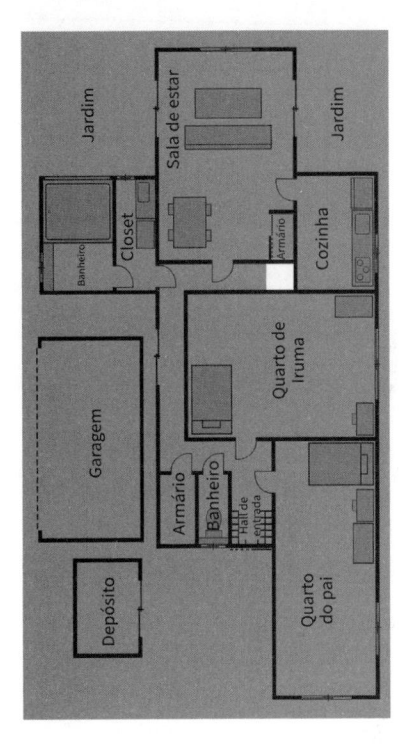

Kurihara: Se você pensar na casa como um corpo, ele está um pouco deslocado do centro do peito.
Autor: O coração... está na mesma posição que o santuário sagrado da Casa do Renascimento.
Kurihara: A real natureza do quarto oculto era a de um santuário sagrado. No da Casa do Renascimento, há a Santa Mãe, mas no da família Iruma colocaram uma boneca. Em outras palavras, a boneca toma o lugar da Santa Mãe... Ou seja, é um ídolo. É como adornar o altar xintoísta com os sete deuses da sorte.

Kurihara: Quer dizer, na impossibilidade de colocar a figura real, a substituíram pela boneca?

Autor: Isso mesmo. Bem, outro ponto a atentar é a localização da cama de Ren Iruma.

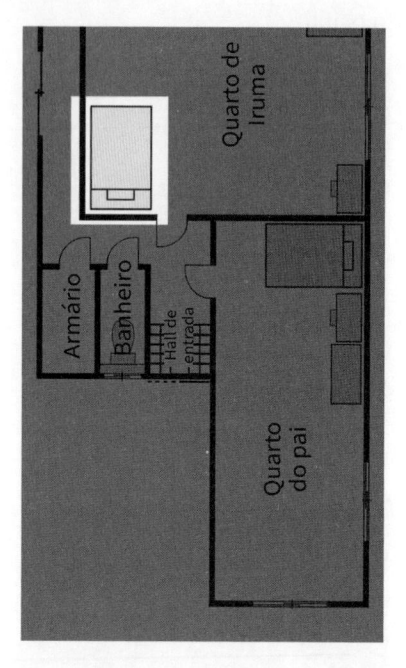

[Planta baixa mostrando: Quarto de Iruma, Armário, Banheiro, Hall de entrada, Quarto do pai]

Kurihara: Esse local é claramente o "útero", não? Se seguirmos a lógica do grupo religioso, quando Iruma morava na casa dos pais, *todo dia ele renascia como filho da Santa Mãe*.

Os pais de Iruma ingressaram na Congregação para o Renascimento assim que o filho nasceu. O que significava que, na época, eles carregavam um *sentimento de culpa*.

Apavorados ao ouvir do grupo religioso que "esses pecados acabaram sendo transmitidos para seus pobres filhos", os dois reformaram a casa no modelo da Casa do Renascimento, com o objetivo de purificar os pecados infligidos ao filho.

Autor: Mas é de fato possível executar obras de reforma incompreensíveis, eliminando por completo um cômodo ou criando um quarto secreto bizarro?

Kurihara: Uma construtora comum provavelmente recusaria pedidos assim. *Justamente por isso o grupo religioso lucrava de forma vultosa.* É a resposta do segundo enigma.

2. O que eram os "produtos" de milhões a dezenas de milhões de ienes que o grupo religioso vendia aos fiéis?

Kurihara: "Casas." Para ser mais específico, "obras de reforma de casas". Hikura, gestor do grupo religioso, é o presidente da Hikura House, construtora que controla grande parcela do mercado da região de Chubu. Com o poder que ele tem, mesmo uma reforma um pouco absurda devia ser possível.

A Congregação para o Renascimento era uma seita religiosa com base na região de Chubu e que incentivava seus fiéis a efetuar reformas nas próprias casas.

E a Hikura House, uma construtora também influente na região de Chubu.

Ambas estabeleceram uma parceria, uma relação vantajosa para as duas partes.

Kurihara: Compreendendo isso, é possível solucionar o mistério seguinte.

3. O que os homens com vestes religiosas brancas faziam sentados de frente para os fiéis em longas mesas?

Kurihara: Em resumo, era uma conversa de negócios. Os "homens com vestes religiosas brancas" deviam ser vendedores da Hikura House.

> *Havia mesas compridas no vasto terreno, e os fiéis, que na noite anterior compartilharam o espaço de dormir, conversavam com homens trajando vestes religiosas brancas, sentados de frente para eles. Ao me aproximar das mesas, vi sobre elas algumas plantas baixas.*

Kurihara: Levando em conta as plantas baixas em cima das mesas, acredito que eles fizessem consultas ou orçamentos dos custos das reformas para transformar as casas dos fiéis em Casas do Renascimento. As vestes religiosas eram usadas para ludibriar os fiéis. Se estivessem de terno, logo se revelaria o objetivo comercial deles. E, bem, fica claro que os pais de Iruma eram fiéis, mas, dentre os onze documentos, aparecem outras pessoas que também sofreram lavagem cerebral do grupo religioso.

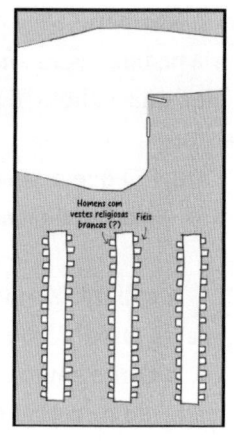

Kurihara apontou para o Documento 7, "A casa do tio".

DOCUMENTO 7 – A CASA DO TIO

DIÁRIO DO MENINO QUE SOFRIA AGRESSÕES E MORREU

- Naruki Mitsuhashi, de nove anos, morava com a mãe em um apartamento.
- Em geral, ele não tinha o que comer e sofria agressões da mãe.
- Em determinada ocasião, o "tio", um homem misterioso, visitou o apartamento e convidou Naruki e a mãe para sua casa.
- O "tio" tratou Naruki com gentileza, lhe oferecendo uma deliciosa refeição.
- A partir de então, uma vez a cada vários meses, o "tio" convidava o menino para sua casa.
- Em determinada ocasião, o "tio" percebeu que Naruki era agredido fisicamente e decidiu afastá-lo da mãe e mantê-lo protegido em sua casa.

- Dias depois, a mãe foi até a "casa do tio" na companhia de um "homem loiro" para buscar o filho.
- A mãe levou o menino para a casa do "homem loiro".
- Ele sofreu agressões violentas do homem e morreu algumas semanas depois.
- Após a morte de Naruki, o diário que ele escrevia até pouco antes de morrer foi publicado sob o título *O monólogo de um menino: o derradeiro diário de Naruki Mitsuhashi*.

Kurihara: Foi um relato doloroso. Só de ler me senti mal. O falecido Naruki Mitsuhashi, porém, deixou muitas informações importantes. Vamos tentar inferir a planta da "casa do tio" a partir de seus escritos.

Kurihara começou a desenhar no bloco de notas.

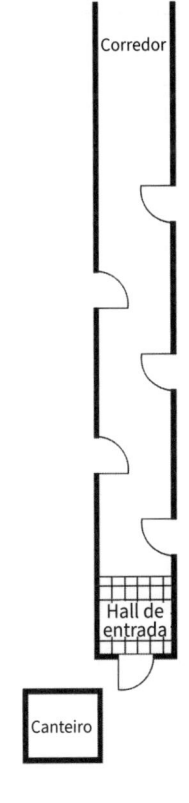

Fiquei impressionado com um canteiro bem grande do lado esquerdo da porta. Quando entrei na casa, bem no centro tinha um corredor com muitas portas.

Kurihara: À esquerda do hall de entrada havia um canteiro. Ao entrar na casa, havia um corredor central. Um corredor com muitas portas.

Entrando pela porta mais perto, à direita, tinha uma televisão grande e uma mesa. Da janela, eu via o canteiro e a porta da casa. E consegui ver carros passando rápido lá fora.

Kurihara: A "porta mais perto, à direita" deve significar a "porta do lado direito de quem entra". Pelo contexto, a gente chega à conclusão de que é a sala de estar. O ponto importante é que da janela da sala de estar dá *para ver a porta do hall de entrada.*

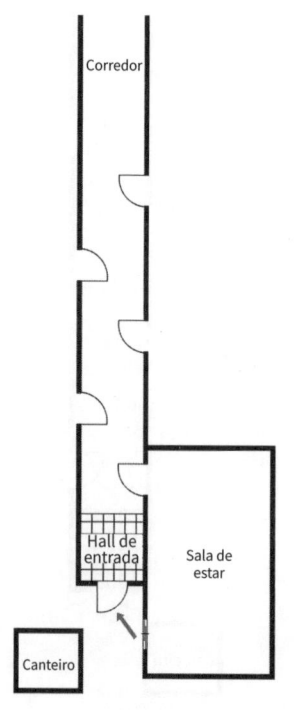

Kurihara: Ela provavelmente se projeta na direção do jardim frontal.

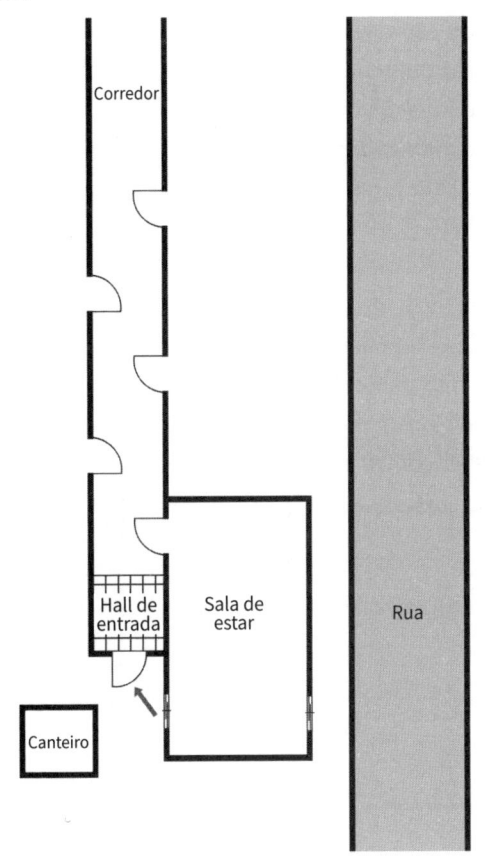

Kurihara: E, pela descrição "consegui ver carros passando rápido lá fora", dá para entender que um lado da sala de estar é virado para a rua. Naruki, a mãe e o "tio" faziam todas as refeições nesse cômodo. O menino naturalmente passou a reconhecer esse local como o cômodo onde comiam. Já sobre o cômodo contíguo a essa sala, há dois tipos de descrição relacionados.

> (1) *Depois da janta, fui para o corredor e entrei no quarto ao lado. "Esse é o seu quarto, Naruki", o tio me disse.*

(2) Depois, fui para o corredor e entrei no quarto do lado da sala onde tomei o café da manhã. Tinha uma janelona e dava para ver o canteiro. Dentro do quarto, tinha uma coisa parecida com uma bicicleta. O tio disse que é uma "aerobike". Experimentei pedalar e achei divertido.

Nesse quarto, tinha outra porta. Abri, e era um quarto vazio. Dali também consegui ver o canteiro e, de outra janela, o rio.

Kurihara: Em ambos temos menções a um quarto ao lado da sala onde eles faziam as refeições, mas, se considerarmos as descrições, não parece se tratar do mesmo cômodo. Devemos imaginar que *existem dois "quartos ao lado"*. Então, onde cada um deles se encontra exatamente?

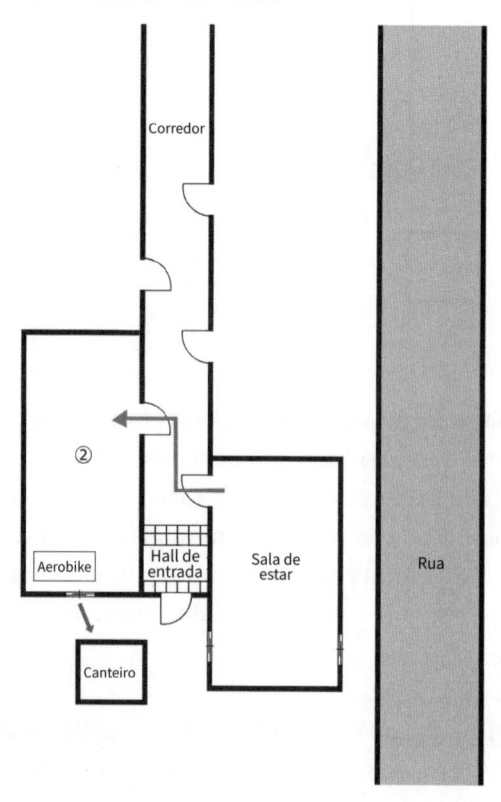

Kurihara: Para ir da sala de estar ao cômodo ②, Naruki foi para o corredor. Além disso, está descrito que desse cômodo era possível "ver o canteiro". Portanto, pode-se deduzir que ② é o *cômodo do lado oposto do corredor*. O pequeno Naruki provavelmente não conhecia a palavra "oposto". Além disso, o cômodo ② tem uma porta que dá em outro cômodo de onde também é possível vislumbrar o canteiro, logo, podemos imaginar que esteja posicionado do lado esquerdo da planta. Outra informação relevante é que ele *conseguiu ver o rio de outra janela*.

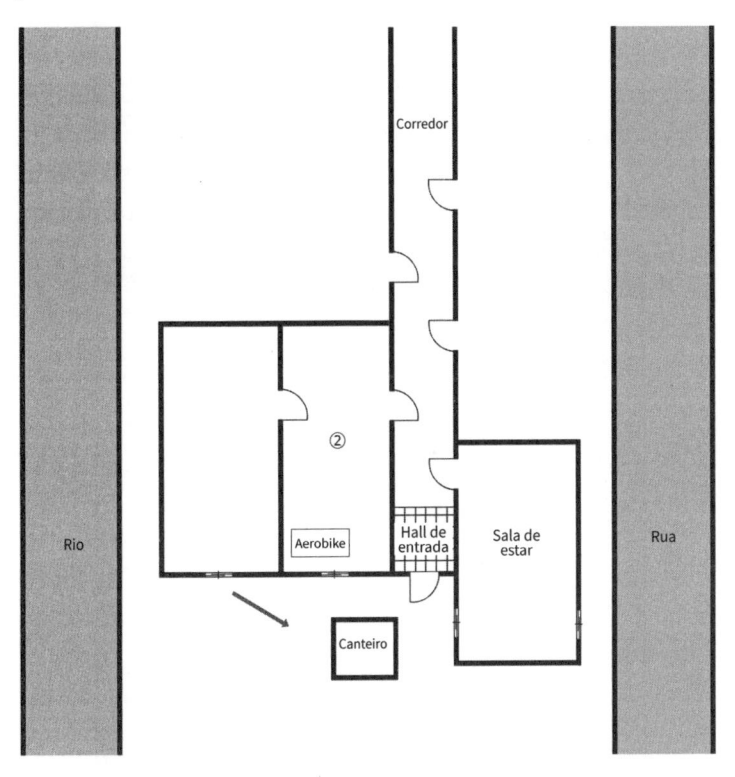

Kurihara: Sendo assim, a posição do quarto de Naruki, o cômodo ①, se define naturalmente, não é?

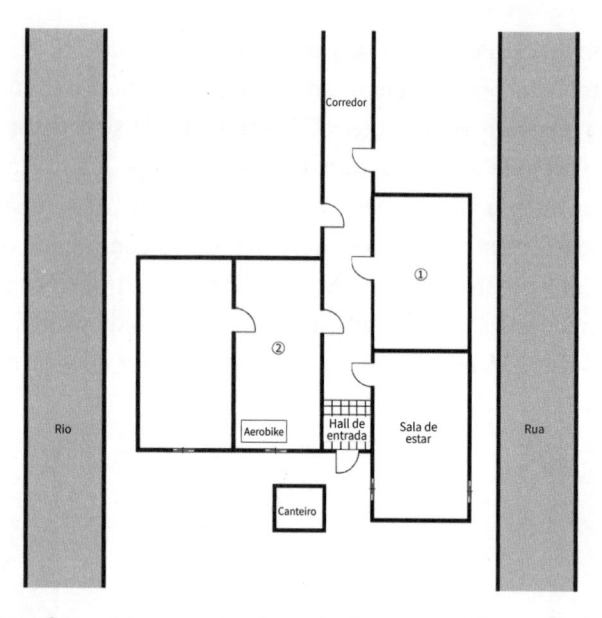

Kurihara: Nesse ponto, é possível ter uma visão geral da casa.

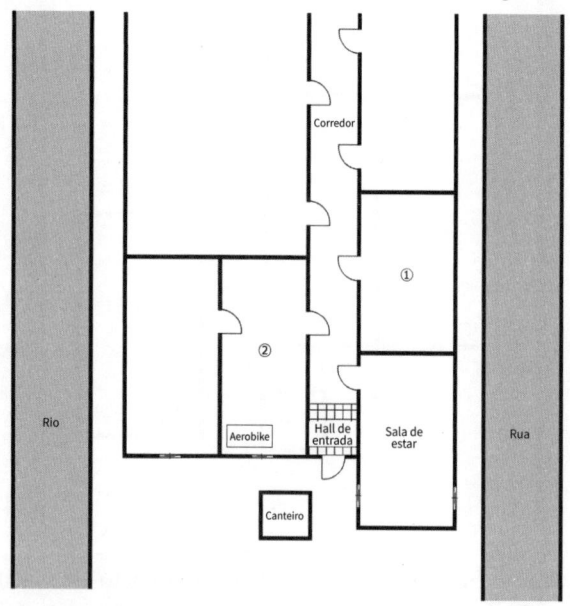

Autor: É incrível você ter desenhado a planta baixa a partir de informações tão escassas.

Kurihara: Graças ao Naruki. Ele deve ter sido uma criança muito inteligente. Descreveu os fatos direitinho, de forma sucinta. No entanto, em meio a isso aparece uma única *descrição estranha que não aparenta ser real*. Em 27 de fevereiro. É uma anotação do diário sobre uma visita à casa do tio depois de três meses.

A sopa de milho e o ovo frito no café da manhã tavam gostosos. Depois, me deu vontade de pedalar a bicicleta que não se mexe, então fui até o quarto ao lado da sala onde tomei o café da manhã e pedalei. Como eu tinha acabado de comer, a barriga doeu um pouco.

Kurihara: Pela menção à aerobike, dá para concluir que é o cômodo ②.

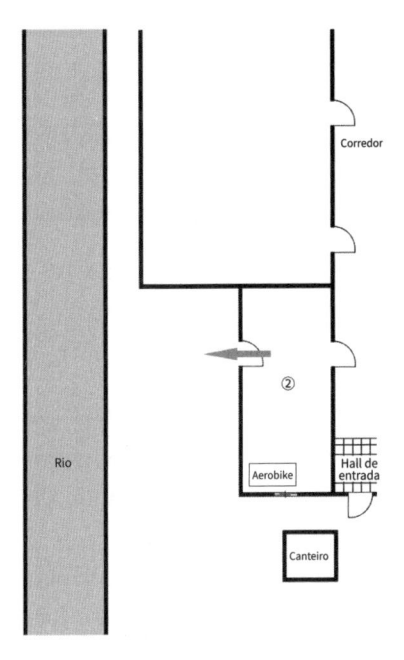

Depois, quando abri mais uma porta, o quarto que tinha ali não tava mais lá e o rio fluía fazendo chuá chuá... *Achei esquisito.*

Kurihara: Essa "mais uma porta" deve se referir à porta que conduz ao cômodo do fundo. Ao abri-la, por algum motivo ele saiu da casa.

Autor: Isso quer dizer que o cômodo sumiu?

Kurihara: A menos que fosse um show de mágica, em geral isso não aconteceria. Mas se a cena vista por Naruki foi real, é possível formular uma hipótese. *Nesses três meses, o tio realizou uma obra de redução na construção*. A obra eliminou um cômodo. Assim, o formato da casa passou a ser o seguinte.

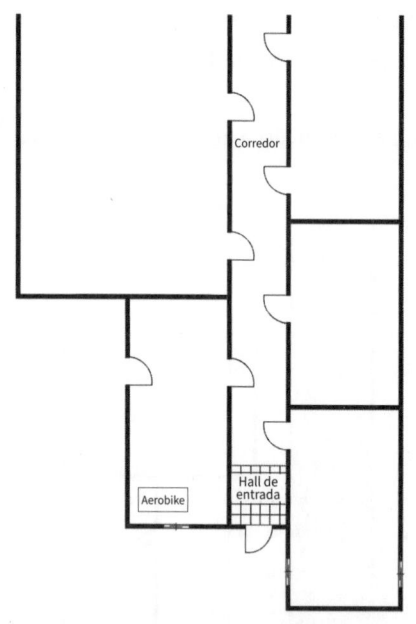

Kurihara: Não acha semelhante à casa dos Iruma?

Autor: Não me diga que o tio reformou a casa para deixá-la parecida com a Casa do Renascimento?

Kurihara: Há uma anotação que corrobora a hipótese de que ele era um fiel da Congregação para o Renascimento.

Depois, o tio me levou até o quarto mais afastado do corredor. Era um quarto pequeno com uma boneca marrom, e fiquei com medo.

Kurihara: Não sei onde exatamente estaria esse cômodo, mas posso deduzir mais ou menos o local a partir do comentário de que era o cômodo "mais afastado do corredor". Naruki sempre circulou próximo ao hall de entrada na casa do tio. Portanto, não seria estranho que sua ideia de "mais afastado" fosse a de um lugar distante do hall de entrada.

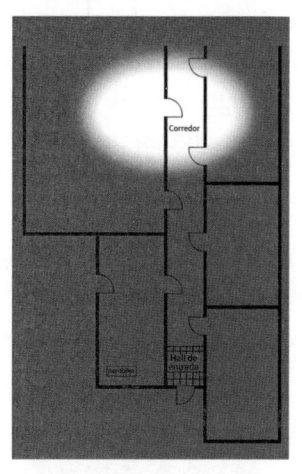

Kurihara: Sendo assim, pode-se imaginar que o "quarto mais afastado do corredor" esteja posicionado na parte superior da planta. Na *posição do coração*.

O tio disse: "Aqui é o coração da casa, por isso, nunca tranque a porta." Eu não entendi por quê.

Autor: O quartinho na posição do coração... uma boneca dentro dele... Seria o santuário sagrado?
Kurihara: De acordo com a declaração do tio de que "aqui é o coração da casa", não parece haver dúvidas quanto a isso.
Autor: Mas qual o sentido desse negócio de "por isso, nunca tranque a porta" que ele disse logo em seguida?
Kurihara: "Não trancar o coração da casa" parece algo incompreensível, a princípio, mas dá para entender vagamente se isso for um *ensinamento do grupo religioso*.

Autor: Um ensinamento do grupo religioso?

Kurihara: Construir instalações imitando o corpo da líder religiosa, colocar o santuário sagrado na posição do coração... A Congregação para o Renascimento faz o prédio se assemelhar de alguma forma a uma pessoa. "A casa não é um *objeto*, mas um ser vivo"... Essa deve ser a filosofia deles. Se focarmos nisso, dá para entender vagamente o significado das palavras do tio. Como você sabe, o coração envia sangue para todo o corpo por meio dos vasos sanguíneos. Se o coração parar ou os vasos sanguíneos ao seu redor entupirem, o sangue não alcançará os membros nem o cérebro e, em casos mais extremos, a pessoa acabará morrendo. O ato de "trancar o santuário sagrado" não teria, em última análise, o mesmo sentido de "bloquear o coração"? Se isso acontecer, a energia deixa de alcançar toda a casa...

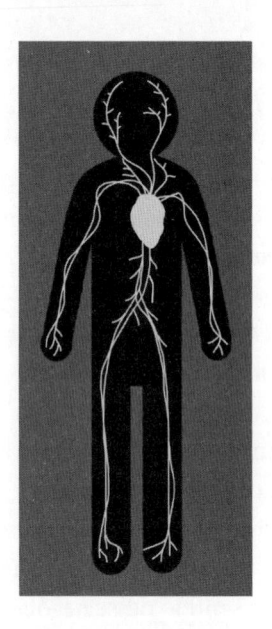

Autor: *E a casa acaba morrendo?*

Kurihara: Essa foi a "filosofia" com que o grupo religioso doutrinou seus fiéis. Isso explicaria as palavras do tio e por que o quarto oculto na casa dos Iruma não ficava trancado.

"Bloquear o coração"... Ao ouvir essas palavras, eu me recordei de uma passagem em um dos documentos.

Era na cena relatada pelo jornalista infiltrado na Casa do Renascimento, quando ele termina de venerar a Santa Mãe.

Pouco depois de sairmos, um som ressoou de repente, vindo do interior do santuário. Levei alguns segundos para perceber que era o grito de um homem. Apurando o ouvido, consegui escutar o que ele dizia.

"Santa Mãe! A senhora mentiu?! Não deveria salvar a mim e ao meu filho?!"

Alguns membros da seita logo correram até o homem. Em menos de um minuto, o seguraram por trás e o retiraram do recinto. Era o homem com o olhar hostil, que havia entrado depois do meu grupo. Devia ter uns quarenta anos. Com suas pálpebras duplas e nariz bem definido, poderia ser descrito como um sujeito atraente.

"Impostora! Se é uma deusa, por que meu filho... Por que Naruki morreu?! Eu vou te matar! Vou bloquear seu coração!", gritava o homem bonito, enquanto era conduzido para fora.

Autor: Por que o homem bonito que causou alvoroço na Casa do Renascimento gritou "vou bloquear seu coração!"?

Kurihara: Certamente ele queria dizer: "Vou trancar o santuário sagrado."

Autor: Entendi...

Kurihara: E o que aconteceu com esse homem bonito depois? Está escrito neste documento.

Kurihara abriu o Documento 8, "Quartos conectados por telefone feito de copos de papel".

DOCUMENTO 8 – QUARTOS CONECTADOS POR TELEFONE FEITO DE COPOS DE PAPEL

MULHER SUSPEITA QUE O FALECIDO PAI TENHA COMETIDO CRIMES

- O pai de Chie Kasahara ganhava muito dinheiro.
- No entanto, ele era "um péssimo pai", que vivia se divertindo sozinho e não colocava dinheiro em casa.
- Kasahara costumava brincar de "telefone de copo e barbante" com ele.
- O telefone era uma brincadeira pensada pelo pai.
- Os quartos de Kasahara e do pai estavam ligados pelo telefone, e eles conversavam de suas respectivas camas.

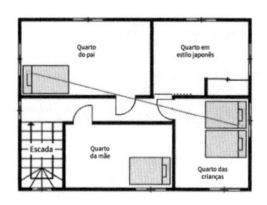

Em meio a isso, aconteceu um incidente.

- Certa noite, Kasahara e o pai conversavam pelo telefone de copo e barbante.
- Por algum motivo, o pai agia de um jeito estranho, falando coisas incoerentes.
- Logo depois, ocorreu um incêndio na casa vizinha, que pertencia à família Matsue.
- Hiroki, filho único dos Matsue, escapou ileso, mas seus pais faleceram.
- Dias depois, Kasahara soube pelo noticiário a verdade sobre o incêndio.
  - A mãe de Hiroki havia se suicidado, ateando fogo ao próprio corpo no quarto em estilo japonês do andar superior.

Como o incêndio na casa dos Matsue afetou os Kasahara?

▼

- Após o incêndio, a personalidade do pai de Kasahara mudou e ele se tornou uma pessoa soturna.
- Certo dia, ele abandonou o lar, deixando os documentos do divórcio e uma soma em dinheiro.
- Alguns meses depois, com saudade do pai, Kasahara pela primeira vez em muito tempo usou o **telefone de copo e barbante para conectar os quartos**.

O que ela percebeu nesse momento?

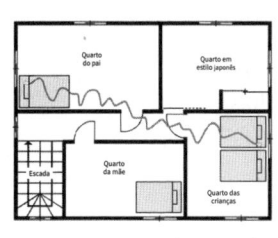

▼

- Por algum motivo, o barbante estava frouxo. Ou seja, o **barbante era comprido demais**.
- Assim, não se podia ouvir a voz do interlocutor.
- Então, de que forma o pai conversava com Kasahara?

A que conclusão Kasahara chegou com isso?

▼

Na noite do incêndio, o pai se infiltrou sorrateiramente no quarto em estilo japonês da casa dos Matsue e matou a mãe de Hiroki enquanto conversava com a própria filha **pelo telefone de copo e barbante**. → Depois disso, incendiou a casa.

- O telefone de copo e barbante foi um instrumento para "criar um álibi".
- A personalidade do pai mudou devido ao sentimento de culpa pelo crime cometido (?).

Casa dos Matsue — Casa dos Kasahara

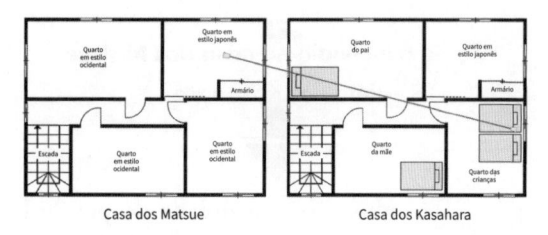

Tanto a casa dos Kasahara quanto a dos Matsue foram construídas para venda a pronta entrega, e suas plantas baixas eram idênticas.

Depois disso, o que aconteceu com o pai?

- Cometeu suicídio em um quarto na nova casa.
- Segundo os vizinhos, a casa passava por obras de reforma até pouco antes de sua morte.
- No meio das coisas deixadas pelo pai, por algum motivo havia uma foto de Naruki Mitsuhashi.

TRÊS HOMENS

Certo dia, [Kasahara] foi informada da morte do pai, em 1994. Dois anos após o incêndio na casa dos Matsue...

Kasahara: *Aparentemente, ele se suicidou. Se trancou em um cômodo da própria casa, vedou as janelas com fita adesiva e tomou uma grande quantidade de remédios para dormir. Ouvi dizer que havia uma boneca estranha ao lado do corpo... Não entendi nada. Ele devia estar com a mente perturbada.*

Autor: *Quando você diz "da própria casa", está se referindo à nova residência do seu pai?*

Kasahara: *Isso. Depois do divórcio, ele comprou uma casa de segunda mão na cidade de Ichinomiya, na provín-*

cia de Aichi. Fui lá pela primeira vez por conta do funeral. Era uma grande casa térrea com um canteiro na entrada. Segundo os vizinhos, parecia estar sendo reformada até pouco antes de sua morte.
Autor: *Reformada?*
Kasahara: *Aham. Uma reconstrução difícil de entender. Eles disseram que foi uma "redução"... Ouvi dizer que demoliram por completo um cômodo da casa. (...) Ah, e aconteceu mais uma coisa estranha com relação à casa do meu pai. Quando estava organizando os pertences dele, encontrei uma foto. Era de um menininho comendo omuraisu na nova moradia do meu pai. Ele era muito franzino e tinha vários hematomas pelo corpo.*
Autor: *Hematomas?*
Kasahara: *Foi doloroso de ver. Esse menino não era nosso parente e eu não o conhecia, mas seu rosto me pareceu familiar! Só depois eu me lembrei de ter visto uma foto dele em um noticiário. Ele se chamava Naruki Mitsuhashi e morreu depois de sofrer agressões dos responsáveis.*

Pensei naquilo de novo. Realmente, tinha uma ligação.

Kurihara: O suicídio do pai de Chie Kasahara, a morte do menino Naruki por agressões físicas e a infiltração do jornalista na Casa do Renascimento são todos fatos que ocorreram em 1994. Não há dúvidas disso. O pai de Kasahara, o tio, o homem enfurecido na Casa do Renascimento... esses três *são todos a mesma pessoa*. Vamos juntar os três documentos e fazer uma análise da vida do pai de Kasahara. O sr. Kasahara morava na cidade de Hashima, na província de Gifu, e era um vendedor experiente de carros importados. Era casado e tinha dois filhos (Chie Kasahara e seu irmão mais velho), mas não contribuía com as despesas da família e se divertia sozinho fora de casa todas as noites, sendo um péssimo pai. Após o incêndio na casa vizinha, ele passou a ter uma personalidade soturna. Por fim, abandonou o lar, deixando os documentos do divórcio e uma soma em dinheiro. Em seguida, o sr. Kasahara se mudou para a cidade de Ichinomiya, na província de Aichi, e comprou uma casa térrea de segunda mão. Imagino que nessa época ele já tivesse ingressado na Congregação para o Renascimento. Seguindo os ensinamentos do grupo, ele reformou a casa para que se parecesse com a Casa do Renascimento e convidou várias vezes a sra. Mitsuhashi e o filho para visitá-la. Em outras palavras, ele realizava o "treinamento" de Naruki. Certo dia, porém, surgiu de repente um homem loiro que levou o menino embora. Naruki foi agredido por esse homem e acabou morrendo. Depois disso, em uma reunião da Congregação, o sr. Kasahara protestou diretamente com a Santa Mãe, gritando: "Impostora! Se é uma deusa, por que meu filho... Por que Naruki morreu?! Eu vou te matar! Vou bloquear seu coração!" Ele se enfureceu por não ter sido levado a sério e por ter sido expulso dali...

> *Kasahara: Aparentemente, ele se suicidou. Se trancou em um cômodo da própria casa, vedou as janelas com fita adesiva e tomou uma grande quantidade de remédios para dormir. Ouvi dizer que havia uma boneca estranha ao lado do corpo... Não entendi nada. Ele devia estar com a mente perturbada.*

Kurihara: Ele se trancou no santuário sagrado de onde morava e *tentou assassinar a casa*. Por quê? Porque a casa era a Santa Mãe. O sr. Kasahara reformou a casa e treinou Naruki, acreditando nos ensinamentos dela. Apesar disso, o menino morreu. O sr. Kasahara se sentiu traído pela Santa Mãe. Assassinar a casa foi uma forma de se vingar dela. Uma história triste, não acha? Uma atitude que não teria qualquer efeito sobre a Santa Mãe.

"Se assassinar a casa, a Santa Mãe também vai morrer"... Apesar de se sentir traído, ele não conseguiu se desvencilhar da lavagem cerebral do grupo religioso.

Autor: Mas qual a relação entre o sr. Kasahara e Naruki?

Kurihara: Para entendermos a relação entre ambos, em primeiro lugar é preciso entender a verdade acerca do incêndio na casa dos Matsue.

Kurihara colocou o Documento 9, "Som de passos em direção ao local do assassinato", ao lado do Documento 8.

DOCUMENTO 9 – SOM DE PASSOS EM DIREÇÃO AO LOCAL DO ASSASSINATO

O primogênito Hiroki Matsue conta sua perspectiva do incêndio na casa da família.

O que Hiroki acha a respeito do incêndio?

⬇

"Meu pai incendiou a casa para matar minha mãe."

Por que ele acha isso?

⬇

Pouco depois das 22h | Por volta das 22h30

- Na noite do incêndio, o pai saiu do próprio quarto e foi ao quarto da mãe de Hiroki.

- Meia hora depois, o pai desceu correndo as escadas, gritando "Incêndio!", e levou o filho Hiroki, que estava na sala de estar, para fora de casa.

O pai entregou a Hiroki uma moeda de cem ienes e um crucifixo e disse:

▼

"Ligue do telefone público ali na esquina para o Corpo de Bombeiros. (...) Vou procurar sua mãe agora. Não sei por quê, mas ela não estava no quarto dela."

- O pai voltou para dentro da casa para salvar a mãe.

Dias depois, os corpos foram encontrados: o pai caído na escada e a mãe dentro do armário no quarto de estilo japonês, no segundo andar. Junto ao corpo da mãe havia uma lata de querosene, e a polícia chegou à conclusão de que ela havia se suicidado ateando fogo ao próprio corpo.

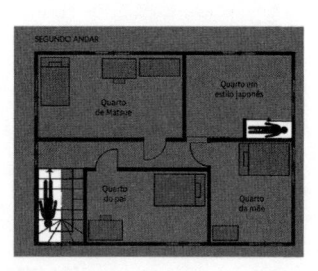

Dedução de Hiroki:

▼

- Pouco depois das dez da noite, o pai dele foi ao quarto da mãe e a fez tomar um remédio para dormir.
- Em seguida, deixou Hiroki em segurança fora de casa.
- O pai retornou para a residência, carregou a mãe até o quarto em estilo japonês, colocou-a no armário e ateou fogo ao local.
- O pai não conseguiu escapar a tempo e acabou morrendo junto.

Por que ele a colocou no armário?
▼

Para criar uma justificativa para Hiroki caso ele perguntasse: "Por que você não salvou minha mãe?"

Que "justificativa" seria essa?
▼

"Não pude fazer nada porque não tinha como encontrar sua mãe, considerando o lugar em que ela estava (dentro do armário)."

Kurihara: Tanto Hiroki, o primogênito dos Matsue, quanto Chie, a primogênita dos Kasahara, cogitavam que o autor do crime eram *seus respectivos pais*. Realmente, os dois agiram de forma incompreensível na noite do incêndio. Sendo assim, não faz sentido concluir que apenas um deles tenha cometido o crime. Devemos pensar que *ambos estavam envolvidos no incêndio*.

Autor: Você sugere que eles eram cúmplices?

Kurihara: Não, não acho que seja assim tão simples. A princípio, vamos colocar em ordem aqui os pontos que devemos elucidar.

- Por que motivo o sr. Kasahara e o sr. Matsue agiram de forma estranha?
- A mãe de Hiroki Matsue foi realmente assassinada? Se sim, quem é o culpado?
- Por que o corpo dela foi encontrado no armário do quarto em estilo japonês?
- Se foi um incêndio criminoso, quem e com que finalidade ateou o fogo?

Em primeiro lugar, vamos analisar o comportamento estranho do sr. Kasahara. A filha Chie disse o seguinte:

Kasahara: *Certa noite, eu e meu pai conversávamos pelo telefone de copo e barbante. Deviam ser umas dez horas. Mas ele estava diferente, com a voz trêmula e a fala incoerente. Ele respondia, mas não era bem uma conversa... era algo sem pé nem cabeça. Em determinado momento, escutei um barulho, se é que se pode chamar assim... um farfalhar estranho. Depois de alguns minutos de um diálogo sem sentido, ele terminou a conversa de repente, dizendo: "Vá dormir, boa noite."*

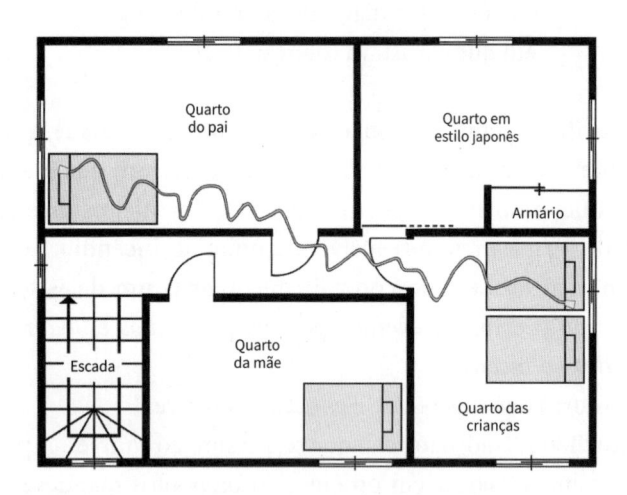

Kurihara: Se considerarmos o comprimento do barbante do telefone, é indubitável que naquele momento o sr. Kasahara estava no andar superior da casa dos Matsue. A questão é: *em que local no andar de cima*? Chie Kasahara achava que era no quarto em estilo japonês, mas eu acredito que não.
Autor: Como assim?
Kurihara: Leia aqui.

Kasahara: *À noite, quando eu não conseguia dormir, ele abria a porta só um pouquinho e jogava um dos copos* *para dentro do quarto. Eu ia pegá-lo, deitava na cama e o encostava no ouvido.*

Kurihara: Quando pai e filha conversavam pelo telefone de barbante, a porta sempre estava "só um pouquinho" aberta. Não é estranho?

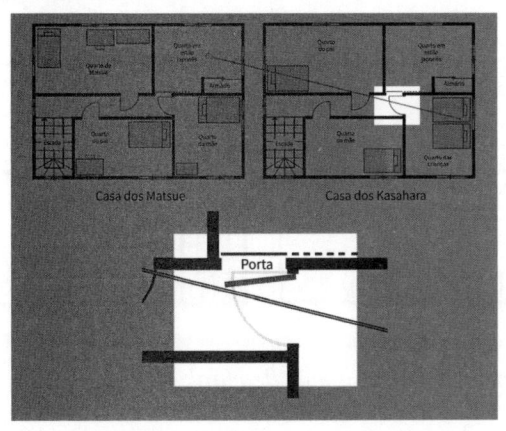

Kurihara: Para que o barbante fosse esticado da cama de Chie até o quarto em estilo japonês da casa dos Matsue, *a porta do quarto dela precisaria estar totalmente aberta.*

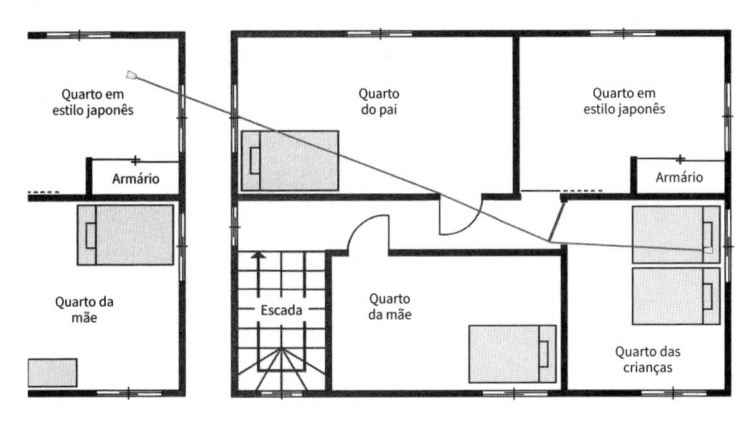

Kurihara: Com a porta entreaberta, o barbante fica obstruído no meio do caminho, impedindo que se ouça a voz do interlocutor. Ou seja, no dia do incêndio, ou melhor, incluindo o dia do incêndio, chega-se à conclusão de que, quando pai e filha usavam o telefone de barbante, *o sr. Kasahara não estava nem no próprio quarto nem no quarto em estilo japonês na casa dos Matsue.*

Autor: Então, onde ele estava?

Kurihara: Em um lugar de onde, mesmo com a porta entreaberta, era possível esticar o barbante do telefone.

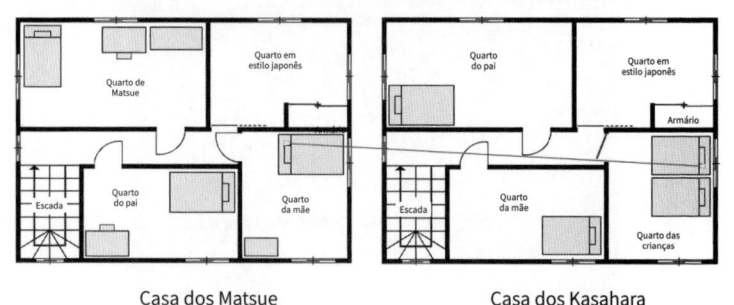

Casa dos Matsue   Casa dos Kasahara

Kurihara: A cama da mãe de Hiroki.

SEGREDO

Autor: Mas... o que o sr. Kasahara estava fazendo lá?

Kurihara: É apenas suposição minha, mas o sr. Kasahara... não poderia estar tendo um caso com a mãe de Hiroki?

Kasahara: Meu pai era um homem bonito para a idade. Tinha uma personalidade frívola, mas às vezes demonstrava gentileza. Era o que se pode chamar de homem bem-apessoado.

Kasahara: Meu pai voltava para casa tarde toda noite, cheirando a álcool, dormia roncando, e nós nos perguntávamos por onde ele teria andado. Que vida boa, né?

Kurihara: Ele era um playboy bonito e frívolo. Além disso, ganhava bem. Devia fazer sucesso com as mulheres. Fica claro pelos documentos que ambos os casais, Kasahara e Matsue, não tinham uma boa relação conjugal.

Kasahara: Sem poder falar diretamente com ele, minha mãe sempre se queixava com os filhos. "Não devia ter me casado com aquele homem", resmungava.
Matsue: Meus pais não se davam bem. Mesmo casados, não se falavam e pareciam não querer se ver. Provavelmente também não mantinham relações sexuais.

Kurihara: E as duas famílias tinham um relacionamento cordial. Não seria estranho se o sr. Kasahara e a sra. Matsue tivessem alguma ligação. Até que, cansados de um "simples adultério", os dois passaram a buscar estímulos mais fortes, mais emoção. O sr. Kasahara não pode ter tido a ideia de transar com a vizinha enquanto conversava com a própria filha? É horrível, mas cada um tem seus fetiches, não?

E eu achando que o sr. Kasahara havia criado o telefone de copo e barbante por afeição paterna pela filha medrosa... Não havia sido isso, então? Ele apenas tinha usado a filha para injetar adrenalina na sua vida sexual?

Kasahara: Sentia a voz de meu pai mais terna e gentil do que de costume... Contei a ele um monte de segredos.

Eu me senti deprimido ao me lembrar das palavras de Chie Kasahara.
Kurihara: No dia do incêndio, provavelmente o sr. Kasahara entrou pela janela do quarto da amante carregando consigo o telefone de copo. No entanto, encontrou algo terrível ali. *O cadáver dela.*
Autor: O cadáver?!

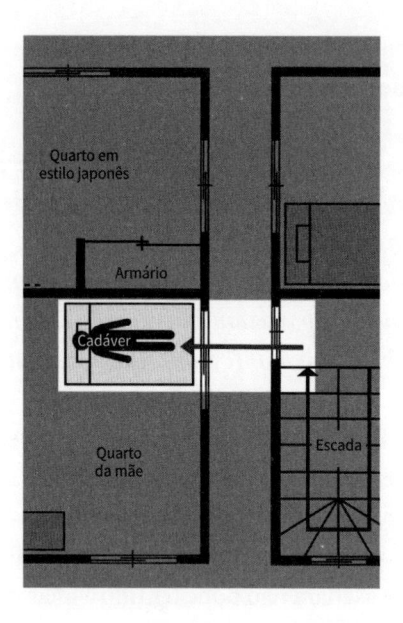

Autor: Ou seja, nesse momento, a mãe de Hiroki já estava morta?
Kurihara: Sim. Na minha visão, o sr. Kasahara não é do tipo que cometeria um assassinato. Se fosse esse tipo de pessoa, ele teria atacado a Santa Mãe diretamente. Ele não foi o culpado, apenas encontrou o cadáver. A conversa com Chie deve ter sido incoerente por ele estar surpreso e com medo.

Kasahara: Mas ele estava diferente, com a voz trêmula e a fala incoerente.

Autor: Então o criminoso era o pai de Hiroki Matsue?
Kurihara: Não. Também não. Porque ele era católico.

Matsue tirou do bolso da camisa um pingente prateado. Representava a cruz em que Cristo tinha sido crucificado.
Matsue: Meu pai era um católico fervoroso. (...) Minha casa foi totalmente destruída pelo fogo, então esta é a única lembrança que eu tenho.

Kurihara: As pessoas em geral por aqui não estão acostumadas com crucifixos cristãos. É um crucifixo usado pelos católicos. E, para os católicos, matar alguém é expressamente proibido. Custo a crer que um católico fervoroso a ponto de querer batizar o filho no Japão cometesse um assassinato.
Autor: Então, quem é o culpado?
Kurihara: A pista está no testemunho de Chie.

Kasahara: Em determinado momento, escutei um barulho, se é que se pode chamar assim... Um farfalhar estranho.

Kurihara: Durante a conversa pelo telefone de copo e barbante, ela ouviu um farfalhar. O que foi isso? Vale lembrar que um telefone de copo e barbante não capta o som ambiente. Sendo assim, chegamos à conclusão de que esse som foi produzido pelo próprio sr. Kasahara, que estava ao lado do copo de papel. Imagine. Enquanto segurava o copo, ele deve ter tocado em algo. E isso produziu o farfalhar. Não poderia ser um papel?
Autor: Um papel?
Kurihara: Ao lado do corpo havia um envelope. O sr. Kasahara o pegou, abriu e tirou o conteúdo. Agora que falei isso, você já deve ter entendido, não?
Autor: Seria... uma carta de despedida?
Kurihara: Sim. A mãe de Hiroki *se suicidou*.

CARTA DE DESPEDIDA

Kurihara: O sr. Kasahara ficou chocado com o teor da carta quando a leu. E fugiu de volta para sua casa, apavorado.

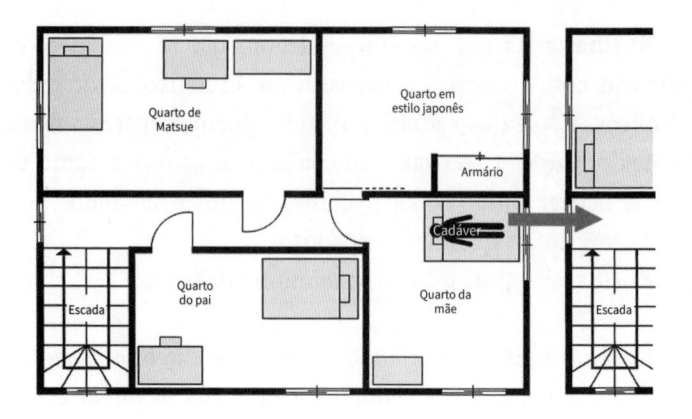

O sr. Kasahara foge de volta para sua casa.

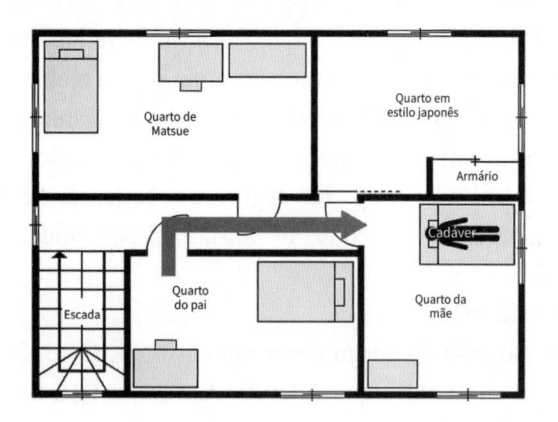

O sr. Matsue vai ao quarto da esposa para verificar a situação.

Kurihara: Ele devia estar tão abalado que fez algum barulho quando fugiu. Ao ouvir esse ruído, o sr. Matsue fica desconfiado e vai até o quarto da esposa dar uma conferida nela. Então se depara com a esposa morta. E é aí que começa a agir de forma estranha.

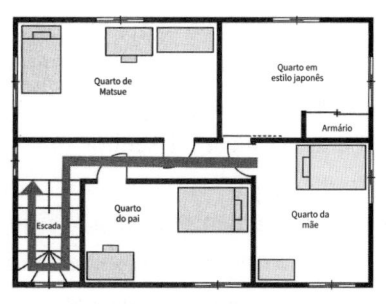

Ele leva Hiroki para fora da casa.

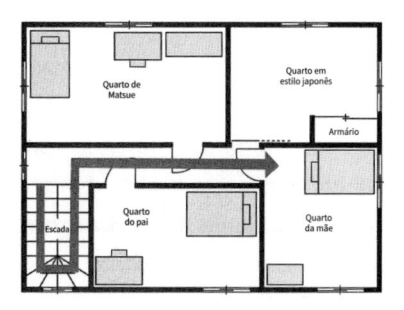

Volta para o quarto da esposa.

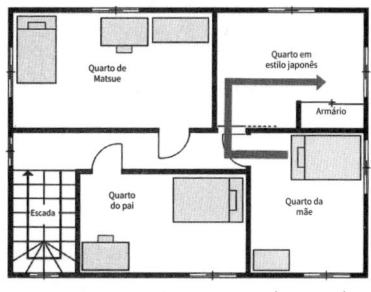

Carrega o corpo da esposa até o armário.

Kurihara: Após um silêncio de trinta minutos, ele desce ao térreo e leva o filho Hiroki para fora, depois volta para casa, carrega o corpo da esposa até o quarto em estilo japonês e o coloca no armário. Derrama querosene no corpo e ateia fogo.

Autor: Hum... não entendo por que ele teria feito isso.

Kurihara: Se ele tivesse apenas descoberto o corpo, bastaria informar à polícia. Mas não foi o que o sr. Matsue fez. Por quê?

Possivelmente, ele também leu a "carta de despedida". E tomou conhecimento de algo. O incêndio foi consequência disso. Então, o que estava escrito na carta?

Kurihara pegou uma caneta e desenhou uma grande cruz no bloco de notas.

Kurihara: Isso também tem profunda relação com o fato de ele ser católico. Porque o catolicismo proíbe não apenas assassinatos, como também atividades sexuais que não sejam destinadas à procriação... sobretudo o adultério.

Matsue: Meus pais não se davam bem. Mesmo casados, não se falavam e pareciam não querer se ver. Provavelmente também não mantinham relações sexuais. Minha mãe não tinha autonomia financeira e meu pai não era capaz de fazer trabalhos domésticos. Por isso, não se divorciaram e seguiam fingindo ser um casal.

Kurihara: Talvez a esposa estivesse frustrada com a abstinência sexual do marido. Deve ter sido por conta disso que ela começou a ter um caso com o sr. Kasahara. E o importante vem agora: será que a sra. Matsue não estaria *esperando um filho do sr. Kasahara*?

Autor: Hein?

Kurihara: Por não ter relações sexuais com o marido, o adultério automaticamente se revelaria no momento em que a gravidez fosse descoberta. O esposo era um católico rigoroso. De forma alguma a perdoaria.

Até a vigésima segunda semana, seria possível abortar, mas ela podia estar sofrendo tanto com a situação que acabou deixando esse prazo passar... e não tinha para onde fugir.

Pressionada psicologicamente, ela deixou a carta e se suicidou... Imagino que tenha sido isso.

Kurihara: O sr. Matsue deve ter ficado sentido. Havia, porém, uma questão mais importante para ele.

Matsue: *Meu pai era um católico fervoroso. Aparentemente, ele queria que eu fosse batizado, mas minha mãe se opôs e conseguiu impedi-lo.*

Kurihara: Ele desejava que o filho se tornasse cristão e, ao ler a carta, deve ter pensado: "Desse jeito, Hiroki será obrigado a viver como *o filho de uma adúltera*." Sendo católico, isso devia representar uma desonra. Portanto, ele decidiu esconder a infidelidade da esposa.

Autor: Esconder a infidelidade?

Kurihara: Ele poderia se livrar da carta de despedida, mas não daria para simplesmente apagar a criança no ventre da esposa. O corpo de um suicida é submetido a autópsia judicial pela polícia. Com isso, o fato de que estava grávida seria facilmente descoberto. Portanto, ele *decidiu queimar o corpo para destruir a prova*.

Autor: A intenção era queimar tudo, até o bebê?

Kurihara: Sim. No entanto, ele deve ter considerado o risco de ainda restarem vestígios do bebê no ventre da esposa, caso apenas queimasse o corpo. Depois de analisar por trinta minutos o que deveria fazer, ele decidiu usar uma coisa que tinha à disposição: o armário.

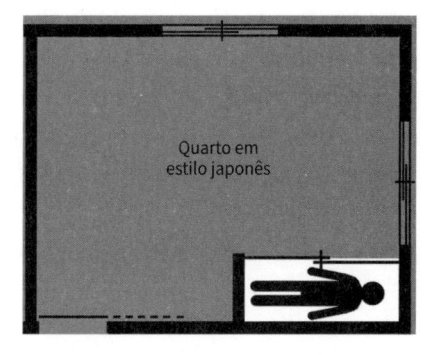

Kurihara: Ele pensou em selar o corpo no armário estreito e queimá-lo totalmente, a ponto de impossibilitar até uma autópsia.

Autor: Quer dizer que ele usou o armário como uma espécie de caixão?

Kurihara: "Como uma espécie de caixão" é uma maneira engenhosa de dizer. Mas a casa dos Matsue era uma residência particular, não uma funerária. Seria impossível queimar *apenas* o armário. Incendiando o móvel, a casa inteira pegaria fogo. Ele provavelmente não se importou com isso.

Autor: Como pode... Para uma criança, mais do que viver como filho de uma mãe adúltera, é com certeza muitíssimo mais difícil perder a própria casa...

Kurihara: As pessoas às vezes fazem escolhas tolas em nome daquilo em que acreditam. Sobretudo quando envolve religião.

Autor: Deve ser mesmo...

Kurihara: Mas, bem, depois disso, o que aconteceu com o sr. Kasahara, o adúltero que causou esse enorme incidente?

Kasahara: Depois disso, meu pai começou a agir de maneira estranha, não sei por quê. Ele tinha uma personalidade toda frívola e alegre, mas ficou soturno, como se fosse outra pessoa.

Kurihara: No fundo, o playboy frívolo devia ser uma pessoa tímida. Ele provavelmente não suportou o peso da culpa em dobro: a amante ter se suicidado por sua causa e a morte da criança que ela esperava. Ele buscou salvação na religião.

Autor: E assim o sr. Kasahara entrou na Congregação para o Renascimento...

Kurihara: Finalmente vemos a verdadeira essência do grupo religioso.

PAIS PECADORES, FILHOS PECADORES

4. Que circunstância especial os fiéis compartilhavam?

Kurihara: Vamos reler o discurso de Masahiko Hikura, gestor do grupo religioso.

Certamente vocês já devem estar cientes dos pecados terríveis que cada um carrega. Esses pecados acabaram sendo transmitidos para seus pobres filhos. Filhos que são frutos dos pecados dos pais. Filhos do pecado. Essas máculas acarretarão diversos infortúnios e farão vocês afundarem nos pântanos do inferno.
Infelizmente, as máculas jamais desaparecerão. Mas elas podem ser reduzidas. Podem ser purificadas por meio de repetidos treinamentos. Antes de tudo, vocês devem se limpar dessas máculas nesta Casa. E amanhã de manhã, após retornarem para suas casas com as máculas um pouco menores do que agora, por favor, iniciem seus filhos nos treinamentos.

Kurihara: "Esses pecados acabaram sendo transmitidos para seus pobres filhos"... Essa maneira de falar pressupõe que as pessoas com quem ele está falando têm filhos. Ou seja, todos os fiéis da Congregação para o Renascimento são pais, o que significa que este é um grupo religioso no qual *só se pode ingressar se tiver filhos*. E não pode ser qualquer criança.
Autor: "Filhos que são frutos dos pecados dos pais"... Seriam os filhos nascidos de adultérios?
Kurihara: Exatamente. Existem muito mais crianças nessa condição do que imaginamos, e seus pais sofrem diariamente, sem poderem falar com ninguém sobre suas preocupações. A Congregação para o Renascimento realizava a lavagem cerebral nessas pessoas se aproveitando dos sentimentos de solidão e culpa que elas carregavam.

5. Por que os fiéis sofriam lavagem cerebral com apenas alguns treinamentos por mês?

Kurihara: O importante na lavagem cerebral era incutir um sentimento de culpa e compreender as fraquezas daquelas pessoas. Os fiéis da Congregação para o Renascimento carregavam um grande sentimento de culpa e fraqueza. Devia ser fácil usar de ameaças e persuasão para controlá-los.

Autor: Entendi...

Kurihara: E pode parecer estranho, mas os ensinamentos do grupo combinavam perfeitamente com a situação do sr. Kasahara, que perdera a amante e o filho.

Filhos que são frutos dos pecados dos pais. Filhos do pecado. Essas máculas acarretarão diversos infortúnios e farão vocês afundarem nos pântanos do inferno.

Autor: Você acha que ele acreditava que a sra. Matsue tinha cometido suicídio por causa dessa ideia de que o pecado atrai infortúnios?

Kurihara: Acho. Ao mesmo tempo, deve ter surgido uma nova inquietação no sr. Kasahara. Isso porque *ele teve um filho ilegítimo com outra amante.*

Autor: Um filho ilegítimo... Você está falando de Naruki?

Kurihara: Sim. Impregnado dos ensinamentos da Congregação para o Renascimento, ele tinha medo de que o infortúnio recaísse sobre Naruki, nascido de um adultério. Por isso, decidiu abandonar a família, comprou uma casa para o filho e a transformou em uma Casa do Renascimento. Ele o levou muitas vezes para sua casa e o fez passar noites ali provavelmente com a intenção de purificar seu pecado. Nesse meio-tempo, porém, o "homem loiro" apareceu e tirou Naruki dele. O homem era o novo namorado da mãe ou um delinquente qualquer que se aproveitou da fraqueza dela, algo assim.

Impostora! Se é uma deusa, por que meu filho... Por que Naruki morreu?! Eu vou te matar! Vou bloquear seu coração!

Autor: Chocado com a morte de Naruki, apesar de seguir os ensinamentos da seita, ele direcionou sua fúria à Santa Mãe.

Kurihara: Pois é. E depois de executar a vingança disparatada de "trancar o quarto", acabou com a própria vida. Era um homem patético. Mas ele refletiu à sua maneira sobre o próprio passado, e talvez essa tenha sido sua tentativa desesperada de se redimir.

O sr. Kasahara tentou construir uma Casa do Renascimento eliminando um cômodo de sua nova casa.

"Eliminando um cômodo"... Essas palavras me soaram como um *déjà-vu*.

Autor: Kurihara. Talvez a família de Negishi também...

Kurihara: Sem dúvida essa história tem relação com a Congregação para o Renascimento.

DOCUMENTO 1 – O CORREDOR QUE NÃO LEVA A LUGAR NENHUM

AS ATITUDES DA MÃE E A ESTRANHA PLANTA BAIXA DA CASA DA FAMÍLIA

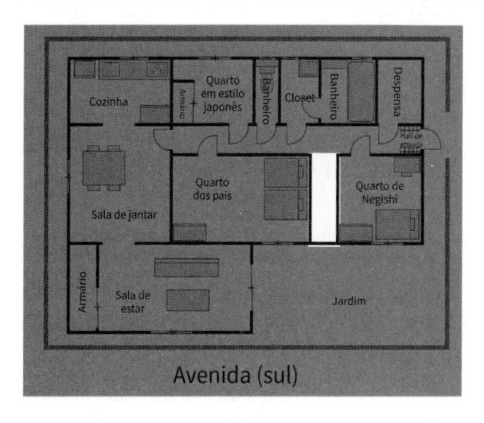

- Na casa da família de Yayoi Negishi, havia um corredor com finalidade desconhecida.

A estranha atitude superprotetora da mãe é uma pista?
⬇

- "Não vá à avenida, é perigoso", a mãe de Negishi não cansava de lhe alertar.

O que se conclui disso?
⬇

- Essa casa foi construída por uma empresa chamada Construtora Misaki, no ano em que Negishi nasceu.
- A planta baixa foi elaborada pelos pais de Negishi, com consultoria da Misaki.
- Inicialmente, o hall de entrada fora construído no lado sul.
- Durante as obras, porém, um caminhão da Misaki atropelou e matou uma criança que residia nas redondezas, na avenida em frente à entrada.
  - Por conseguinte, ela se torna "a casa onde aconteceu um acidente fatal em frente à entrada".
  - Isso é mau agouro e, cada vez que passava por ali, a sra. Negishi se lembrava do acidente.

Então, o que ela propôs à Misaki?
⬇

- "Mudar a posição da entrada."
  - O local do acidente não seria mais visto do interior da casa.

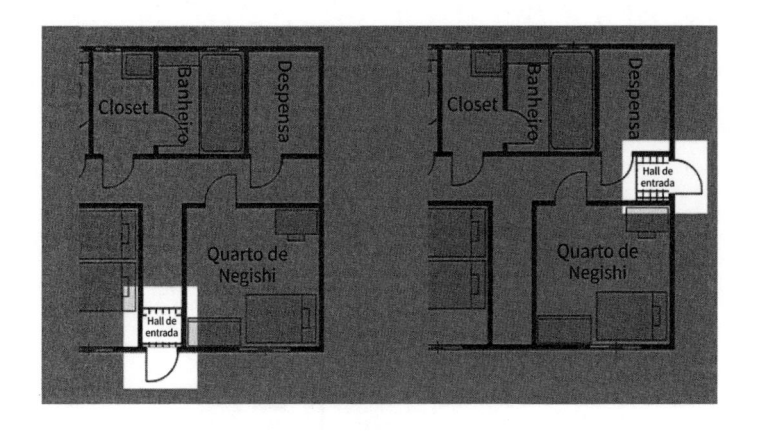

Neste ponto, dois mistérios são elucidados.

- Originalmente, estava previsto que o "corredor que não leva a lugar nenhum" seria a entrada.
- A mãe alertava Negishi para "não ir à avenida" porque temia que a filha sofresse um acidente semelhante.

Pensei que isso resolveria tudo...

Alguns anos após a conclusão da casa, descobriu-se que a mãe solicitou à Misaki uma obra de redução para eliminar o quarto da filha.

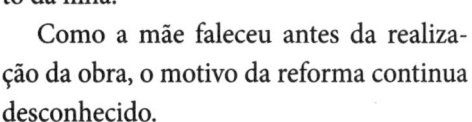

Como a mãe faleceu antes da realização da obra, o motivo da reforma continua desconhecido.

Antes de morrer, a mãe de Negishi consultou a construtora porque queria realizar uma obra de redução para eliminar o quarto da filha. Achei a história incompreensível quando a ouvi pela primeira vez, mas agora que sei sobre a Congregação para o Renascimento, consigo compreender a intenção dela.

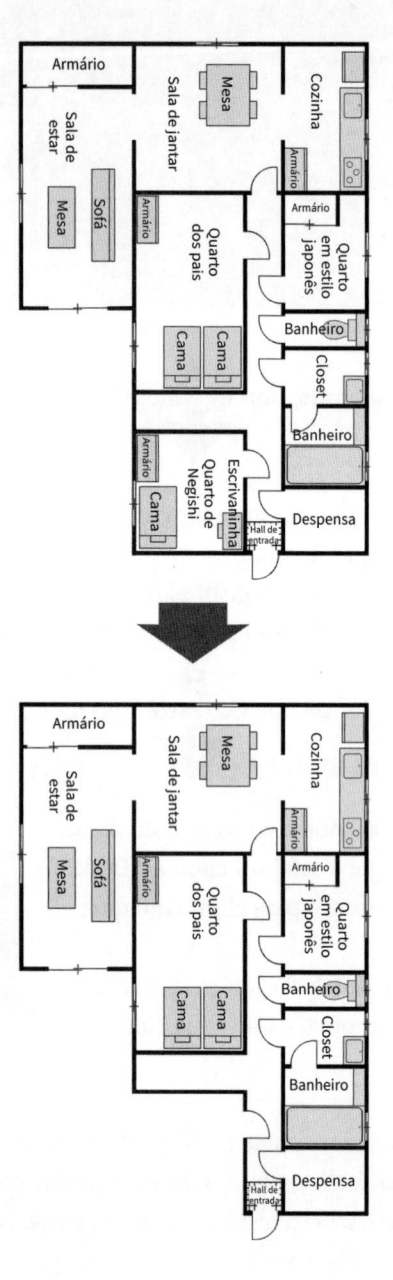

Demolir o quarto de Negishi faria com que o formato da casa ficasse parecido com o corpo da Santa Mãe. É possível afirmar que a redução tão desejada pela mãe de Negishi *era para decepar a perna direita* da casa.

Autor: Isso significa que a mãe de Negishi também era adúltera e acabou tendo um filho ilegítimo?

Kurihara: Provavelmente. E ela decidiu criar a criança como se fosse dela com o marido.

Autor: Hein? Espere um pouco. Não pode ser...

Kurihara: Sim. Yayoi Negishi é a *criança nascida do adultério da mãe*.

SUPERPROTEÇÃO

Kurihara: O que mais me incomoda é a história da avenida na frente da casa.

> *Negishi: "Haja o que houver, não vá à avenida", minha mãe costumava me advertir. "Quando sair de casa, siga pelas vielas." De fato, a avenida tinha uma calçada estreita e perigosa, mas, por ser uma área rural, passavam poucos carros, e sempre considerei esse receio dela algo exacerbado.*

Kurihara: A mãe era sempre fria e ríspida com a filha, mas se mostrava especialmente superprotetora em relação ao acidente. Por que motivo, porém? Eu acredito que ela devia ter medo de que a filha se acidentasse, ficasse gravemente ferida e precisasse de uma transfusão de sangue... o que poderia *revelar seu tipo sanguíneo...*

Autor: E o que tem isso?

Kurihara: Em muitos casos, se descobre um adultério pelo tipo sanguíneo da criança.

```
        Marido ——————— Esposa
        Tipo O                  Tipo O
                      |
                   Criança
                   Tipo O

        Marido ——————— Esposa
        Tipo O                  Tipo O
                      |
                  ~~Criança~~
                   ~~Tipo A~~
```

Kurihara: Por exemplo, é impossível uma criança ser do tipo sanguíneo A se ambos os pais forem do tipo O.

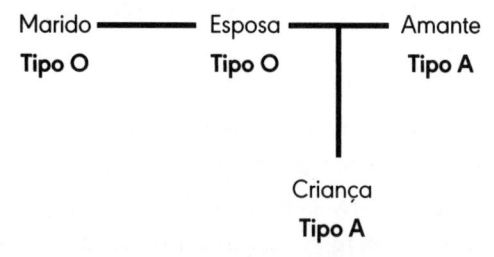

```
  Marido ——— Esposa ——— Amante
  Tipo O       Tipo O         Tipo A
                 |
              Criança
              Tipo A
```

Kurihara: Se isso acontecesse, significaria que a esposa teve um caso extraconjugal com um homem do tipo A ou AB. No passado, era de praxe todas as maternidades realizarem teste sanguíneo nos recém-nascidos. Por isso, havia casos de divórcio logo após o nascimento da criança, assim que a traição era revelada.

Autor: Então, a mãe de Negishi tinha medo de que o adultério fosse descoberto pelo tipo sanguíneo da filha caso ela precisasse de uma transfusão de sangue? Hum... Mas, se antigamente todos os hospitais verificavam o tipo sanguíneo dos recém-nascidos, como não descobriram naquela época?

Kurihara: Talvez por *alguma circunstância* Negishi não pôde ser submetida a um exame desses.

Negishi: *Como mencionei há pouco, eu nasci prematura, dois meses antes da data prevista. Além disso, nasci de cesariana. Deve ter sido um parto de risco, tanto para a minha mãe quanto para mim.*

Kurihara: Num parto prematuro, o bebê nasce quando ainda não está completamente desenvolvido. Por terem o corpo pequenino, esses bebês logicamente não têm muito sangue. Portanto, se evitava efetuar coletas extras de sangue, e havia casos em que não se realizava o exame de identificação do tipo sanguíneo. Claro que foi mera coincidência o fato de Negishi ter nascido prematura. Mas essa casualidade deve ter representado uma sorte para a mãe. Enfim, vamos pela ordem cronológica.

Gravidez fruto de infidelidade

⬇

Decisão de ocultar o fato e ter a criança

⬇

Ingresso na Congregação para o Renascimento

Kurihara: A mãe de Negishi engravidou de outra pessoa. Ela ocultou esse fato e decidiu ter a criança, dizendo ser filha do marido. No entanto, deve ter sido um sofrimento para ela continuar carregando esse segredo sozinha. Foi quando ela soube da existência da Congregação para o Renascimento e ficou impressionada com sua doutrina. Assim como os cristãos que no passado professavam sua fé às escondidas, ela passava os dias venerando a Santa Mãe sem que o marido soubesse. E aí, algo inusitado ocorreu: o tal acidente fatal na entrada da casa.

Kurihara: Um empreiteiro da Construtora Misaki atropelou e matou uma criança bem perto do canteiro de obras de sua casa, no local onde seria a entrada. Naquele momento, ela percebeu algo.

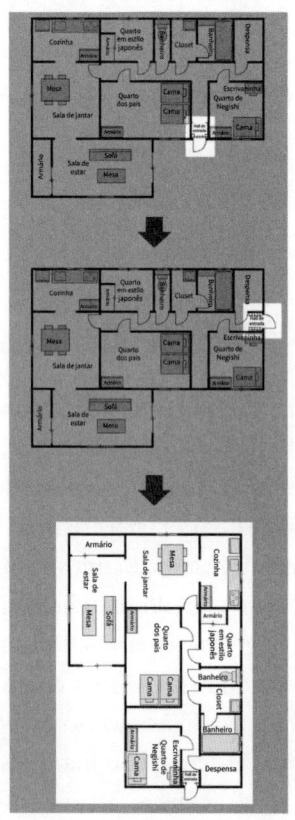

Kurihara: Se mudasse a posição da entrada, a casa ficaria com o formato semelhante à da Casa do Renascimento... uma sorte inesperada. E ela decidiu propor a ideia ao marido.

O pai de Negishi se enfureceu com a construtora.
A mãe de Negishi o acalmou. E resolveu exigir algo.
"Gostaria que trocassem o local da entrada", foi a condição que ela impôs para perdoarem a empresa.

Kurihara: Depois disso, ela teve um segundo golpe de sorte. A filha nasceu prematura e não verificaram seu tipo sanguíneo. Essa sorte, porém, deve ter lhe causado um novo sofrimento. Para a mãe, a filha não seria como uma caixa de Pandora? Um acidente, uma doença, uma doação de sangue... Em que momento identificariam seu tipo sanguíneo? Ela não sabia quando seu pecado seria descoberto. Essa angústia acelerou a dependência da religião. A sra. Negishi se entregou de corpo e alma à Congregação para o Renascimento. Então, aos poucos, ela percebeu algo.

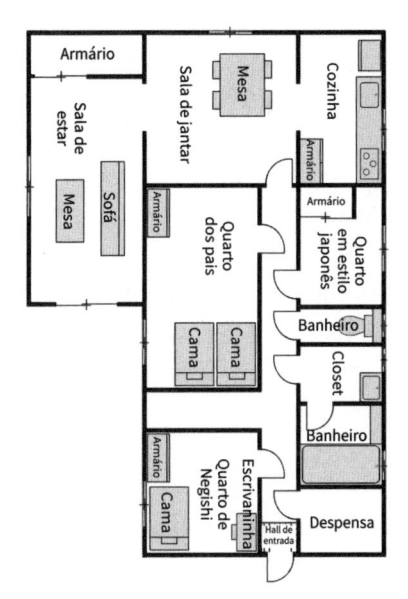

Kurihara: "Como Casa do Renascimento, esta residência é insuficiente"... Ela não poderia estar se sentindo dessa forma? Porque a casa ainda estava longe de ter o formato do corpo da Santa Mãe. Por isso, ela decidiu poupar dinheiro para realizar obras de reforma.

Negishi: Havia um envelope na gaveta da minha mãe contendo sessenta e oito notas de dez mil ienes. Talvez fosse um dinheiro que ela economizava escondido. (...) Quando era saudável, minha mãe trabalhava meio expediente em um restaurante de marmitas...

Kurihara: Mas, por mais que se esforçasse, o trabalho de meio expediente lhe renderia apenas algumas centenas de milhares de ienes.

Fazendo-os adquirir (...) mercadorias de altíssimo valor, que custam milhões ou, por vezes, dezenas de milhões de ienes.

Kurihara: O grupo religioso exigia gastos de, no mínimo, alguns milhões de ienes. Não era uma quantia que qualquer pessoa conseguiria pagar. Ela desistiu de solicitar as obras de reforma para a Congregação para o Renascimento e procurou a Construtora Misaki.

Ikeda: Então, cinco anos após a casa ter sido construída, sua mãe veio sozinha à nossa empresa. Na época, ela me perguntou algo estranho: "Seria possível demolir apenas o quarto no canto sudeste da casa?"

Kurihara: Ela devia ter a tênue esperança de que, pelo que acontecera no passado, eles aceitariam fazer a reforma por um preço módico. No entanto, como era de se esperar, a empresa não executaria uma obra sem sentido por mera boa vontade. Assim, durante sua curta vida, a sra. Negishi foi incapaz de se ver livre de sua ansiedade. O desenrolar dar coisas deve ter sido mais ou menos assim.

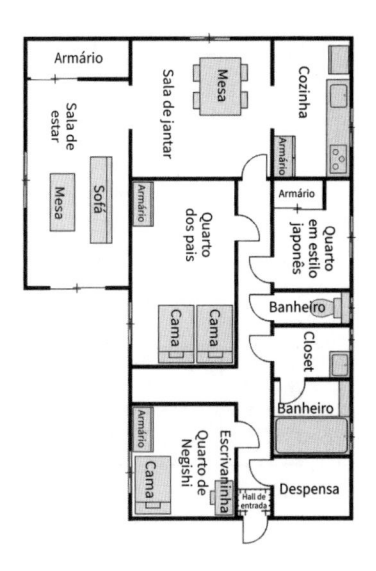

Autor: Talvez não seja pertinente perguntar isso a você, Kurihara, mas será que no final das contas a mãe amava Negishi?

Kurihara: Como o conceito da Congregação para o Renascimento é o de salvar as crianças nascidas de adultérios, dá para pensar que ela amava a filha, sim. No entanto, quando observamos a disposição dos cômodos, é possível chegar a outra conclusão.

Kurihara: Teoricamente, o formato ideal da casa seria com o quarto da filha no local do "útero". É nítido, porém, que o quarto de Negishi não se situa nessa posição. Estaria na "perna". Em contrapartida, a cama da mãe está mais próxima do útero. Talvez mais do que salvar a filha, ela desejasse salvar a si própria. Mas, bem, isso é só uma suposição minha.

PAUSA

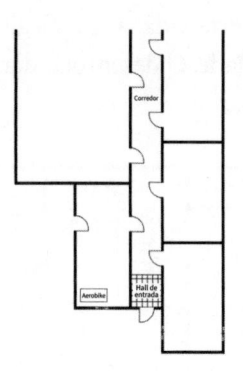

Casa do sr. Kasahara

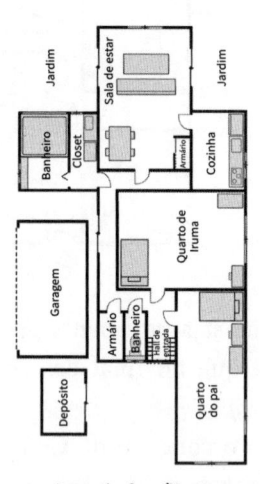

Casa da família Iruma

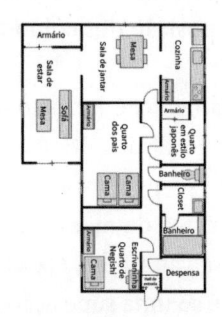

Casa dos pais de Negishi

Kurihara: Assim, você pode ver que a casa dos pais de Negishi, a do sr. Kasahara e a da família Iruma estavam todas relacionadas à Congregação para o Renascimento.

Autor: Os pais de Iruma também teriam cometido adultério?

Kurihara: Certamente foi o mesmo caso de Negishi.

Autor: Ou seja... Iruma nasceu da infidelidade da mãe?

Kurihara: É o que eu acho. Mas o que há de especial na casa dos Iruma é o fato de o *pai ter se envolvido na reforma*. Ele sabia da infidelidade da esposa e aceitou se juntar à seita com ela.

Autor: O que dizer... É um pai tolerante, não?

Kurihara: Provavelmente ele fez isso pelo bem do filho. Contudo, se me permitir um palpite irresponsável, podemos pensar numa outra possibilidade.

Os pais a compraram recém-construída no ano em que se casaram e, oito anos depois, aproveitando o nascimento do primogênito, Iruma, fizeram uma reforma de grandes proporções.

Kurihara: Iruma nasceu oito anos após o casamento dos pais. Foi um pouco tarde, não acha? É apenas uma possibilidade, mas e se o pai de Iruma fosse *fisicamente incapaz de gerar filhos*?

Autor: Infértil?

Kurihara: Sim. Mas o casal queria um filho a todo custo. Então... Bom, fui um pouco longe com esse meu palpite. Vamos parar por aqui.

Ainda sentado, Kurihara se espreguiçou.

Kurihara: Chegamos ao fim da primeira metade. Vamos fazer uma pausa antes de começar a segunda? Vou fazer mais chá pra gente.

SURGIMENTO

Ele colocou água quente na xícara. Do lado de fora, escurecera havia algum tempo.

Kurihara: Até o momento, analisamos que tipo de grupo religioso era a Congregação para o Renascimento. A partir de agora, quero focar na razão do surgimento do grupo religioso e *como ele foi dissolvido*. Bem, para falarmos sobre a Congregação para o Renascimento, não podemos deixar de lado a existência da Santa Mãe, sua líder espiritual. Vamos traçar seu histórico e como ela se tornou essa figura.

Kurihara abriu o Documento 10, "Apartamento impossível de escapar".

DOCUMENTO 10 – APARTAMENTO IMPOSSÍVEL DE ESCAPAR

MÃES E FILHOS ENCARCERADOS NO ESTABELECIMENTO DE PROSTITUIÇÃO OKITO

- Akemi Nishiharu, famosa proprietária de um bar *izakaya*, foi uma *hostess* popular quando jovem.
- Em determinado momento, foi enganada e engravidou de um cliente casado e com filhos. → Foi mãe solo.
- Pensando no futuro, abriu um bar, mas não conseguiu administrá-lo bem e acumulou dívidas.
- Aos vinte e sete anos, declarou falência e, junto ao filho, Mitsuru, à época com sete anos, foi levada para um Okito.

O que é um Okito?
⬇

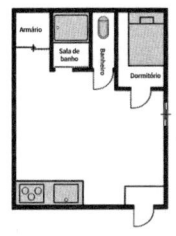

Estabelecimento de prostituição que costumava ser administrado por organizações ilegais. Mulheres endividadas eram obrigadas a viver em um prédio reformado, onde tinham encontros sexuais com clientes. Parte da renda era abatida do valor da dívida. Elas não podiam sair do apartamento até liquidarem por completo essa quantia.

Para evitar fugas, "certas precauções" foram implementadas nos quartos.

Havia uma janela retrátil entre apartamentos vizinhos, criando um sistema de vigilância mútua.

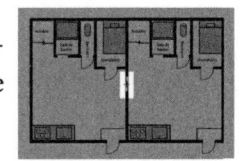

- No apartamento ao lado do de Akemi, Yaeko vivia em condições idênticas.
- Para pagar a dívida, ela também fora encarcerada no Okito, com a filha de onze anos.
- A vizinha Yaeko não tinha o braço esquerdo.

Em geral, era proibido sair do Okito, mas era possível conseguir permissão caso determinada condição fosse atendida.

Essa condição era "levar consigo a criança do apartamento vizinho". Nesse meio-tempo, a criança que ficasse no Okito era vigiada pela mãe do apartamento contíguo.

Akemi e Yaeko utilizaram várias vezes esse sistema.

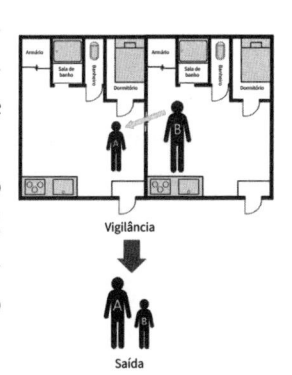

Em determinado momento, ocorreu uma tragédia.
▼

- Mitsuru, filho de Akemi, manifestou seu desejo de "ir à cidade", e a mãe pediu a Yaeko que o levasse.
- No dia da saída, Mitsuru se distraiu, saiu correndo pela rua e quase foi atropelado por um carro.
- Yaeko arriscou a própria vida para protegê-lo e, graças a ela, Mitsuru sofreu apenas ferimentos leves. No entanto, a mulher teve a perna direita amputada.

Depois disso, o que aconteceu com Yaeko?
▼

- Certo cliente assíduo liquidou a dívida de Yaeko e libertou mãe e filha do Okito.

Quem era esse cliente?
▼

- Herdeiro da construtora Hikura House.
- Aparentemente, Yaeko se casou (foi obrigada a se casar) com ele.

Kurihara: Yaeko era vizinha de Akemi Nishiharu no Okito. Ela não tinha o braço esquerdo e, além disso, para salvar Mitsuru, filho de Akemi, ainda perdeu a perna direita. Uma mulher sem o braço esquerdo e a perna direita... Fica claro, pelas descrições contidas na segunda parte do documento, que Yaeko e a Santa Mãe são a mesma pessoa.

Akemi: Na época, um homem frequentava assiduamente o apartamento de Yaeko. Seu sobrenome era Hikura, e ele era o herdeiro de uma construtora, algo assim. Esse homem se apaixonou loucamente por ela. E quitou a dívida inteira. Mas claro que não fez isso por bondade: ele levou embora consigo mãe e filha. (...) O sujeito assumiu a empresa apenas por ser filho do presidente e agora é o presidente do conselho administrativo. É o fim da picada!

Kurihara: "Agora é o presidente do conselho administrativo"... Em outras palavras, esse cliente assíduo era Masahiko Hikura. Foi assim que surgiu a ligação entre Hikura e a Santa Mãe. Gostaria de lembrar aqui o que a Santa Mãe disse aos fiéis no santuário da Casa do Renascimento.

Como sabem, eu nasci como filha do pecado. A mãe do pecado se apossou de meu braço esquerdo e, para salvar o filho do pecado, eu perdi minha perna direita. Com o corpo que me restou, pretendo salvar vocês e seus filhos. Vamos, é hora de renascermos. Repetidas vezes.

Kurihara: "Para salvar o filho do pecado, eu perdi minha perna direita"... Acredito que seja uma referência ao acidente de carro. Realmente, ela pôs a vida em risco para proteger Mitsuru e, como consequência, teve a perna direita amputada. Mas por que Mitsuru é o "filho do pecado"? Isso é explicado no documento.

Aos dezenove anos, Akemi ficou grávida de um cliente. Ele se passava por dono de uma pequena empresa e falava com frequência que queria "formar uma família feliz" com ela, todo sério. Akemi se sentiu atraída pela sinceridade dele e realmente considerou se casar. No entanto, a partir do dia em que ela lhe contou que estava grávida, o homem deixou de aparecer no bar. Algum tempo depois, ela ouviu um estranho boato: aparentemente, ele não era dono de empresa alguma, mas funcionário de um escritório, casado e com filhos.

Kurihara: Akemi foi enganada e engravidou de um funcionário de escritório, casado e com filhos. Em outras palavras, Mitsuru foi gerado a partir de uma infidelidade. Por isso, "filho do pecado".

Akemi: Bem... quando as crianças não estavam, nós costumávamos conversar sobre nossa vida pessoal, e ela me contou que tinha passado por diversas dificuldades.

Kurihara: No Okito, a Santa Mãe Yaeko conversava sobre sua vida pessoal com Akemi. Nessa época, ela soube das circunstâncias envolvendo o nascimento de Mitsuru.
Autor: Então a Santa Mãe Yaeko não estava simplesmente falando de forma oportuna sobre espiritualidade, mas sobre fatos.
Kurihara: Sim. E isso significa que...

Eu nasci como filha do pecado. A mãe do pecado se apossou de meu braço esquerdo e, para salvar o filho do pecado, eu perdi minha perna direita.

Kurihara: "Eu nasci como filha do pecado" e "a mãe do pecado se apossou de meu braço esquerdo" também são fatos. Então, o que houve exatamente?

Akemi: Ela foi abandonada quando era criança. Acho que... numa cabana? Ou algo assim. Parece que a encontraram em uma cabana na floresta. Ou seja, as pessoas que ela acreditava serem seus pais biológicos eram na realidade os pais adotivos... Bem, não é uma história incomum. Ela se disse chocada com a descoberta e fugiu de casa. Falou que continuava odiando os pais adotivos.

Kurihara: "Uma cabana na floresta"... Já ouvimos isso em algum lugar.

Kurihara pegou o Documento 3, "O moinho de água na floresta".

DOCUMENTO 3 - O MOINHO DE ÁGUA NA FLORESTA

O ESTRANHO MECANISMO DO MOINHO DE ÁGUA

- Em 1938, Uki Mizunashi, filha única de uma família à frente de um antigo conglomerado siderúrgico, estava de visita à casa do tio e, ao passear pela floresta próxima, descobriu um moinho de água.

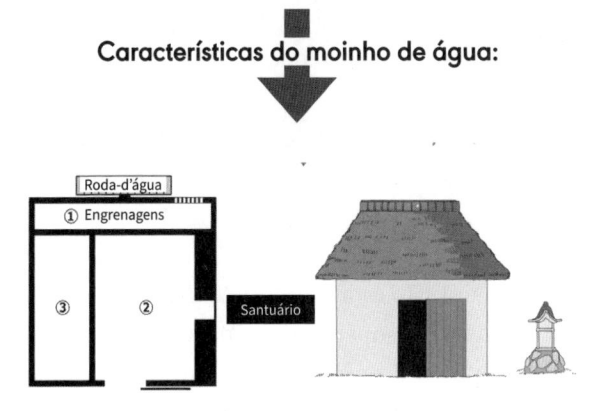

Características do moinho de água:

- Roda-d'água
- ① Engrenagens
- ③ ② Santuário

- Próximo da cabana, havia um santuário contendo a estátua de uma divindade feminina portando uma fruta em uma das mãos.
- Havia três cômodos na cabana.
    - ① O cômodo onde foi instalada a engrenagem; ② o cômodo com a porta; e ③ o espaço que não se abre.
    - Na parede do cômodo ② havia uma "concavidade".

Uki percebe um "mecanismo"

⬇

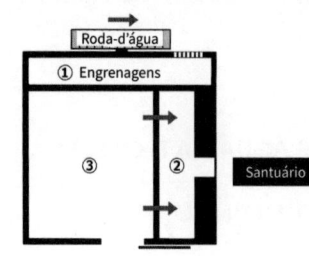

① Engrenagens — Roda-d'água
③ ② Santuário

Quando se gira a roda-d'água, a parede interna se move na direção do giro.

Com isso, abre-se a entrada do cômodo ③, que ela acreditava ser um espaço fechado.

O que havia no cômodo ③?

⬇

Segundo Uki, havia o cadáver de uma garça branca.
Ao vê-lo, ela saiu dali correndo.

Nessa noite, Uki pretendia perguntar aos tios sobre o moinho de água, mas...

⬇

A bebê dos tios não estava passando bem.

"A evolução no pós-operatório não parecia boa, e a base do braço esquerdo da criança tinha infeccionado."

Assim, ela perdeu a oportunidade de perguntar.

Depois, qual foi a conclusão de Uki?

⬇

- O moinho de água talvez servisse como um confessionário.
- Criminosos que não se arrependessem de seus atos seriam encarcerados no cômodo ②, e a roda-d'água seria girada para que eles ficassem presos ali.

- Para fugir da parede que se aproxima, o criminoso se encurvaria e entraria na concavidade.
- Em frente fica o pequeno santuário. → É como se a pessoa se ajoelhasse diante da divindade.

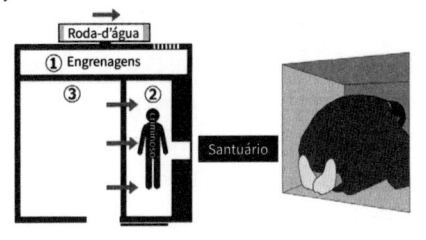

Kurihara: O moinho de água foi encontrado na floresta por Uki Mizunashi, filha de uma família à frente de um antigo conglomerado siderúrgico. O que seria aquilo? O que chama a atenção é a seguinte passagem.

Ao olhar ao redor, avistei do lado esquerdo da cabana algo parecido com um pequeno santuário e resolvi caminhar até lá.

Era um santuário bonitinho, de telhado triangular, feito de uma madeira branca linda, e parecia relativamente novo. Em seu interior, havia uma estátua de pedra de uma divindade feminina portando uma fruta redonda em uma das mãos.

Kurihara: "Uma divindade feminina portando uma fruta redonda em uma das mãos." Apenas essa informação bastaria para um bom conhecedor do budismo saber a qual deidade se refere. É Kishimojin.
Autor: Kishimojin... O nome me é familiar...
Kurihara: É uma divindade que teve origem na Índia e dizem ser protetora das crianças. Na maioria das vezes, a estátua de Kishimojin segura em uma das mãos uma romã, considerada uma fruta auspiciosa, e no outro braço carrega um bebê.
Autor: Uma divindade protetora das crianças?

Kurihara: Sim. O que me incomoda, porém, é que Uki citou apenas a fruta. Provavelmente, a estátua de pedra *não carregava um bebê*.

Autor: Uma estátua de Kishimojin sem um bebê é rara?

Kurihara: Naturalmente, existem diversas variações, dependendo da região ou do artesão, mas a romã praticamente forma um conjunto com o bebê; se ela carrega a fruta em uma das mãos, terá o bebê na outra. Assim sendo, por que a estátua de pedra ao lado do moinho de água não segurava um bebê? É possível entender vendo o desenho da cabana. A estátua está posicionada em um local próximo à concavidade do moinho de água.

Contudo, era impossível ver o lado de fora através desse buraco, então talvez fosse mais adequado chamar aquilo de "concavidade".

Essa "concavidade" quadrada ficava no centro da parede e era grande o suficiente para que eu conseguisse entrar de forma confortável, caso encurvasse o corpo.

Kurihara: Essa concavidade *não teria sido criada para que fosse colocado um bebê ali?*

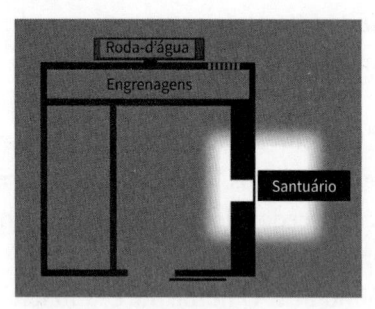

Autor: Para que fosse colocado um bebê?!

Kurihara: Pois é. Cheguei a essa conclusão enquanto lia este documento.

Ele apontou para o Documento 5, "O local do incidente estava bem ali".

DOCUMENTO 5 – O LOCAL DO INCIDENTE ESTAVA BEM ALI

O CADÁVER DE UMA MULHER DESCOBERTO HÁ MAIS DE OITENTA ANOS

- Kenji Hirauchi, funcionário de uma empresa, adquiriu uma casa de segunda mão na província de Nagano.
- Pesquisando a história da casa, ele soube de um fato assustador.

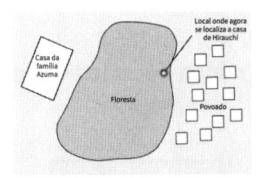

- No passado, o local onde atualmente está situada a residência de Hirauchi era coberto por uma floresta.
- No lado oeste da floresta havia a mansão da proeminente família Azuma.

O que houve com a família Azuma?

- Kiyochika, o chefe da família, teve um caso com a empregada Okinu.
- A esposa de Kiyochika ficou furiosa ao descobrir a infidelidade. → Ela tentou matar Okinu.
- Okinu fugiu da mansão, se embrenhando na floresta.

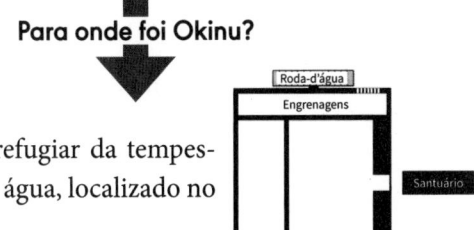

Para onde foi Okinu?

Ela decidiu se refugiar da tempestade no moinho de água, localizado no meio da floresta.

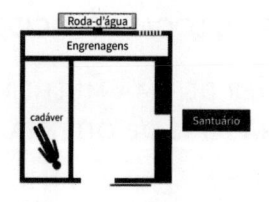

- Sem ter o que comer, contudo, Okinu morreu de fome dentro da cabana.
- O "cadáver da garça branca" que Uki Mizunashi viu era Okinu (?)

Algumas décadas depois:

- Alguém, por alguma razão, ampliou o moinho de água e o transformou em um depósito sem janelas.

Alguns anos depois:

- Houve uma obra de ampliação, acrescentando-se o andar superior, e o imóvel foi posto à venda.

Kurihara: Okinu não poderia estar *grávida do filho de Kiyochika Azuma*?

Autor: Quê?!

Eu não havia pensado nisso até aquele momento, mas não era impossível. Kiyochika Azuma amava Okinu, e o sentimento era recíproco. Não seria estranho que eles tivessem um filho.

Kurihara: Okinu fugiu da mansão já com a barriga enorme. Sem ter para onde ir, Kiyochika decidiu construir secretamente para ela uma *ubuya*, uma pequena cabana onde as mulheres dão à luz. Talvez tenha pedido a um carpinteiro conhecido para construí-la. No entanto, uma simples *ubuya* seria insuficiente. A criança no ventre de Okinu era filha de Kiyochika... Em outras palavras, ela teria a possibilidade de se tornar sucessora da família Azuma. Se a esposa descobrisse, certamente mataria a criança. Então, por via das dúvidas, Kiyochika equipou a *ubuya* com um "abrigo de emergência para o bebê".

Santuário

Autor: Quer dizer que essa era a função da concavidade?

Kurihara: Isso. E perto dali foi colocada a estátua de pedra de Kishimojin. O fato de a estátua não segurar um bebê seria *para que ela protegesse a criança com aquela outra mão...* Esse devia ser o significado implícito. O que mostra o quanto Kiyochika amava Okinu.

Por fim, Okinu deu à luz a criança dentro da *ubuya*. O problema começa a partir daí. Quando Uki visitou o moinho de água, a bebê não estava lá, só a garça branca... Em outras palavras, havia apenas o cadáver de Okinu. Onde foi parar o bebê?

Kurihara: No relato de viagem de Uki, há uma descrição muito interessante.

> *Na mesma noite, depois de jantar, decidi perguntar aos meus tios sobre o moinho de água. Mesmo que não fosse propriedade deles, imaginei que soubessem de algo, devido à proximidade com a casa.*
>
> *No entanto, quando estava prestes a falar, a bebê começou a choramingar no quarto dos fundos, e meus tios se levantaram às pressas. A evolução no pós-operatório não parecia boa, e a base do braço esquerdo da criança tinha infeccionado.*
>
> *Durante os dias seguintes, os dois ficaram ocupados cuidando da internação hospitalar da bebê, e acabei retornando para Tóquio sem perguntar a eles sobre o moinho de água.*

Kurihara: Considerando que Uki tinha vinte e um anos na época, seus tios já deviam ter certa idade. Pelo contexto, era um pouco estranho que os dois tivessem uma filha tão nova. *Será que eles não pegaram a bebê de Okinu?*

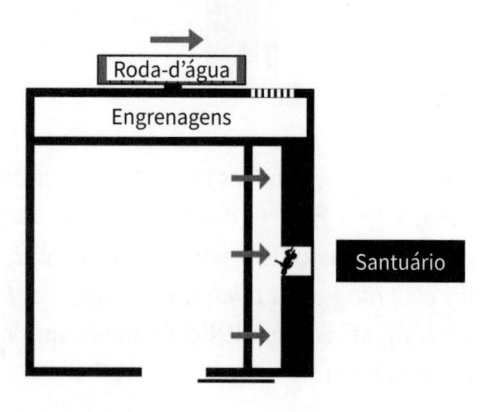

Kurihara: Tendo dado à luz na cabana, Okinu teve dificuldades para se recuperar e sentiu que estava morrendo no pós-parto. Na tentativa de esconder a criança antes de morrer, ela reuniu suas últimas forças para girar a roda-d'água e mover a parede. No entanto, não percebeu uma coisa naquele momento.

Kurihara: O braço esquerdo da bebê, que buscava pela mãe, ficou preso entre as paredes e acabou sendo esmagado.

DEUSA

Kurihara: Os tios de Uki resgataram a criança após a morte de Okinu.

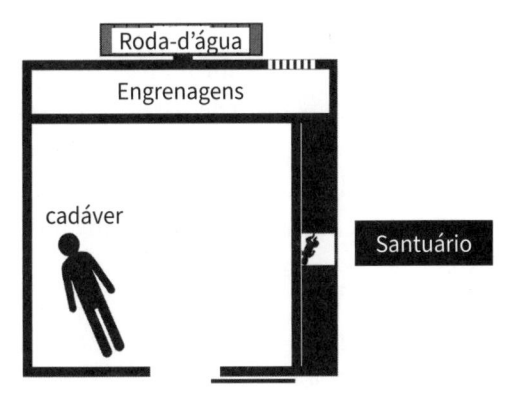

Kurihara: Certo dia, os dois entraram na floresta e descobriram a cabana por acaso. Assim como aconteceu com Uki, eles notaram o mecanismo, o cadáver de Okinu e a bebê dentro da concavidade. O braço esquerdo dela havia necrosado devido à pressão prolongada.

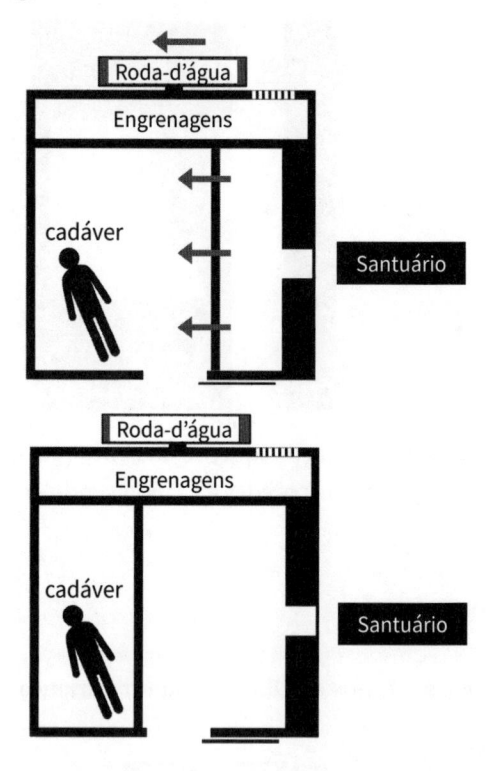

Kurihara: Como única forma de expressar suas condolências, eles moveram a parede para que o cadáver de Okinu não fosse visto de fora e levaram a bebê para casa. O braço esquerdo necrosado foi amputado em uma cirurgia. Assim, a filha de Okinu foi adotada pelos dois, que lhe deram o nome de Yaeko.

Yaeko fora criada por uma família abastada da província de Nagano.

Por volta dos dezoito anos, porém, os pais lhe revelaram um fato.

Akemi: *Ela foi abandonada quando era criança. Acho que... numa cabana? Ou algo assim. Parece que a encontraram em uma cabana na floresta. Ou seja, as pessoas que ela acreditava serem seus pais biológicos eram na realidade os pais adotivos... Bem, não é uma história incomum. Ela se disse chocada com a descoberta e fugiu de casa. Falou que continuava odiando os pais adotivos.*

Kurihara: Esse tal "fato" revelado devia ser o segredo sobre seu nascimento, conforme conversamos. E Yaeko ficou chocada e fugiu de casa.
Autor: Mas por que ela odiava os pais que a criaram?
Kurihara: Vai saber. Provavelmente por conta de alguma circunstância familiar que quem estava de fora não tinha conhecimento.
Autor: Hum...

Akemi: *Depois de sair de casa, ela foi morar em Tóquio e procurou uma ocupação, mas sofreu para encontrar, devido à deficiência. Ela conseguiu de alguma forma ganhar o suficiente para se manter, fazendo um bico endereçando correspondências.*
Mas certo dia aconteceu uma reviravolta em sua vida.
Por volta dos vinte e um anos, Yaeko se apaixonou pelo presidente da empresa onde trabalhava, e ele a pediu em casamento.

Akemi: *De uma hora para outra, ela se tornou esposa do presidente. Algo incrível! Logo teve uma filha e imaginou que teria estabilidade... Mas a vida é complicada, existem armadilhas por toda parte. A recessão atingiu em cheio o mercado de ações, levando a empresa à falência. O marido aparentemente se suicidou, deixando uma vultosa* *dívida que Yaeko não tinha como quitar, e assim ela foi levada com a filha para o Okito.*

Kurihara: Após sair de casa, se casar, ter uma bebê e seu marido cometer suicídio, Yaeko se viu com uma grande dívida e acabou aprisionada em um Okito.

Akemi: Na época, um homem frequentava assiduamente o apartamento de Yaeko. Seu sobrenome era Hikura, e ele era o herdeiro de uma construtora, algo assim. Esse homem se apaixonou loucamente por ela. E quitou a dívida inteira.

Kurihara: Dessa forma, Yaeko se tornou a esposa de Masahiko Hikura, que viria a ser o próximo presidente da Hikura House. Não faço ideia se isso lhe trouxe ou não felicidade, mas pelo menos ela conseguiu uma posição segura e dinheiro para o resto da vida... No entanto, as coisas não pararam por aí.

Kurihara abriu o Documento 2, "A casa que alimenta a escuridão".

DOCUMENTO 2 – A CASA QUE ALIMENTA A ESCURIDÃO

AS MORADIAS PRODUZIDAS EM MASSA PELA HIKURA HOUSE

- Em 2020, um garoto assassina a família.
- Há rumores de que a causa foi a planta baixa da casa do garoto.

Onde estava o problema na planta baixa?

[Planta baixa — TÉRREO: Quarto em estilo japonês, Cozinha, Banheiro, Armário, Escada, Closet, Banheiro, Armário, Sala de estar, Hall de entrada]

[Planta baixa — SEGUNDO ANDAR: Quarto em estilo ocidental, Quarto em estilo ocidental, Armário, Escada, Quarto em estilo ocidental, Quarto em estilo ocidental, Quarto em estilo ocidental, Varanda]

- Havia cômodos demais.
  - Por terem eliminado "espaços" necessários, como corredores, a casa era apertada e desconfortável de se morar.
- São pouquíssimas portas.
  - É impossível ter privacidade.
- Um local concentra as áreas de convivência comum.
  - Isso pode acarretar problemas entre os membros da família.

Esses pequenos incômodos se acumulam...

▼

A escuridão no coração do rapaz teria se amplificado?

O que a Hikura House fez a respeito?

▼

- A empresa pressionou a imprensa para que a planta baixa não fosse divulgada.

Por que chegaram a esse ponto?

▼

- No passado, a construtora viu sua credibilidade e o preço das ações despencarem quando se espalhou um boato infundado sobre seu presidente, Masahiko Hikura.

- Isso levou a Construtora Misaki, sua rival, a ganhar proeminência. Durante os dez anos seguintes, a Hikura House não conseguiu se recuperar.

O que a Hikura aprendeu com essa experiência?

- Adotou uma forte estratégia de mídia.
- Aproveitou positivamente a força da mídia para encobrir a má reputação de suas residências precárias.

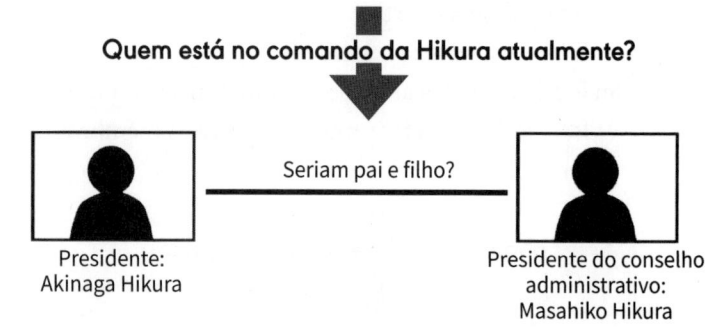

Quem está no comando da Hikura atualmente?

Seriam pai e filho?

Presidente:
Akinaga Hikura

Presidente do conselho administrativo:
Masahiko Hikura

Iimura: Deixa eu pensar... Como eu ainda era aprendiz de carpinteiro, deve ter sido na segunda metade da década de 1980. Surgiu um rumor estranho sobre o presidente da Hikura, de que ele abusava de meninas quando era jovem. No final das contas, parece ter sido uma notícia inventada, mas como a TV e as revistas veicularam a informação em tom de chacota, acabou se tornando tópico de conversa também entre o público geral. Meio que "viralizou", como dizem hoje em dia. E reputação é um negócio sério. O preço das ações da Hikura despencou. "Que pena" e tal. Fazer o quê? Logo depois, se aproveitando dessa situação, a Construtora Misaki, empresa rival na região de Chubu, ampliou sua participação no mercado. Nos mais de dez anos seguintes, a Hikura não conseguiu se recuperar. Com uma experiência amarga dessas, eles devem ter aprendido que fatos não são nada diante da força da mídia.

Kurihara: Na segunda metade dos anos 1980, devido aos boatos, a credibilidade e o preço das ações da Hikura House despencaram, colocando a empresa em dificuldades financeiras. Masahiko Hikura, presidente da empresa na época, se viu forçado a encontrar uma solução. Foi aí que seu foco se voltou para a religião. Na época, o Japão passava por um boom de espiritualismo sem precedentes, e as seitas religiosas ficavam cada vez mais populares. Seria inimaginável atualmente, mas Shoko Asahara, líder da Aum Shinrikyo, a Seita da Verdade Suprema, aparecia em programas de variedades e era tratado como celebridade. Até que ele e seus seguidores cometeram um ataque terrorista em 1995 e as seitas religiosas passaram a receber críticas intensas do público. Até então, elas eram vistas como algo um pouco estranho, mas cool, um modismo entre os jovens progressistas. Para melhorar sua imagem e buscar novos clientes, Hikura criou um grupo religioso como *negócio secreto* da empresa.

Autor: Quê?! Então a Congregação para o Renascimento *foi criada pelo próprio Hikura?*

Kurihara: Faz até bastante sentido pensar dessa forma.

Após um tempo, uma pessoa surgiu no palco. Não era a líder Hikari Mido, mas um homem de terno, aparentando uns quarenta e cinco anos. Tinha expressão soturna, testa franzida, olhos encovados e um nariz aquilino peculiar. Eu reconheci seu rosto: aquele era Masahiko Hikura, presidente da Hikura House, uma das mais proeminentes construtoras da região de Chubu. Eu já tinha ouvido certos rumores sobre o presidente da Hikura House ter uma profunda relação com a Congregação para o Renascimento e prestar enorme suporte financeiro à seita religiosa.

Kurihara: Não se deixe enganar por esse comentário. Alguém que é apenas um apoiador financeiro não teria permissão para discursar para os fiéis em um palco. Isso acabaria com a reputação da seita. Por que Hikura agia de forma tão pretensiosa? Devemos concluir que por ser ele próprio o fundador da seita.

Autor: Entendi...

Kurihara: Bem, ao criar o grupo religioso, Hikura decidiu colocar a própria esposa, Yaeko, como líder espiritual. Desde a Antiguidade, os japoneses veneram pessoas com deficiências físicas como deuses.

Autor: Isso também foi mencionado no artigo, mas será verdade?

Kurihara: Sim. Por todo o Japão, há inúmeros resquícios de veneração a deuses sem um dos olhos, mãos ou pernas, ou com outras particularidades físicas. Por que isso? Muitos folcloristas analisaram que é porque atribuía-se às crianças que nasciam com alguma deficiência o papel de "divindades".

Autor: Não sabia...

Kurihara: Outro exemplo são as bonecas de boa sorte Fukusuke, criadas a partir da lenda de que "uma pessoa com nanismo traz prosperidade para a família". As pessoas viam misticismo nos corpos com características "peculiares", diferentes da maioria. Nesse sentido, Yaeko era perfeita para desempenhar o papel de "deusa".

Pelo que contam, a Santa Mãe deve ter mais de cinquenta anos, mas seu rosto com poucas rugas, o cabelo preto comprido e lustroso e a pele firme e macia a fazem parecer dez anos mais jovem. Sentada completamente imóvel em uma cadeira simples, seu corpo se apoiava na perna esquerda, longa e esbelta em contraste com a perna direita, inexistente desde a virilha. Vestia apenas um tecido de seda branca. Pode-se dizer que estava praticamente nua. Não sei se seria correto chamá-la de "divina", mas ela tem uma estranha beleza que atrai a atenção de quem a vê.

Kurihara: Hikura criou o conceito da Congregação para o Renascimento baseando-se no corpo de Yaeko e em sua história de vida. Um grupo religioso que prega a salvação de crianças nascidas de adultérios, fazendo-as dormir no útero da líder espiritual... Mais do que um homem de negócios, Hikura seria perfeito como escritor ou artista.

Autor: O que Yaeko devia sentir sendo obrigada a encenar o papel de líder religiosa?

Kurihara: Não faço ideia. Mas, independentemente do que sentia, ela foi levada embora do prostíbulo em troca da quitação da dívida, então é fácil imaginar que não devia se sentir no direito de recusar nada. Só lhe restava permanecer no santuário e enunciar o texto preparado.

Como sabem, eu nasci como filha do pecado. A mãe do pecado se apossou de meu braço esquerdo e, para salvar o filho do pecado, eu perdi minha perna direita. Com o corpo que me restou, pretendo salvar vocês e seus filhos. Vamos, é hora de renascermos. Repetidas vezes.

Kurihara: A "mãe do pecado" deve ser Okinu. Embora estivesse na posição de empregada doméstica, ela cometeu adultério com Kiyochika Azuma, um homem casado. A Santa Mãe Yaeko nasceu em consequência disso. E de fato ela foi privada de seu braço esquerdo pelo descuido da mãe, Okinu.

A Congregação para o Renascimento foi dissolvida em 1999, e, no ano seguinte, a Casa do Renascimento foi demolida.

Kurihara: O grupo religioso conquistou certa popularidade, mas não durou muito tempo. Há várias razões para isso. O ataque terrorista perpetrado pela Aum Shinrikyo levou o público a criticar bastante as seitas religiosas. Os fiéis que não foram salvos, incluindo o sr. Kasahara, começaram a acusar as seitas de mentirosas. Além disso, na segunda metade dos anos 1990, com a recessão econômica do Japão, poucas pessoas tinham dinheiro para pagar reformas em casa como aquelas exigidas pela Congregação para o Renascimento. Contudo, acredito que o principal motivo para a dissolução foi o fato da seita ter se tornado desnecessária para a Hikura House.

Autor: Por quê?

Kurihara: Dê uma olhada no Documento 2, "A casa que alimenta a escuridão".

Iimura: E reputação é um negócio sério. O preço das ações da Hikura despencou. (...) Logo depois, se aproveitando dessa situação, a Construtora Misaki, empresa rival na região de Chubu, ampliou sua participação no mercado. Nos mais de dez anos seguintes, a Hikura não conseguiu se recuperar.

Kurihara: "Nos mais de dez anos seguintes, a Hikura não conseguiu se recuperar." Ou seja, se pensarmos nisso de outra forma, quer dizer que *ela conseguiu se recuperar mais tarde*. Mas como a Hikura reverteu aquela situação? A resposta consta no Documento 1, "O corredor que não leva a lugar nenhum".

30/01/1990 - Edição da manhã

Ontem, dia 29, por volta das 16 horas, ocorreu um incidente fatal na cidade de Takaoka, na província de Toyama. A vítima foi Yunosuke Kasuga (oito anos), estudante primário e residente da cidade. Aparentemente, ao se deslocar por uma avenida, Yunosuke foi atingido por um caminhão que saía de ré de um canteiro de obras. O veículo transportava materiais de construção, e o motorista alegou que "tinha pouca visibilidade e não percebeu o menino". O homem é funcionário da Construtora Misaki...

Kurihara: Um funcionário da Construtora Misaki atropelou e matou uma criança em frente ao terreno do cliente. Foi um acidente grave. E é bem provável que, com isso, a empresa tenha perdido credibilidade. Na região de Chubu, a Misaki é a maior concorrente da Hikura House.

Autor: Então a queda do desempenho da empresa rival fez com que a Hikura House voltasse a crescer?

Kurihara: Nessa época, os boatos já deviam ter se dissipado. Além disso, com base na experiência passada, a Hikura House desenvolveu uma engenhosa estratégia de mídia. Logo, sua recuperação era questão de tempo. E, conforme seus negócios principais se recuperavam, o valor que a Congregação para o Renascimento tinha para a Hikura foi reduzindo gradualmente, até que por fim ocorreu a dissolução da seita. Então, depois que o grupo religioso foi dissolvido, o que aconteceu com a Santa Mãe Yaeko?

Kurihara pegou o Documento 4, "A casa-ratoeira".

DOCUMENTO 4 – A CASA-RATOEIRA

POR QUE A AVÓ ROLOU PELA ESCADA?

- Quando era criança, Shiori Hayasaka foi convidada para passar a noite na casa da amiguinha Mitsuko.
- Mitsuko era filha do presidente da Hikura House.

Essa casa era uma mansão luxuosa, construída pelo pai de Mitsuko para ela e a avó morarem.

Havia no quarto de Mitsuko uma grande estante.

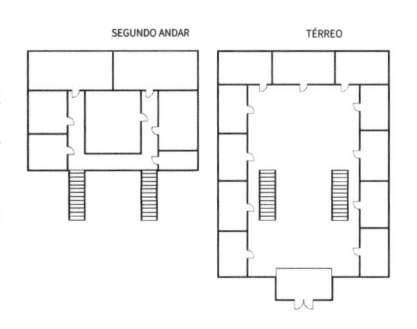

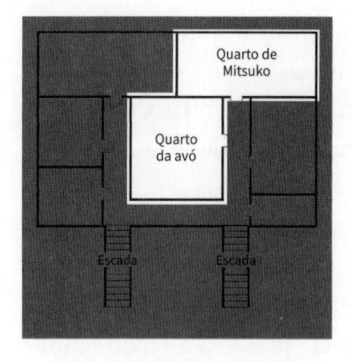

Quando Mitsuko foi ao banheiro, Hayasaka espiou o que havia dentro da estante.

Por algum motivo, não havia mangás, passatempo que as duas partilhavam, o que deixou a menina intrigada.

Nessa noite, depois de Mitsuko dormir, Hayasaka decidiu dar mais uma olhada na estante, mas por alguma razão a porta do móvel estava trancada.

Na manhã seguinte, quando Hayasaka ia ao banheiro, ela encontrou com a avó da amiga no corredor. Por ter problema na perna, a idosa apoiava a mão na parede da direita e caminhava de forma vacilante. Hayasaka fez menção de ajudá-la, mas a avó recusou, e a menina foi ao banheiro primeiro. Ao terminar, enquanto lavava as mãos, ouviu a avó de Mitsuko cair e rolar escada abaixo.

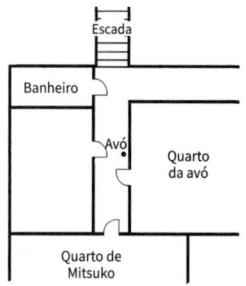

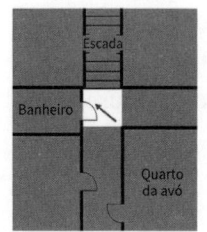

Dedução de Hayasaka:

Em frente às escadas, havia um "espaço em que ela não poderia se apoiar na parede".

A avó perdeu o equilíbrio nesse local e rolou pela escada.

Por quê?

Porque, durante a madrugada, Mitsuko escondeu a bengala da avó na estante.

Conclusão:

- A casa foi construída pelo presidente da Hikura House com o intuito de matar a avó, por ele estar insatisfeito com o poder que ela detia na empresa.
- Um espaço perigoso foi deixado de propósito diante da escada.
- No entanto, como a avó em geral usava uma bengala, ela não tinha caído na armadilha até aquele momento.

Quem ativou a armadilha foi Mitsuko.

- Provavelmente instigada pelo pai, ela escondeu a bengala.
  - O presidente usou a própria filha para executar o crime?
- Hayasaka foi chamada para passar a noite na casa para que Mitsuko tivesse um álibi.

A AVÓ

Kurihara: Se fizermos uma conta inversa a partir da idade de Shiori Hayasaka, esse incidente ocorreu em 2001, cerca de dois anos após a dissolução do grupo religioso.

Hayasaka: Ao abrir a porta, senti um aroma suave e doce. Provavelmente de incenso. A avó estava sentada lendo um livro. O quarto era decorado com móveis e quadros, e a mulher que encontrei ali era tão jovial e bonita que a palavra "avó" não combinava em nada com sua aparência. Ela vestia uma saia longa que cobria completamente seus pés, além de um cardigã florido e luvas brancas.

Kurihara: A avó elegante que Hayasaka encontrou na casa de Mitsuko usava uma saia comprida o suficiente para esconder as pernas e estava de luva em ambas as mãos. Ou seja, ela ocultava as mãos e as pernas. Por quê? Não poderia estar *usando próteses no braço e na perna*?

Autor: Você está dizendo que essa avó era a Santa Mãe Yaeko?

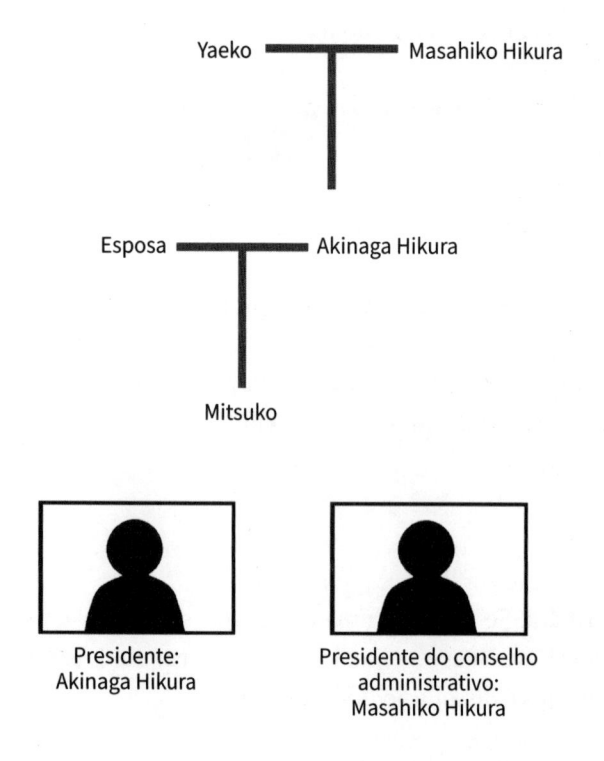

```
Yaeko ──────┬────── Masahiko Hikura
            │
            │
            │
Esposa ─────┼────── Akinaga Hikura
            │
            │
         Mitsuko
```

Presidente:
Akinaga Hikura

Presidente do conselho
administrativo:
Masahiko Hikura

Kurihara: O sr. Hikura teve um filho com Yaeko, Akinaga. Ele é o atual presidente da Hikura House e tem uma filha, Mitsuko. Do ponto de vista dela, Yaeko é sua avó. Faz sentido, certo? A questão é o que Yaeko representava para a família Hikura.

[Planta baixa: Quarto da avó; Escada; Escada]

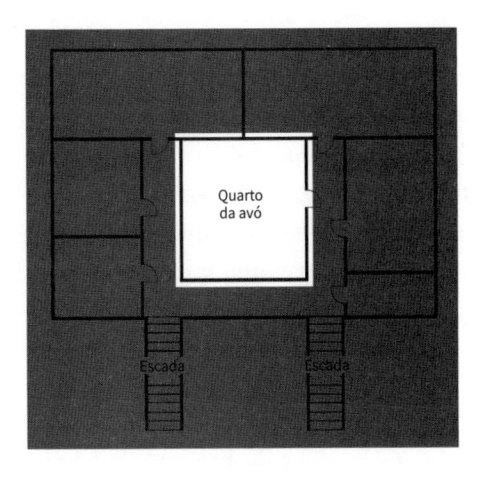

Kurihara: Como pode ver na planta baixa, o quarto de Yaeko não tem nenhuma parede em contato com o exterior. Em outras palavras, não há janelas nele. Naquela época, haviam se passado poucos anos desde o incidente com a Aum Shinrikyo, e as seitas religiosas eram alvo de ataques. O fato de haver na família a ex-líder de uma seita religiosa era ruim para a imagem dos Hikura. Não dava para simplesmente ignorar a situação. Ela continuava sendo tratada de forma cordial, mas era preciso escondê-la do público. O modo como esse quarto foi construído parece refletir bem a posição dela na época.

Autor: Que egocêntricos...

Kurihara: Mesmo nessa situação, Yaeko procurava viver com tranquilidade. Mas nem isso a família permitia. Hayasaka deduziu o seguinte acerca da queda de Yaeko:

Mitsuko poderia ter entrado sorrateiramente no quarto da avó de madrugada, roubado a bengala e a escondido na estante. Na manhã seguinte, a avó acordou com vontade de ir ao banheiro e procurou a bengala para se dirigir ao cômodo. Mas não a encontrou. Nesse momento, o que ela fez? Como o banheiro fica perto do quarto, ela deve ter pensado que poderia ir sem o apoio.

Kurihara: Acredito que seja uma boa dedução, mas um ponto está errado. O que Mitsuko escondeu na estante não foi a bengala, mas a prótese da perna.

Autor: Ah... faz sentido...

Kurihara: Naquela manhã, Yaeko acordou com vontade de ir ao banheiro. Para fazer isso, decidiu colocar as próteses, mas, *por algum motivo, não encontrou a da perna*. Sem alternativa, ela decidiu ir ao banheiro caminhando numa perna só.

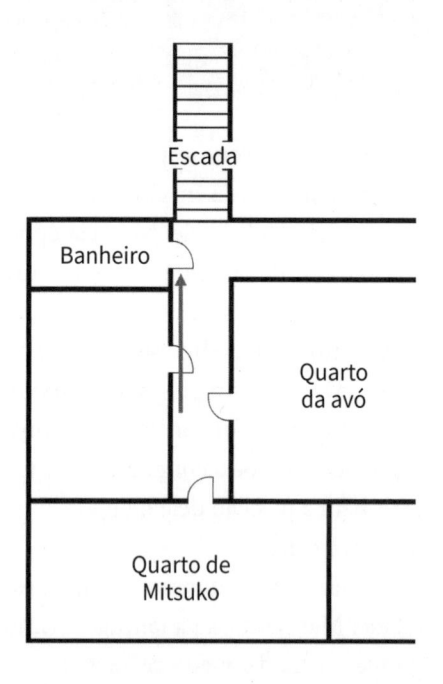

[Planta baixa: Escada, Banheiro, Quarto da avó, Quarto de Mitsuko]

Kurihara: Se ela simplesmente seguisse pelo lado esquerdo, não passaria pelo "espaço perigoso", mas Yaeko fez questão de avançar pelo lado direito. *Ela foi obrigada a se deslocar por esse lado da parede*. Afinal, o braço esquerdo era uma prótese. E devia dar uma sensação de insegurança apoiar o corpo todo num braço protético. Enfim, o resto você já sabe.

Autor: Será mesmo que Akinaga considerava Yaeko um estorvo tão grande que instigou a filha a matar a própria avó?

Kurihara: Não quero acreditar nisso. Mas empresas familiares muitas vezes têm um lado sombrio.

HIPÓTESE

Kurihara: Bem, acredito ter explicado quase tudo. Você tem mais alguma pergunta?
Autor: Sobre a casa de Hirauchi...

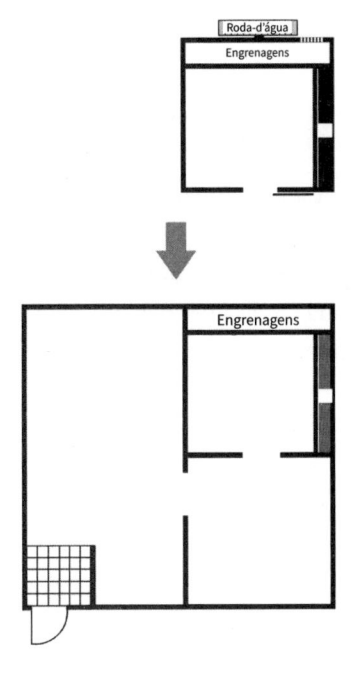

Autor: Fica claro que ela foi construída como uma extensão do moinho de água. Mas quem e com que finalidade teria feito isso?
Kurihara: Talvez o grupo religioso quisesse criar instalações turísticas. Algo como "o local de nascimento da Santa Mãe". A cabana era pequena demais, então a ampliaram para poder abrigar muitas pessoas... Deve ter sido isso.

Senhora: *Foi cerca de vinte anos atrás, uma obra grande! Olhe só, a casa é de dois andares, não é? Quando eu vim morar aqui, era térrea. Construíram o andar de cima nessa obra. Lembro que fiquei admirada: "Nossa, eles ampliaram a casa!"*

Kurihara: No entanto, o grupo religioso foi dissolvido antes de o espaço começar a funcionar. Por não terem outro uso para ele, provavelmente decidiram acrescentar banheiros e cozinha e colocá-lo à venda. Eles têm mesmo um espírito comercial forte, não?

Depois disso, Kurihara me convidou a ficar para o jantar. Quando finalmente saí do apartamento, já era bem tarde.

Andando rumo à estação, organizei as deduções de Kurihara na minha mente.

Eu só conseguia mesmo admirar a inteligência dele, sua capacidade de montar toda uma história plausível apenas com a leitura dos documentos.

Entretanto…

Por algum motivo, algo ainda me incomodava.

Não duvidava que o raciocínio de Kurihara estivesse correto, mas sentia que ele deixara passar alguma coisa. Algo importantíssimo…

Cheguei à estação ainda com isso na cabeça. Decidi entrar no café em frente à catraca para ler de novo os documentos. Descobri então uma pequena contradição em determinado documento que eu não percebera até aquele momento.

Por quê?

De onde tinha vindo essa contradição?

Se não me engano, quando eu estava fazendo essa entrevista…

Depois de refletir por um tempo, surgiu uma hipótese.

Reli o documento com essa suposição em mente. E alguns enigmas que eu acreditava estarem resolvidos começaram a mostrar uma face diversa.

Unindo cada um deles, de repente uma história totalmente nova começou a se formar.

FILHO

28 de fevereiro de 2023. Nakameguro, Tóquio.

Eu aguardava certa pessoa na sala privada de um restaurante. Talvez ela soubesse o fato mais importante para elucidar a verdade sobre uma série de incidentes.

Por fim, a porta da sala privada se abriu, e ele entrou. Vestia um moletom grosso e calça preta. Obviamente, era uma roupa completamente diferente da que usava quando nos encontramos pela primeira vez.

Mitsuru Nishiharu, filho único de Akemi Nishiharu, outrora residente no Okito.

Autor: Peço desculpas por ter interrompido seus afazeres.

Nishiharu: Sem problemas. Ontem e hoje o bar não funcionou.

Autor: Hã? Ele não ficava aberto todos os dias do ano?

Nishiharu: Originalmente sim, mas nos últimos tempos minha mãe não anda bem de saúde, e acabamos deixando o bar fechado muitos dias. Afinal, os clientes aparecem querendo vê-la.

Autor: Mas ouvi dizer que suas habilidades culinárias são excelentes. Muitos clientes não vêm para comer sua comida?

Nishiharu: De jeito algum. Minha mãe costuma elogiar minhas habilidades, mas é exagero dela. Nunca recebi treinamento, aprendi a cozinhar vendo as receitas em livros de culinária. Pensando também na saúde da minha mãe, estou cogitando fechar o bar.

Autor: Vai fechar o estabelecimento?
Nishiharu: Pois é. Mas, bem, quando eu fechar, vai ser pouco provável conseguir um emprego novo, considerando a minha idade...

Mitsuru abriu um leve sorriso.

Eu não tinha percebido isso quando visitei o bar antes, mas seu cabelo curto é bem grisalho, e ele já tem várias marcas de idade no rosto.

Nishiharu: Enfim, de que assunto você queria tratar hoje?
Autor: Ah, me perdoe. Na realidade, gostaria que você lesse algo. É um documento contendo um resumo da entrevista com sua mãe, de quando visitei o bar. Acredito que você tenha ouvido grande parte da nossa conversa, mas seria possível dar uma olhada geral?

Mitsuru folheou o caderno com o Documento 10, "O apartamento impossível de escapar". Sua expressão estava impassível quando terminou de lê-lo.

Autor: Que tal? Viu algo que tenha chamado sua atenção ou que não esteja condizente com os fatos?
Nishiharu: Me diga você. Se está me perguntando isso, é porque deve achar que há algo estranho, não?
Autor: Bom, sim... nesta parte aqui.

Akemi: Bem... quando as crianças não estavam, nós costumávamos conversar sobre nossa vida pessoal, e ela me contou que tinha passado por diversas dificuldades.

Autor: "Quando as crianças não estavam"... Tenho certeza de que foi assim que sua mãe falou. Mas é estranho. Sair do apartamento do Okito era proibido e, para conseguirem autorização para uma saída, obrigatoriamente a residente do apartamento ao lado deveria fazer a "troca dos filhos".

No caso de saída da Mãe A

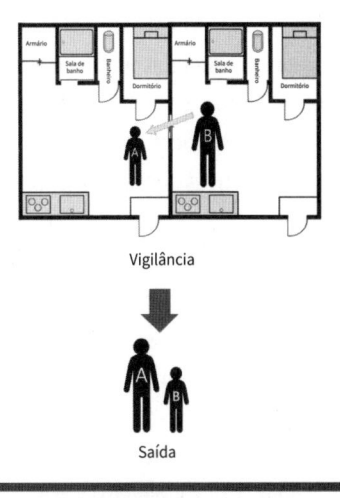

No caso de saída da Mãe B

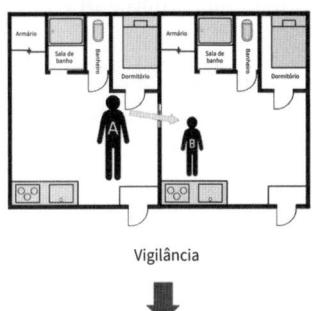

Autor: Em outras palavras, quando você saía, Yaeko tinha que estar junto. Por outro lado, quando a filha de Yaeko saía, era Akemi quem ia junto. *Não tinha como as crianças ficarem fora do quarto por tanto tempo a ponto de as mães conseguirem conversar assim.*

Nishiharu: Talvez enquanto a gente estivesse usando o banheiro ou tomando banho?

Autor: Mas... duas crianças usarem o banheiro na mesma hora e ficarem lá por tanto tempo? O mesmo vale para o banho. Quando conversei com sua mãe, ela falou: "Ele evoluiu muito! Quando estava no ginásio, só tomava banho comigo." Você tinha nove anos quando os dois foram libertados do Okito. Ou seja, no tempo em que estiveram lá, vocês sempre tomavam banho juntos.

Nishiharu: ...

Autor: Então, quando sua mãe e Yaeko conversavam sobre a vida pessoal, onde vocês, os filhos, estavam? E fazendo o quê? Depois de pensar muito, cheguei a uma conclusão. Me corrija se eu estiver errado, mas... quem era obrigado a se prostituir no Okito... *não era Akemi, mas você, Mitsuru?*

Por um tempo, Mitsuru se manteve sorumbático, mas depois começou a fungar. Então, ele sussurrou:

Nishiharu: Minha mãe... não tem culpa.

MENTIRA

No dia seguinte, voltei a visitar o apartamento em Umegaoka.

Kurihara preparava chá verde para nós.

Kurihara: Entendi. Esse Okito, então, era um *local de prostituição destinado a pedófilos*.

> *Akemi: Os clientes vinham todo dia após a meia-noite. Chegavam em seus carrões luxuosos. O Okito era um negócio para pessoas abastadas. Eles deviam pagar cem mil ienes por encontro.*

Autor: O valor de cem mil ienes por encontro é absurdamente alto, mesmo na conversão atual. Esse era o motivo para ser tão exorbitante. E os clientes iam para lá de madrugada não apenas porque prostituição era algo ilícito, mas porque as coisas se complicariam se chegasse ao público que eles "compravam crianças".

A princípio, Akemi e o filho estavam proibidos de sair do apartamento em que moravam. No entanto, se certa condição fosse atendida, a saída era permitida. Essa condição era a "troca dos filhos".

Autor: O sistema de saída, que não trazia nenhum benefício para a gangue, deve ter sido estabelecido para manter o bom humor e a saúde das crianças. Não passava de uma ferramenta do negócio.
Kurihara: Mas por que Akemi teria mentido?
Autor: Mitsuru me contou o seguinte.

__Nishiharu__: Minha mãe... não tem culpa. Se ela se recusasse a me prostituir, tanto eu quanto ela seríamos mortos. Não havia alternativa... No bar, ela finge ser alegre diante dos clientes, mas na realidade ela não é assim. Mesmo agora, toda noite, quando estamos a sós, ela chora e me pede perdão. Muitas e muitas vezes. Sempre diz: "Mitsuru, me perdoe pelo que aconteceu. Me perdoe por ter sido uma péssima mãe." Tem sido assim há décadas. Perdoe minha mãe por ter mentido no momento da entrevista. Ela fez isso para me proteger. Ela teme que, se as pessoas souberem que fui obrigado a me prostituir, vão me olhar com desdém.

Depois, Mitsuru me contou a verdade sobre o acidente de trânsito.
Autor: Quando Mitsuru e Yaeko saíram do Okito e foram à cidade, ele correu de propósito para a rua. Ele sofria demais por ser obrigado a se prostituir toda noite e pensou em se suicidar... Foi o que ele me disse.
Kurihara: Entendo...
Autor: Se o Okito em que eles estavam era um local de prostituição infantil, o sentido de uma coisa que Akemi falou também muda.

Akemi: *Na época, um homem frequentava assiduamente o apartamento de Yaeko. Seu sobrenome era Hikura, e ele era o herdeiro de uma construtora, algo assim. Esse homem se apaixonou loucamente por ela. E quitou a dívida inteira. Mas claro que não fez isso por bondade: ele levou embora consigo mãe e filha.*

Kurihara: Então, Masahiko Hikura *não se envolvia com Yaeko, mas com a filha?*

Autor: A filha de Yaeko tinha onze anos na época. De acordo com a pesquisa que fiz na internet, Hikura tem agora setenta anos, ou seja, ele tinha vinte quando isso aconteceu. A diferença de idade entre eles era de nove anos. Para um casal de adultos, não seria algo tão incomum. A filha de Yaeko deve ter se casado oficialmente com ele quando atingiu a maioridade.

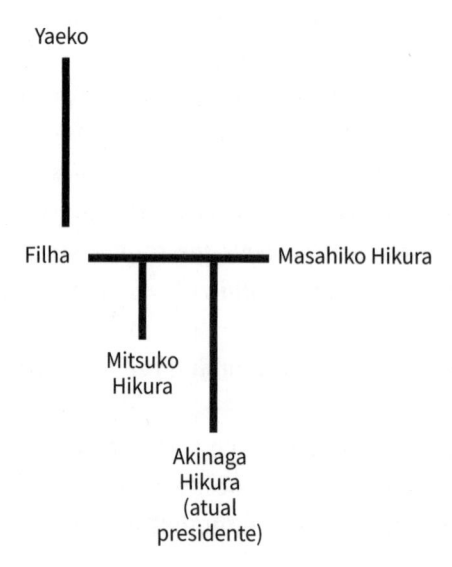

```
Yaeko
  |
  |
Filha ————————— Masahiko Hikura
          |
      Mitsuko
      Hikura
          |
      Akinaga
      Hikura
      (atual
      presidente)
```

Autor: Acredito que Mitsuko, do Documento 4, "A casa-ratoeira", é fruto da relação entre Masahiko Hikura e *a filha de Yaeko*. E Akinaga, o atual presidente, é o irmão mais velho de Mitsuko.

Kurihara: Então isso não muda o fato de que Yaeko é a avó de Mitsuko, certo?

Autor: Pois é. Com isso, fica nítido que o boato que se espalhou no final da década de 1980 de que o presidente da Hikura House abusava de meninas não era falso.

Iimura: Deixa eu pensar... Como eu ainda era aprendiz de carpinteiro, deve ter sido na segunda metade da década de 1980. Surgiu um rumor estranho sobre o presidente da Hikura, de que ele abusava de meninas quando era jovem.

Autor: Ele costumava pagar para abusar sexualmente de uma menor de idade, e ainda por cima tomou essa criança como esposa... A informação deve ter vazado de algum lugar.

Kurihara: Se for esse o caso, Hikura fez algo muito arriscado ao fundar uma seita religiosa e colocar a mãe da esposa como líder espiritual.

Autor: Pois é... E, mesmo sem os boatos, acho estranho uma empresa tentar lucrar por meio de uma seita.

Kurihara: Como assim?

Autor: Bem... é claro que não pretendo refutar sua dedução. O fato é que Hikura era gestor da Congregação para o Renascimento, só que... como posso dizer? Mesmo sendo gestor, acredito que ele não era o *cabeça*.

Kurihara: Ou seja, você acha que havia outra pessoa chefiando a seita?

Autor: Sim. É só uma suposição, mas... quem criou a Congregação para o Renascimento não poderia ter sido a esposa, ou seja, *a filha de Yaeko*?

Kurihara: Por que você acha isso?

Autor: Leia aqui de novo.

Eu abri o Documento 4, "A casa-ratoeira".

Hayasaka: Ela vestia uma saia longa que cobria completamente seus pés, além de um cardigã florido e luvas brancas.

Autor: Mesmo dentro de casa, Yaeko ocultava as próteses do braço e da perna com uma saia longa e luvas. Além disso...

Hayasaka: Ela se dirigia para a escada com a mão apoiada na parede do lado direito, caminhando titubeante, como se estivesse prestes a cair. Provavelmente tinha as pernas fracas. Além disso, ela arrastava a longa saia enquanto caminhava. Preocupada que a avó pudesse tropeçar e cair, corri até ela com a intenção de ajudá-la. Mas ela recusou meu auxílio. "Não precisa, vou ao banheiro logo ali", falou. Só que eu não podia apenas aceitar e recuar. "Também vou ao banheiro, podemos ir juntas", propus, tentando lhe emprestar meu ombro, mas ela acabou replicando: "Não se preocupe! Vá na frente. Vai ser problemático se você não conseguir se segurar!"

Autor: Hayasaka não percebeu que Yaeko não tinha o braço esquerdo e que usava uma prótese. Em outras palavras, naquele momento Yaeko *estava de luva, escondendo a prótese*. Mesmo naquela situação tensa, em que precisou ir ao banheiro sem a perna protética, Yaeko priorizou ocultar o fato de que tinha uma deficiência física. Ela não teria questões com o próprio corpo?

Akemi: Só um tempo depois eu percebi que ela... não tinha o braço esquerdo. Aparentemente, ela o perdera em um acidente logo depois de nascer.

Autor: Mesmo Akemi, que morava ao lado, demorou a notar a falta do braço esquerdo de Yaeko. Ela devia esconder com muito afinco sua condição. Tinha vergonha do próprio corpo a esse ponto.

Sentada completamente imóvel em uma cadeira simples, seu corpo se apoiava na perna esquerda, longa e esbelta em contraste com a perna direita, inexistente desde a virilha. Vestia apenas um tecido de seda branca. Pode-se dizer que estava praticamente nua.

Autor: Se esse for mesmo o caso, acredito que era extremamente humilhante para ela aparecer quase sem roupa na frente de tantas pessoas.

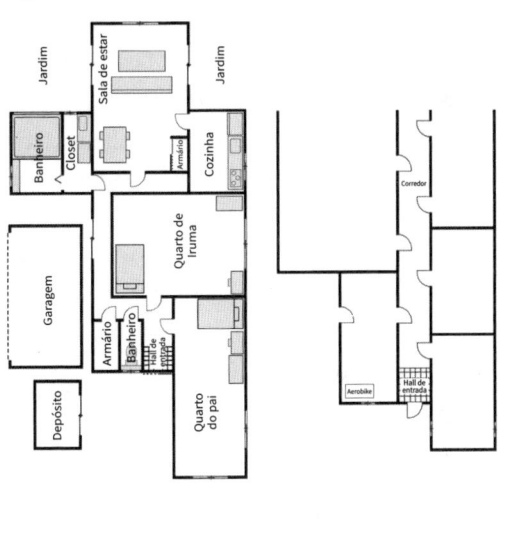

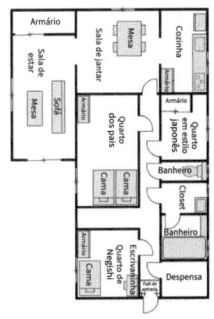

Autor: Como se não bastasse, o número de construções que imitavam seu corpo só aumentava... Era uma espécie de exposição pública. Então fico me perguntando se o objetivo real da Congregação para o Renascimento não seria fazer uma espécie de *bullying* com Yaeko.

VINGANÇA

Autor: Mitsuru Nishiharu afirmou não guardar rancor da mãe, mas nem todas as pessoas são tão magnânimas quanto ele. A filha de Yaeko devia odiar a mãe por tê-la feito se prostituir. Então, para se vingar, a filha criou a Congregação para o Renascimento... ou melhor, fez com que Masahiko Hikura, seu marido, a criasse.

Kurihara: Mas seria possível usar o dinheiro da empresa para fundar um grupo religioso a fim de atender a uma motivação tão pessoal?

Autor: Talvez Hikura tenha se visto incapaz de negar o pedido dela. Afinal, ela sabia de sua fraqueza, da pedofilia, então o controlava. O mesmo se pode dizer de Yaeko. Por carregar o sentimento de culpa em relação à filha, não lhe restava escolha a não ser obedecer.

Kurihara: Você acha que ambos eram controlados por ela?

Ele bebeu lentamente o chá verde e continuou:

Kurihara: Ouvir você me deixou mais confiante na minha *nova hipótese*.

Autor: Que... nova hipótese?

Kurihara: Desde o nosso último encontro, tenho pensado sobre o motivo de Yaeko odiar os pais adotivos.

Akemi: Ela foi abandonada quando era criança. Acho que... numa cabana? Ou algo assim. Parece que a encontraram em uma cabana na floresta. Ou seja, as pessoas que ela acreditava serem seus pais biológicos eram na realidade os pais adotivos... Bem, não é uma história incomum. Ela se disse chocada com a descoberta e fugiu de casa. Falou que continuava odiando os pais adotivos.

Kurihara: Qualquer um ficaria chocado ao descobrir que foi adotado. Mas fugir de casa e guardar rancor por tantos anos é realmente extremo. Eles devem ter contado a Yaeko algo mais sobre sua "adoção". Quando pensei nisso, me lembrei de uma descrição. Você tem aí o Documento 3, "O moinho de água na floresta"?
Autor: Sim. Tenho aqui comigo.

Era uma garça fêmea branca. E ela estava morta. Alguém devia tê-la trancado ali por travessura. Sem poder sair, o animal morreu de fome. E aparentemente havia ficado um longo tempo naquelas condições. Suas plumas tinham caído e ela perdera a ponta de uma das asas. O corpo putrificara, e um líquido vermelho-escuro manchava o chão.

Kurihara: Esse trecho sobre "perder a ponta de uma das asas" soava tão natural que deixei passar, mas, pensando bem, é estranho, não acha? Eu concordo que essa garça branca é uma metáfora para uma mulher, como disse seu editor. Sendo assim, "perder a ponta de uma das asas" seria equivalente a "perder *a ponta de um dos braços*". Em outras palavras, ela não tinha uma das mãos.
Autor: Ah, realmente.
Kurihara: Quando Uki descobriu o cadáver de Okinu, *a mulher estava sem uma das mãos*. Por quê? Há uma pista no relato seguinte.

Na mesma noite, depois de jantar, decidi perguntar aos meus tios sobre o moinho de água. Mesmo que não fosse propriedade deles, imaginei que soubessem de algo, devido à proximidade com a casa.

No entanto, quando estava prestes a falar, a bebê começou a choramingar no quarto dos fundos, e meus tios se levantaram às pressas. A evolução no pós-operatório não parecia boa, e a base do braço esquerdo da criança tinha infeccionado.

Kurihara: Uki não sabia que a bebê *tinha sido encontrada no moinho de água*. Por que os tios não lhe contaram?
Autor: Hum...
Kurihara: Talvez os dois sentissem algum remorso em relação à bebê?
Autor: Remorso?
Kurihara: Por exemplo... se, quando descobriram a cabana, *Okinu estava viva.*
Autor: Hã?
Kurihara: Ela podia estar com a bebê recém-nascida nos braços e pediu ajuda aos dois. Nesse momento, o que eles fizeram?
Autor: Não acredito...
Kurihara: Podemos depreender do relato de Uki que o casal não tinha filhos. E se eles quisessem, mas não pudessem ter? Então, encontraram uma mulher moribunda e seu bebê e talvez tiveram uma ideia perversa.

Na minha mente, uma imagem terrível se formou.

A tia de Uki tenta se apoderar da bebê. Para impedir que ela a leve, Okinu segura forte o *braço esquerdo* da criança.

A bebê chora. Nesse momento, o tio brande algum objeto com lâmina que segurava... por exemplo, um machado que usava para cortar árvores na floresta, e golpeia o pulso de Okinu. Em seguida, o casal gira a roda-d'água, aprisionando Okinu no cômodo e logo deixando o local.

Kurihara: Por que o braço esquerdo da bebê teve que ser amputado cirurgicamente? Não poderia ter sido porque, antes de ter a mão cortada, Okinu segurava a filha tão forte que interrompeu o fluxo sanguíneo por tempo demais?

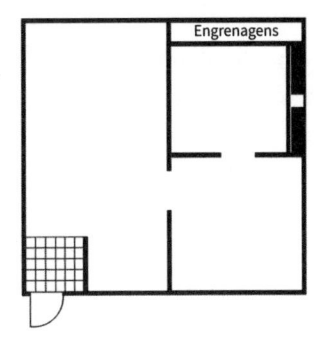

LOCAL DE REPOUSO

Kurihara: Então, a maneira como vemos *aquela casa* também muda.

Kurihara: Por que foi feita tal ampliação no moinho de água? Até este momento, eu acreditava que a Hikura fizera as obras para utilizar o espaço como um ponto turístico da Congregação para o Renascimento. Mas talvez não seja isso. Quem ordenou a ampliação não teria sido a Santa Mãe Yaeko? Agora eu acho que sim. Olhe bem o desenho.

Kurihara: A ampliação encobre o cômodo à esquerda no moinho de água... ou seja, *o cômodo no qual Okinu morreu*. Vamos pensar em como Yaeko se sentia. Ela não estaria exausta?

Autor: Exausta?

Kurihara: Sua vida foi muito atribulada. Os pais, em quem ela confiava, lhe revelaram uma verdade chocante, e ela saiu de casa sozinha, mesmo com as dificuldades que enfrentaria sem um dos braços. Casou, teve uma filha, o marido se suicidou. Foi trancafiada no meio das montanhas, permitiu que a filha fosse abusada toda noite e, por fim, até perdeu uma das pernas em um acidente. Acredito que ela nunca foi feliz, ainda que tenha conquistado posição e riqueza depois que a filha foi comprada pelo herdeiro de uma grande empresa. Ela decerto não suportava o sentimento de culpa que carregava todos os dias em relação à filha. E a fundação da Congregação para o Renascimento, a vingança da filha, só agravou a situação. Ela foi alçada à posição de líder espiritual, e o corpo que queria esconder passou a ser visto por muitas pessoas; por vezes, Yaeko era até xingada de impostora, mas, apesar de tudo, pela culpa que carregava em relação à filha, continuava suportando essa condição. O que ela sentiu, afinal, quando por fim foi liberada de sua função e, como um estorvo da família, trancada em um quarto sem janelas?

Autor: É inimaginável...

Kurihara: Yaeko estava farta da vida. Nessa condição, talvez o que ela desejasse mesmo fosse *retornar para junto da mãe*.

Senhora: Foi cerca de vinte anos atrás, uma obra grande! Olhe só, a casa é de dois andares, não é? Quando eu vim morar aqui, era térrea. Construíram o andar de cima nessa obra. Lembro que fiquei admirada: "Nossa, eles ampliaram a casa!"

Se aquilo fosse verdade, originalmente a casa de Hirauchi não dispunha de cozinha nem banheiros. Seria impossível para alguém habitar uma casa assim.

Kurihara: Ela desejava cercar como uma fortaleza o local onde a mãe a segurara e, pelo menos uma última vez, dormir na escuridão, sem que ninguém pudesse vê-la. Talvez aquela casa fosse destinada ao seu suicídio.

Desci na pequena estação da cidade de Takasaki, na província de Gunma.

Dois meses haviam se passado desde minha conversa com Kurihara no apartamento dele. O inverno havia chegado ao fim, e eu sentia na pele uma brisa suave e morna.

Peguei um ônibus na frente da estação e, em uns vinte minutos, cheguei ao meu destino. Ali ficava uma casa de repouso discreta, em uma área residencial.

Depois de duas horas de espera na entrada, uma mulher saiu do local. Seu cabelo curto estava preso, e ela vestia um cardigã por cima do uniforme. Quando a chamei, ela fez uma profunda reverência.

No crachá em seu peito, lia-se: "Mitsuko Hikura".

QUEM MATOU YAEKO?

Ouvindo as deduções de Kurihara, imaginei que os mistérios relacionados à série de incidentes haviam sido solucionados. No entanto, ainda havia algo que me incomodava toda vez que relia os documentos.

Quem matou Yaeko?

Tanto Kurihara quanto Shiori Hayasaka haviam deduzido que Mitsuko, instigada pelo pai, teria aceitado perpetrar o crime. Eu ainda tinha minhas dúvidas, porém.

Uma estudante de treze anos colaboraria com um assassinato só porque o pai pediu? Eu queria a todo custo conversar com ela para descobrir a verdade.

Mitsuko se tornou independente da família Hikura assim que se formou no colégio e, desde então, parece não ter tido mais contato com os membros da família ou com pessoas relacionadas à empresa. Precisei de muito tempo e esforço para descobrir seu paradeiro.

Depois de reunir informações com a ajuda de algumas pessoas, finalmente tomei conhecimento de que Mitsuko trabalhava como cuidadora de idosos na província de Gunma. E não pude deixar de sentir que essa ocupação carregava um significado profundo.

Solicitei uma entrevista por e-mail, mas ela deve ter achado suspeito. Naturalmente, ela recusou em um primeiro momento. Mas, após vários contatos, quando revelei a ela que eu "desejava saber a verdadeira causa da morte de Yaeko", ela concordou em falar comigo, com a condição de que a conversa fosse realizada perto do local de trabalho dela, durante o horário de seu intervalo de descanso.

Mitsuko: Desculpe a demora. É difícil tirar uma pausa.

Autor: Não, eu que peço desculpas por tomar seu tempo quando está tão ocupada.

Mitsuko: Vamos conversar ali?

Ela indicou um parquinho em frente à casa de repouso. Como estava de tarde e era um dia útil, não havia crianças. Atravessamos a rua, entramos no parque e nos sentamos em um banco com a pintura descascada. Ao olhar de relance, notei um grande hematoma no braço de Mitsuko.

Mitsuko: Esta manhã um senhor com demência agarrou meu braço com força.

Autor: Não seria melhor colocar um cataplasma ou algo assim?

Mitsuko: Isso acontece todos os dias. Se tratar toda vez, vou virar uma múmia, com tantos curativos.

Ela riu em um tom jocoso.

Como filha da família Hikura, ela poderia ter uma vida de conforto, então por que decidira abandonar a casa da família e escolhera um trabalho discreto?

MEMÓRIA

Mitsuko: Só ao entrar no fundamental foi que me dei conta de como a minha situação era inusitada. Era nítido que existia uma diferença entre a família das crianças ao redor, pelo que elas comentavam, e a minha. Na época, eu morava em um casarão na província de Nagano, com meu pai, minha mãe, minha avó e meu irmão mais velho, Akinaga, além de inúmeros empregados. Meu pai adorava meu irmão e sempre o levava para seu trabalho e vários outros lugares. Meu irmão era inteligente e, por ser o primogênito, imagino que meu pai devia querer que ele passasse por várias experiências para que o sucedesse no futuro. Por ser mulher e não muito inteligente, eu era tratada praticamente com indiferença. Por outro lado, minha mãe vivia trancada no próprio quarto, parecendo evitar se relacionar com as pessoas. Eu a achava linda, mas havia nela uma aura que dificultava qualquer aproximação. Minha avó era o único membro da família em quem eu podia confiar de verdade. "Vovó Yaeko." Era assim que eu a chamava. Quando ia até seu quarto, ela sempre me perguntava: "O que houve, querida?" E brincava comigo por horas a fio. Você talvez saiba que minha avó usava prótese. Por isso, ela não podia fazer nada complexo com as mãos, mas nós nos divertíamos juntas e fazíamos brincadeiras que permitiam que ela usasse uma única mão, como desenhar ou criar balões de papel. E esse era meu único consolo.

Mitsuko soltou um leve suspiro, olhando para longe.

Mitsuko: Eu era ignorada pela família, mas às vezes meu pai vinha falar comigo com uma voz toda suave e persuasiva. Nessas horas, ele sempre estava sorridente e me trazia presentes caros. E, invariavelmente, ele me fazia um "pedido". Quando eu tinha uns seis anos, meu pai trouxe um grande urso de pelúcia e disse: "Quero que você me faça um favor. No próximo domingo, uns rapazes com câmeras vêm aqui, e quero que você diga a eles que um dia desses fizemos uma viagem em família e que somos todos muito unidos, ok?" A verdade era que nunca fizemos uma viagem em família, e não éramos unidos. Mas, encantada pelo bicho de pelúcia, acabei concordando.

Mitsuko: No domingo seguinte, os homens com as câmeras apareceram. Nesse momento, minha mãe, que raramente saía do quarto, estava toda arrumada. Eu, meus pais e meu irmão posamos diante das câmeras, e eu me empenhei para falar a mentira conforme combinado com meu pai. Esse vídeo foi veiculado alguns dias depois em um programa do canal de TV local. E eu achei que tinha falado bem, mas minhas palavras não soavam naturais, foi como se tivessem sido ensaiadas. No entanto, as pessoas devem ter considerado que eu estava apenas nervosa por aparecer pela primeira vez na TV. "A menina da Hikura House é uma graça, uma verdadeira bonequinha numa redoma de vidro. Ficou um pouco nervosa, mas estava com a família tão querida e falou bem animada", anunciava o narrador num tom displicente que fez com que eu me sentisse uma *mascote da Hikura*, sendo usada para melhorar a imagem da empresa. Depois disso, meu pai continuou me fazendo vários "pedidos". Todas as vezes, eu sorria, na maior ingenuidade, e mentia diante das câmeras para o entrevistador. Para ser sincera, eu tinha consciência de que o que eu fazia não era muito correto, mas, como não machucava ninguém, bem, eu não me importava muito... até um dia específico. Certa vez, meu pai, contorcendo o rosto sutilmente num sorriso, me fez outro "pedido". Por algum motivo, esse era diferente dos anteriores e, embora eu não tivesse compreendido direito, concordei.

Mitsuko: Na época, havia na nossa casa um chef exclusivo, cujo sobrenome era Arai. Um idoso mal-humorado, teimoso como uma mula e que não bajulava o patrão, mas preparava uma comida magnífica. Nesse dia, atendendo ao "pedido" do meu pai, eu disse o seguinte diante de várias pessoas em casa: "O tio Arai tirou minha roupa e tocou muito em mim no outro dia." Eu lembro que o cômodo caiu num silêncio sepulcral... E, a partir do dia seguinte, Arai não foi mais trabalhar.

Mitsuko: Embora eu fosse pequena, de alguma forma compreendi que foi por minha culpa. Por causa *daquelas palavras*, Arai foi acusado de um crime que não havia cometido... Ao pensar nisso, senti um baita arrependimento. Ao mesmo tempo, odiei meu pai por ter me obrigado a agir daquela forma. Uns seis meses depois, meu pai voltou a me fazer um "pedido". O de sempre: "Minta na frente das câmeras." Mas, por causa do ressentimento que eu carregava após o incidente com Arai, fingi concordar e decidi traí-lo. No dia da gravação, falei a verdade diante das câmeras, ou seja, expus que nossa família não era unida e que nunca tínhamos viajado juntos. Desnorteado com meu primeiro ato de rebeldia, o rosto do meu pai ficou lívido de pânico. Vendo-o nesse estado, pensei com meus botões: "Viu, eu te peguei." E fiz uma pose de vitória. Mas, por algum motivo, também senti um calafrio. E um olhar penetrante vindo do meu lado. Ele partia da minha mãe.

Mitsuko: Nessa noite, tivemos ensopado de carne no jantar. É meu prato favorito, mas o sabor estava um pouco esquisito, por isso deixei a metade. Mais do que uma questão de tempero, tive uma estranha sensação de dormência na língua. No fim da janta, senti uma súbita tontura quando ia escovar os dentes. Eu desabei e acabei botando para fora tudo o que havia comido. Durante os cinco dias seguintes, continuei sofrendo, acamada, com febre alta, vômito e diarreia incessantes. Enquanto estava de cama, minha avó não parava de acariciar minha mão. Para minha surpresa, meu irmão também foi me visitar e meu pai chamou um médico. Dos membros da família, apenas minha mãe não deu as caras uma só vez. Mais tarde, eu lembrei que, na hora do jantar, as mãos do funcionário que nos serviu o ensopado de carne tremiam ligeiramente. E os outros empregados se mantinham cabisbaixos e aparentavam estar pouquíssimo à vontade. Com certeza, alguém havia lhes ordenado que colocassem alguma coisa na minha comida. E não foi meu pai. Não o estou acobertando, mas um homem pusilânime e insignificante como ele não conseguiria fazer algo tão audacioso como envenenar a própria filha. E, tirando ele, apenas minha mãe poderia dar esse tipo de ordem aos empregados.

Mitsuko: Na época, eu não fazia ideia de que ela usava meu pai para manipular a Hikura por trás dos panos. No entanto, de alguma forma, eu tinha noção de que todo mundo na casa ficava nervoso, parecendo pisar em ovos, apenas quando lidava com a minha mãe. Em meio a isso, a única pessoa que expressava sua opinião para minha mãe era Arai, que trabalhava para a família Hikura fazia muito tempo. Depois que ele foi embora, ninguém mais se opôs a ela.

Desde então, Mitsuko disse que vivia apavorada por não saber quando viria o próximo "pedido".

Mitsuko: Quando eu entrei no ginásio, me mandaram para uma escola de meninas em Gunma. A decisão partiu do meu pai, que chegou a construir uma casa para que eu morasse lá. Quando soube que minha avó se mudaria comigo, eu pensei: "Eles estão se livrando das pessoas problemáticas". Mas nunca disse isso em voz alta. Eu já era adolescente, então tinha perdido o valor como mascote da família, e minha avó... *na época*, já estava liberada de sua função. O fato de eu estar distante dos meus pais não eliminou meu medo dos "pedidos", mas, comparada à vida sufocante que levava na casa em Nagano, eu me sentia mais leve. Na escola, também pude fazer uma nova amiga. Uma garota chamada Shiori. Fui eu que puxei conversa. Ela me passou certa sensação de familiaridade. Talvez sua expressão triste e solitária se parecesse com a minha, a de alguém que tinha sido renegada pela minha família. Nós conversávamos, trocávamos diários... Aquela foi a melhor época da minha vida. Eu queria que aqueles dias durassem para sempre.

Mitsuko: Mas... um dia, perto das férias de verão... meu pai foi lá em casa. No meu quarto, com um sorriso tenso no rosto que eu jamais vira até então, ele me disse o seguinte: "Mitsuko, tenho um favor para te pedir. No próximo sábado, de manhã, esconda a perna protética da sua avó."

Naquele momento, Mitsuko disse que tomou conhecimento do *segredo da família* pela primeira vez.

Mitsuko: No início, achei que fosse uma piada de mau gosto. Mas, enquanto olhava a expressão do meu pai, que parecia implorar por sua vida, prestes a chorar, me dei conta da seriedade do "pedido". Acredito que minha mãe tenha o ameaçado, dizendo para ele tudo que faria comigo caso eu recusasse o "pedido". Na minha cabeça, eu gritava para mim mesma: "Não quero!" "Não posso!" Mas... quando tentava expressar isso em palavras, eu revivia meu sofrimento, acamada naquela ocasião, e não conseguia de forma alguma falar. Se eu desobedecesse ao meu pai de novo... não, se eu *desobedecesse à minha mãe*, dessa vez ela me mataria de verdade. Fiquei aterrorizada... E pode pensar as piores coisas de mim, não me importo que você me despreze. Mas a questão é que... eu acabei concordando. No final das contas, eu coloquei na balança minha vida e a da minha avó.

EXPIAÇÃO

Mitsuko: No fatídico dia, convidei Shiori para dormir lá em casa. Queria ter alguém ao meu lado. Eu não presto, né? Envolver uma amiga dessa forma... Mas eu não aguentaria passar por tudo aquilo sozinha. À noite, depois de me certificar de que Shiori estava dormindo, eu saí furtivamente do meu quarto e fui até o da minha avó. Ela já tinha pegado no sono. Procurei sair do quarto na ponta dos pés, carregando comigo a perna feita de borracha que estava ao lado da cama. Naquele momento, o som do roçar de um edredom que ouvi atrás de mim me assustou e me fez parar. Tive medo de me virar e fiquei parada por um tempo, mas, como não ouvi mais nada depois, me senti aliviada, porque minha avó devia ter apenas se revirado na cama, então voltei para o meu quarto. Escondi a perna protética dentro da estante, fechei com chave, me deitei na cama e, aos poucos, comecei a me acalmar. Foi quando... eu por fim me confrontei com a realidade. A irrefutável realidade de que eu *estava tentando matar minha avó*. Lágrimas brotaram antes mesmo que eu pudesse sentir medo ou culpa. Eu era renegada pela minha família, apenas minha avó me tratava com carinho. Ela, que desenhava e fazia balões de papel comigo, sorrindo. Que, quando eu estava acamada, agonizando, ficou lá fazendo carinho na minha mão. Se eu não fizesse algo, perderia minha preciosa avó... minha única família. Então, me levantei da cama e destranquei a estante. E... decidi devolver a perna protética ao seu lugar original.

Autor: Hein?

Mitsuko: Eu fui ao quarto da minha avó, coloquei a prótese ao lado da cama e, ao retornar para o meu, tive uma sensação estranha. Eu havia desobedecido à minha mãe mais uma vez. Não conseguia imaginar o que ela faria comigo. Mas não estava com medo. Acho que estava contente por ter protegido minha avó por iniciativa própria. Pela primeira vez, eu estava ciente dos riscos e, ainda assim, tinha decidido proteger alguém. Por fim, acabei dormindo, imersa em um doce sentimento de onipotência.

Mitsuko apertou com força as mãos repousadas no colo.

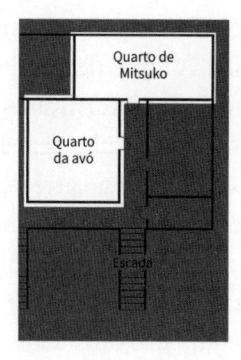

[Diagrama: planta do andar mostrando "Quarto de Mitsuko", "Quarto da avó" e "Escada".]

Mitsuko: Mas, como você sabe, o acidente aconteceu. Como minha mãe pretendia, minha avó rolou escada abaixo e morreu. O estranho é que ela *não estava com a perna protética*. Quando vi isso, eu pensei: "Minha avó me protegeu."

Mitsuko: Meu quarto e o da minha avó ficavam lado a lado, separados por uma parede. Com certeza ela ouviu o que meu pai tinha dito. Não... provavelmente, meu pai escolheu de propósito fazer o "pedido" ali, justamente para que minha avó o ouvisse. Aquilo não era uma súplica a mim, mas à minha avó. Se desobedecesse ou fracassasse, era impossível saber o que aconteceria comigo, sua neta. Portanto... foi como se ele tivesse dito a ela: "Morra!" Para me proteger, minha avó caiu de propósito da escada... É o que eu acho. No dia do funeral, até que suas cinzas fossem colocadas na urna, eu não cansava de repetir para mim mesma: "Perdão, vovó."

As palavras de Mitsuko expressavam de forma mais do que suficiente seu sentimento em relação a Yaeko. Seu tom de voz, porém, parecia bastante indiferente. Por que motivo seria?

Mitsuko: Terminado o funeral, percebi algo estranho quando voltei para casa pela primeira vez em tempos: não encontrei a perna protética no quarto da minha avó. Quando ela morreu, não a estava usando, então a peça ainda deveria estar naquele quarto. Assim, eu a procurei, mas foi em vão. Nesse momento, me ocorreu uma possibilidade assustadora. Fui às pressas ao meu quarto e tentei abrir a porta da estante, mas não consegui... estava trancada. Abri o estojo de lápis guardado na gaveta da escrivaninha, tirei dali a chave e, com um pouco de medo, abri a estante. A prótese de borracha estava ali. Nessa hora, senti meu sangue gelar. Somente eu sabia que a chave da estante estava dentro do estojo. Ou seja... apenas eu poderia ter colocado a perna protética na estante e trancado tudo.

Autor: Mas como assim? O que isso significa?

Mitsuko: Significa que eu com certeza *não levei de volta a prótese para o quarto da minha avó*. Só sonhei que tinha feito isso.

Eu havia desobedecido à minha mãe mais uma vez. Não conseguia imaginar o que ela faria comigo. Mas não estava com medo. Acho que estava contente por ter protegido minha avó por iniciativa própria. Pela primeira vez, eu estava ciente dos riscos e, ainda assim, tinha decidido proteger alguém. Por fim, acabei dormindo, imersa num doce sentimento de onipotência.

Mitsuko: Eu decidi matar minha avó para não sacrificar a minha vida, mas não queria reconhecer que sou um ser humano tão fraco e miserável, então eu sonhei... desejei "ter feito as coisas de outro jeito", "ser" de outro jeito. E, em algum momento, isso se misturou com a realidade. Enfim... não sei qual resposta você queria, mas... fui eu que matei minha avó.

Mitsuko se levantou e me deu as costas.

Mitsuko: Fugi da família Hikura porque não suportava viver com medo do "pedido" seguinte. Saí de casa logo depois de me formar e comecei a frequentar uma escola profissionalizante enquanto trabalhava num emprego de meio período. Escolhi o trabalho de cuidadora de idosos... provavelmente porque queria ser perdoada.

Ela pousou a mão sobre o hematoma do braço.

Mitsuko: Pedi que você viesse hoje no horário do meu intervalo porque queria que você me visse trabalhando como cuidadora. Queria que você pensasse: "Ela foi obrigada pelos pais a matar a avó, porém se arrepende e trabalha com afinco em um ambiente árduo para expiar sua culpa." Mas agora, falando sobre todas essas coisas, eu finalmente entendi: estou apenas me fazendo de vítima e fugindo da culpa. Então, você pode escrever do jeito que achar melhor, não me importo.

No fim, eu só fiquei observando Mitsuko, enquanto ela caminhava de volta para a casa de repouso.

1ª edição	OUTUBRO DE 2025
impressão	GEOGRÁFICA
papel de miolo	IVORY BULK 65 G/M²
papel de capa	CARTÃO SUPREMO ALTA ALVURA 250 G/M²
tipografia	MINION PRO